Querida companhia aérea

Jonathan Miles

QUERIDA COMPANHIA AÉREA

tradução:
Helena Londres

EDITORA GLOBO

Copyright © 2008 by Jonathan Miles
Copyright © da tradução 2009 by Editora Globo S.A.

Título original: Dear American Airlines

Preparação Berenice Baeder
Revisão Cida Medeiros
Capa Andrea Vilela de Almeida
Imagem de capa aviões de origami
© Jiris/Dreamstime.com colorizados
Editoração eletrônica Lara Bush

Texto fixado conforme as regras do novo Acordo Ortográfico da Língua Portuguesa
(Decreto Legislativo nº 54, de 1995)

Todos os direitos reservados. Nenhuma parte desta edição pode ser utilizada ou reproduzida — por qualquer meio ou forma, seja mecânico ou eletrônico, fotocópia, gravação etc. — nem apropriada ou estocada em sistema de banco de dados sem a expressa autorização da editora.

1ª edição, 2009

Trechos do poema *Casida de la mujer tendida* de Federico García Lorca © Herederos de Federico García Lorca de Obras Completas. (Galaxia/Gutenberg, 1996 edition). Traduzido por Helena Londres. Todos os direitos reservados. Para informações relacionadas a direitos e permissões, por favor entre em contato com lorca@artslaw.co.uk ou William Peter Kosmas, Esq., 8 Franklin Square, London W14 9UU.

CIP-BRASIL. CATALOGAÇÃO-NA-FONTE
SINDICATO NACIONAL DOS EDITORES DE LIVROS, RJ

M588q Miles, Jonathan

Querida companhia aérea / Jonathan Miles ; tradução de Helena Londres. - São Paulo : Globo, 2009.

Tradução de: Dear American Airlines
ISBN 978-85-250-4648-2

1. Viagens aéreas - Ficção. 2. Ficção americana. I. Londres, Helena, 1941-. II. Título.

09-0955.   CDD: 813
                                                                        CDU: 821.111(73)-3
04.03.09   06.03.09   011333

Editora Globo S.A.
Av. Jaguaré, 1485
São Paulo, SP, Brasil
CEP 05346-902
www.globolivros.com.br

In memoriam
Larry Brown
(1951-2004)
Brother

PREZADA AMERICAN AIRLINES,

MEU NOME É BENJAMIN R. FORD e estou escrevendo para solicitar um reembolso na quantia de US$ 392,68. Mas então... não, risca isso: *solicitar* é muito afetado e cortês. Eu acho obsequioso e britânico demais, uma palavra que passeia pela página com o aprumo de uma pessoa que tenta equilibrar uma noz em cima de uma das nádegas. Mesmo assim, o que estou dizendo? Palavras não têm bunda! Prezada American Airlines, estou mais é *exigindo* um reembolso na quantia de US$ 392,68. Exigir significa exigir. Em italiano, *richiedere*. *Verlagen*, em alemão, e Требовать na língua dos russos, mas sem dúvida vocês estão me entendendo. Imagine, só para dar um exemplo, que haja uma mesa entre nós. Ouve esse som vigoroso? Sou eu batendo na mesa. Eu, senhor Pagável a Benjamin R. Ford, quebrando-lhes as pernas a pancadas! Em condições ideais, vocês também estão imaginando paredes de concreto com uma lâmpada nua pendurada acima de nós: agora imaginem que dou um pulo e chuto a cadeira para trás, com o dedo na cara de vocês, meus olhos vermelhos, apertados, e bolhinhas espumantes de cuspe salpicando os cantos da minha boca, enquanto eu berro, urro, grito, enquanto eu estooooouro como a todo-poderosa mãe de todos os escapes: *Devolvam-me a porra do meu dinheiro!* Viu? *Solicitação* engraçadinha não capta bem o espírito da coisa, não é? Nunquinha. Isso é uma *exigência*. É sério pra caralho!

Claro que sei que dez zilhões de pirados por ano fazem a vocês exigências desse tipo. Suponho que vocês, porquinhos, estejam acostumados a que lhes tentem derrubar a casa com um sopro. Mesmo agora, da minha cadeira mal projetada neste mal projetado aeroporto, vejo uma mulher de meia-idade sacudir os braços no balcão de passagens como um *sprinkler* de jardim ensandecido. Talvez ela também esteja falando sério. Talvez, como eu, até sério pra *caralho*. No entanto, a pasta ao lado dos pés da mulher e seu *tailleur* pregueado da Talbots me levam à conclusão de que ela provavelmente está perdendo alguma reunião terrivelmente importante em Atlanta, na qual terá de resolver alguma coisa do tipo qual a quantidade de bebida carbonatada dez zilhões de sujeitos, com idades entre 18 e 34 anos, beberão durante uma meia hora específica, enquanto assistem à televisão, entre quatro e seis mercados do Meio-Oeste, e tenho certeza de que o funcionário das passagens está sendo supersolidário com os problemas da mulher dos refrigerantes, mas foda-se ela, de qualquer maneira. Então, meio zilhão de sujeitos bebem Pepsi em vez de Coca-Cola, e daí? Todo o meu ser, por outro lado, neste momento, é poeira no carpete, pronto para ser aspirado por algum imigrante vestido de macacão.

"Por favor, senhor, acalme-se", posso ouvir você dizendo. "Será que podemos recomendar uma barrinha de cereais, talvez um sudoku?" É, sudoku: pelo visto, é o analgésico *du jour* para a categoria viajante. Parece que esse joguinho é o que faz com que meus companheiros cidadãos atravessem essas horas de empacamento, horas que parecem estar coaguladas, como numa ferida, e que não passam. Eles dizem que panela cuidada nunca ferve, mas, menino, é difícil cuidar quando você está mergulhado na panela até o pescoço. Quantas horas até agora, simplesmente não sei dizer — pelo menos com alguma precisão. Por que há tão poucos relógios nos aeroportos? Numa estação de trem você não consegue virar a cabeça mais de dez graus sem deparar com outro relógio na parede, no teto, no chão etc. Poderíamos pensar que os geniozinhos que projetam os aeroportos, adotando uma dica de seus ancestrais, talvez devessem pendurar um ou dois relógios nas paredes, em vez de deixar a informação sobre a hora nos rodapés digitais das telas de horários espalhadas. Eu tenho um orgulho imenso do fato de nunca mais ter tido um relógio de pulso desde o meu décimo terceiro aniversário, quando meu pai me deu um Timex, e eu o esmaguei com uma barra de ferro para ver quantas pancadas eram necessárias para cessar o seu tique-taque (não muitas, foi o resultado). Mas... então os aeroportos não foram projetados para pessoas como eu, fato que fica cada vez mais evidente à medida que divido meu tempo entre fumar lá fora na calçada ou tamborilar os dedos nos braços das cadeiras, do lado de dentro. Ainda mais odiosa do que a falta de relógios, diria eu, é a substituição do bip-bip-bip daqueles carrinhos dos passageiros por imitações digitalizadas de cantos de passarinhos. Canto de passarinho! Eu não devia ter de dizer que ser atropelado por uma andorinha de três metros e meio não é muito melhor do que ser atropelado por um carrinho de golfe militarizado. Mas é claro que essa é uma questão para os geniozinhos, não para você, de modo que *mea culpa*. Temos de escolher nossas batalhas, ou pelo menos assim me disseram.

    Ocorre-me que nada disso me adiantará nem um pouco, a não ser que eu declare os pormenores: meu bilhete — comprado por US$ 392,68, como mencionei com ênfase antes e vou continuar mencionando com a mesma frequência com que um sapateador bate os pés — é para viagem de ida e volta de Nova York/La Guardia para Los Angeles/LAX (com uma parada de 45 minutos em Chicago/O'Hare; se houvesse um relógio nas imediações eu divulgaria a duração mais exata da minha parada, mas posso dizer com segurança que está chegando a oito horas, sem previsão de término).

Durante esse período, tipo oito horas, fumei dezessete cigarros, o que não seria notável exceto pelo fato de que, aqui, os pontos de venda Hudson News, bem metidos a besta, não têm a marca que fumo, de modo que muito em breve serei obrigado a mudar de marca. Embora isso não devesse me chatear, chateia. Na verdade, me enfurece. Aqui está minha vida em farrapos, e nem mesmo posso curtir o mais simples dos meus prazeres. Há várias horas um garoto com agasalho do Cubs filou um dos meus cigarros, e juro que, se o vir outra vez, vou esmigalhá-lo como a meu Timex. Cuspa de volta, seu merda. Mas, aí, todo esse papo de fumo está me dando uma coceirinha conhecida, de modo que, se vocês me desculparem por um momento, vou dar uma volta pela calçada, como exige a lei, para dar uma pitada.

***

Bom, melhor. Upa, só que não estou melhor. Ultimamente tenho sofrido de dores estranhas na lombar, e essas cadeiras de aeroporto, com seus ge-nu-í-nos estofamentos Corinthian Naugahyde, só estão piorando a dor. Durante minha vida inteira eu jurei que jamais seria esse tipo de velho que fica reduzido a discorrer sobre suas mazelas. Isso até o dia em que contraí minhas próprias mazelas sobre as quais discorrer. É verdade que elas são infinitamente fascinantes e impossíveis de se guardar! Como você pode falar de outra coisa quando sente que tudo abaixo do pescoço está inexoravelmente pifando? Você sem dúvida não pensaria em discutir, digamos, teoria lacaniana em um jato jumbo espiralando em direção à terra. A não ser, claro, que você fosse Lacan, mas, mesmo assim: "Puxa, Jacques, chame as crianças". Na época em que eu bebia, tendia a desconsiderar o mau funcionamento do meu corpo. Confissão completa: durante os últimos negros anos em que eu bebia, tendia a desconsiderar até minhas *funções* corporais — mas agora elas se tornaram um tipo de hobby para mim. Preencho minhas horas particulares com cutucadas e apalpadelas cuidadosas de meus órgãos internos, do mesmo modo como velhas vestidas de *babushkas* examinam os pêssegos moles nos supermercados. Fora o tempo que gasto on-line, googleando meus diversos sintomas. Você sabe que o primeiro diagnóstico que a internet lhe oferece para qualquer sintoma é quase sempre o de uma doença venérea? Isso deve causar uma profunda aflição nos membros hipocondríacos da nossa sociedade que permitem o contato de seus órgãos genitais com outras pessoas. Na sétima série o boato era de que seu pinto cairia imediatamente se você o puxasse demais (ou se o pusesse dentro de uma menina negra: um indício do clima cultural de meados dos anos 1960 em Nova Orleans), o que me causava infinito sofrimento e preocupação. A ideia de correr para a minha mãe segurando minha virilidade solta na mão foi o suficiente para me afastar do onanismo durante vários anos. Ó horror! Minha mãe era do tipo cheia de expediente, que sem dúvidas teria tentado prender outra vez a coisinha com a ajuda de uma bisnaga de cola quente, linha de coser, purpurina e fotografias cortadas da *National Geographic*, fazendo com que minhas partes íntimas parecessem um trabalho de escola primária sobre orangotangos. "Pronto", teria dito. "Melhor."

Minha mãe completará 73 anos no mês que vem. Digo isso porque não sou só eu, o senhor Pagável a Benjamin R. Ford, que está no momento sem aqueles US$ 392,68 que vocês nos cobraram — graças à configuração atual da minha vida, eu e a senhorita Willa somos vítimas disso juntos. Assaltem-me e assaltarão a mamãe também. Seus assaltantes sórdidos. Como ela sofreu um derrame debilitante há três anos, eu cuido da senhorita Willa com a ajuda de uma gordinha de 27 anos, vinda do interior da Polônia, chamada Anetta, que de vez em quando também me ajuda com minhas traduções. Tudo isso, lembre-se, dentro dos limites do 2BR, apartamento no terceiro andar do West Village a que chamo de casa desde que Bush, o Velho, era presidente. Na época me propiciou bastante espaço para manobra. Agora, com minha mãe arrastando os pés por ali e Anetta cambaleando atrás, minhas horas acordado e de sono ficam principalmente confinadas em um aposento — um sótão balzaquiano equipado com uma escrivaninha, livros e um sofá que se transforma em cama, mas só se você todas as noites empurrar a escrivaninha contra a parede. Não é bonito, mas a gente se vira.

O derrame pode ter sido a melhor coisa que aconteceu a minha mãe. Sem dúvida isso soa abominável, em especial se pensarmos que ela não consegue movimentar o lado direito do corpo e precisa se comunicar rabiscando comentários incisivos em um dos blocos multicoloridos de *Post-it* que mantém empilhados no colo. Mas minha mãe era maluca, e agora não é mais. Não digo doida, como nossa velha tia Edna, que ainda dança tango aos 80 anos e faz comentários desagradavelmente eróticos à mesa do jantar de Ação de Graças. Quero dizer maluca esquizofrênica, maníaco-depressiva, barra pesada, mesmo. Depois de um derrame, partes do cérebro ficam sem oxigenação e morrem, e, no caso da minha mãe, aparentemente as partes malucas morreram. O derrame a dividiu em duas, mas viva, eu realmente dou vivas, deixou a metade boa funcionando. Isso não é para insinuar que as coisas estão às mil maravilhas em casa, mas apenas para dizer que já estiveram piores. Para ser sincero, as coisas estiveram terríveis, mas isso é uma outra história, e você provavelmente já está se distraindo do texto.

Prezada American Airlines, vocês pelo menos leem essas cartas que devem receber? Imagino-as afunilando-se para dentro de uma gigantesca lata de lixo em uma sala de triagem, em algum depósito instalado em um trecho perfeitamente horizontal de uma planície no Texas, montes e montes de envelopes selados vindos de todos os cantos desta vasta República, escritos à mão ou à máquina, e alguns rabiscos em lápis de cera Crayola, perguntas, pedidos, sugestões, desvarios e até notas desordenadas vindas de pessoas sinceras, facilmente saciadas, que *amaram* as dicas de viagem a Cincinati da revista de bordo. Ou talvez agora todos tenham e-mails, sem pontuação, com grafia errada, salpicados de emoções, chiando por um grande ninho de fios antes de aterrissarem, com um *ping* digital, dentro de algum computador *mainframe* de largura dupla, do tamanho de um trailer. Quando eu tinha vinte e poucos anos, cheguei mesmo a escrever uma nota de agradecimento ao Swisher Cigar Co. de Jacksonville, Flórida, para expressar a minha gratidão pela alegria sublime, embora fedorenta, que a marca principal deles me propiciava na época. Gastei um tempo fora do comum elaborando aquela carta e cheguei a citar como elogio particular o "aroma de conhaque e candeia" do Swisher Sweet. O fato de na época eu jamais ter sentido nem vestígio do cheiro de conhaque não tinha a menor importância; aquilo era uma aliteração, e aliterações me enfeitiçavam a tal ponto que durante meus anos de graduação romanceei, em sucessão, uma Mary Mattingly, uma Karen Carpenter (não a cantora), uma Patricia Powell e uma Laura Lockwood, como se selecionasse minhas namoradas diretamente das páginas de uma revista em quadrinhos. Lembro-me de ter ficado amargamente decepcionado pela resposta da Swisher Cigar Co. à minha carta: um vale para um pacote grátis que chegou sem o mínimo reconhecimento pessoal de minha carta. Claro, o vale chegou em boa hora, mas, com franqueza, aprendi que você tem de ter cuidado ao tentar fazer conexões neste mundo.

Anetta me ajudou a escolher a gravata para minha viagem para o Oeste. Por que confiaria numa garota do Leste Europeu, cujo guarda-roupa é baseado principalmente em camisetas do Mickey Mouse de diversas cores, inclusive marrom-cocô? Isso eu não sei, exceto porque acho que eu queria ter uma opinião feminina a respeito, já que os motivos da minha viagem — a viagem que agora vocês impedem, fodam-se muito vocês — são inteiramente femininos. Aliás, quero dizer, inteiramente femininos mesmo. Minha filha se casa amanhã, embora eu não tenha muita certeza de que "se casar" seja o termo correto e legal, já que ela está, abrem aspas, casando-se, fecham aspas, com outra mulher. Isso foi para mim uma grande surpresa, embora eu confesse que, na época em que fiquei sabendo, qualquer notícia sobre minha filha podia ser classificada como surpreendente. Ela está noiva de uma mulher chamada Sylvana, significando que a minha futura nora está a uma letra de distância de ser parente do meu aparelho de televisão. Não sei se Stella — é a minha filha, em homenagem à mãe dela — será a noiva ou o noivo, e acho que não pega bem perguntar. Como um pai avalia a escolha do cônjuge de sua filha quando se trata de outra menina? Em geral reconheço um escroto bebedor de cerveja, um espancador de esposas que não toma banho e não consegue arranjar emprego, a não ser que a pessoa em questão esteja usando um vestido, caso em que é muito difícil dizer. Sylvana é advogada, o que deveria ser um consolo — ah, que bom, minha filha está se casando com uma advogada! —, mas isso é praticamente a única coisa que sei a seu respeito. Claro, também não sei grande coisa a respeito da Stella. A mãe dela e eu nos separamos há muito tempo, e, por motivos complicados ou talvez não complicados, sumi quase completamente da vida dela: uma velha história, certo, o pai como as lanternas traseiras que enfraquecem até sumir. A última fotografia que tenho dela é da formatura de ginásio, e não chegou a mim por intermédio de nenhuma das minhas Stellas, mas diretamente do Sears Portrait Studio, como se elas (as Stellas, talvez Sears) fossem legalmente obrigadas a me enviar uma cópia. A fotografia tremeu na minha mão quando a recebi, porque a semelhança de Stella com a mãe dela era total e completa, e o veneno do desabamento daquela união ainda permanece nas minhas artérias, ainda trava a minha língua com um gosto residual de substância química. Olhar para o retrato da minha filha era como observar as provas de um crime cometido há muito tempo. Olhe: não nego que já fui um ogro. O que é mais difícil e mais doloroso para mim é avaliar se ainda sou. Mesmo assim, humildemente, considero que a gravata na minha bagagem seja um sinal de esperança. Quer dizer, se vocês, idiotas, não a tiverem perdido.

***

Prezada American Airlines, permita-me apresentar-lhe Walenty Mozelewski, que, por força de triste coincidência, também tem complicações próprias com transportes. Walenty deveria estar viajando para casa, na Polônia (via Inglaterra, por causa de sua dispensa militar), voltando da guerra, depois de ter lutado com o Polish II Corps na Batalha de Monte Cassino (Itália), onde perdeu a perna esquerda por causa dos esforços combinados de um morteiro e de um cirurgião de combate suíço extenuado. Uma bruta provação, e temo que o choque do morteiro tenha turvado a mente dele. Walenty embarcou no trem errado e agora está a caminho de Trieste. Isso devia ser mera inconveniência, mas Walenty não consegue parar de imaginar o que aconteceria se ele descesse do trem em Trieste e nunca mais embarcasse em outro trem. Seria como estar morto sem morrer, é o que ele está pensando: a perda de tudo — mulher, dois filhos, casa, o emprego antigo como caixeiro em uma fábrica que produz peças para outras fábricas —, a perda de tudo isso, com exceção do fôlego e das lembranças. Pobre Walenty! Ele olha fixamente pela janela, para o inverno do lado de fora, embaçando o vidro quando respira. Ouça:

A cada minuto, mais ou menos, aparecia uma casa, ou casas, do lado de fora, a maior parte no final de estradas estreitas, solitárias, com muros baixos, algumas das casas meio arruinadas e rachadas pelo gelo, mas outras com anéis cinzentos de fumaça saindo das chaminés de pedra e um débil brilho amarelado visível dentro delas. Walenty matutava sobre quem morava naquelas casas e o que fariam eles se um soldado com uma perna só viesse à porta e perguntasse se lá podia passar a noite e, se não fosse incômodo, então talvez ficar para sempre. Ou como o soldado poderia adivinhar que casa seria o Céu e qual seria o Inferno, se fosse o caso.

Essas últimas frases são desajeitadas, eu sei. Mas aqui vai a advertência: eu, na verdade, ainda não comecei a traduzir — essa é a minha leitura inicial, e, como vocês se lembram, agora estou encalhado em um aeroporto sem acesso (a) a meus livros de referência e (b) a meus bem-amados Lucky Strikes. Espero que me desculpem pelo voo às cegas. (Voo! Que conceito. Eu gostaria de praticá-lo mais.)

O nome do autor é Alojzy Wojtkiewicz, e o título é *O Estado livre de Trieste*. Esse é o terceiro romance de Alojzy que eu traduzo, e provavelmente neste, como nos outros, ele me forneça a mesma ajuda; quero dizer: nenhuma. Ele tende a me tratar (como aparentemente trata todos os seus tradutores) como o novo marido de uma antiga esposa: sim, ele lança algumas questões e talvez murmure alguns conselhos vagos, mas, na verdade, ela agora é problema seu, *kumpel*. Não que eu esteja me queixando, veja bem. Nós, tradutores, temos de ser realistas. Traduzir uma obra literária é fazer amor com uma mulher que sempre estará apaixonada por outra pessoa. Você poderá cativá-la, adorá-la, até arruiná-la; mas ela nunca será inteiramente sua. De um modo menos romântico, algumas vezes pensei em tradução como alguma coisa próxima à culinária. À sua disposição está a carne de um animal, e cabe a você criar pratos com ela, torná-la digerível. Mas o romancista ou o poeta fica com a tarefa mais divina. Ele tem de criar o animal.

Conheci Alojzy há vinte anos, quando compartilhamos um estúdio dúplex em uma colônia de artistas em Idaho, na época em que eu embromava deliciosas bolsas para escrever poemas de terceira categoria. (Você ficaria chocado com a quantidade de dinheiro estadual e federal dos contribuintes — ou seja, subvenções, bolsas, outros subsídios variados para poetas — que veio parar no meu bolso ao longo de anos, especialmente se você fizesse uma análise de custo-benefício da poesia produzida. Mas espere: você não é o orgulhoso recebedor de algo como dez quaquilhões de dólares em fundos federais de socorro financeiro? Bem, então, olhe para nós: Deus nos faz, Deus nos junta.) Todos os dias, ao meio-dia, a cozinheira da colônia nos entregava o almoço, e Alojzy e eu nos sentávamos no deque e comíamos nossos sanduíches de peru e maçã enquanto olhávamos para as montanhas de Boulder, depois fumávamos um cigarro atrás do outro e falávamos de mulheres antes de voltarmos aos nossos estúdios, onde Alojzy terminou seu segundo romance e eu tirava "sonecas" abastecidas com vodca entre outras rodadas de cigarro atrás de cigarro. Naquela época, ele era moreno e musculoso, com uma cabeça quadrada e um torso que fazia com que ele parecesse uma peça de mobília estilo Mission; em suas fotos de autor mais recentes, as últimas duas décadas viram Alojzy envolver-se progressivamente em gordura, um quadrado duro passando a mole e circular. De longe, pode-se confundi-lo com um pão doce espiralado. Contudo, era de se esperar que isso acontecesse. Quando o conheci, ele acabara de encerrar um período de vários anos como assentador de tijolos; naquela época, sua principal atividade física parecia ser assinar o nome em petições esquerdistas com uma mão enquanto segurava uma costeleta meio roída na outra.

Mas divago. Meu objetivo aqui é fazer com que vocês fiquem conhecendo Walenty, já que, no momento, ele parece ser tudo o que tenho no mundo. Mas me desviei em alguns pretextos relacionados e o perdi de vista. Suspiro. Mesmo assim, temo que você tenha de me permitir minhas divagações. Divagar, afinal, não é assim tão diferente de redirecionamento, e não vamos fingir, queridos, que vocês sejam inocentes nisso.

***

Prezada American Airlines, desde quando vocês começaram a cancelar voos no ar? O avião de Nova York para Chicago era um daqueles dispositivos "aerodinâmicos", mais ou menos do tamanho e feitio de um pênis artificial modelo econômico. Circulamos por cima de O'Hare durante uma hora, antes de o piloto nos informar que estávamos aterrissando em Peoria. Peoria! Durante a minha juventude eu achava que Peoria era um local fictício que Sherwood Anderson e Sinclair Lewis tinham inventado num final de noite depois de um porre de gim. Mas não, existe. Ficamos parados na pista durante mais de uma hora até que um bem-apessoado piloto, com o cabelo maravilhosamente repartido, apareceu para nos dizer que o voo tinha sido "oficialmente cancelado". O quê? Mas ofereceu-nos a todos uma carona de ônibus até O'Hare, "por conta da casa", como ele era bonzinho, sendo que espero que esta revelação não ponha o emprego dele em risco. Não que eu me preocupe muito com ele: vá em frente e ponha-o na rua, ele tem uma segunda carreira garantida como modelo de catálogo da JCPenney. O motivo (alegado) para essa porra de enganação toda era (supostamente) mau tempo no lago Michigan, mas depois de mais de oito horas em Chicago eu posso dizer-lhes, sem um pingo de hesitação, que o tempo aqui está maravilhoso, e você é mais que bem-vindo para uma visita e uma rodada de golfe para verificar. Ponha o filtro solar na mala.

No entanto, ao meu redor, as pessoas empacadas nessa nação enchem o saco dos funcionários de venda de passagens, abafam o choro dos filhos, enfiam a variedade local de cachorro-quente em suas pequenas bocas, examinam e reexaminam os relógios, e, sobretudo, incansavelmente reclamam em telefones celulares. De vez em quando eu caminho uns vinte metros para examinar as telas com os horários. Não estou sozinho nessa tarefa, mas pareço ser o único não equipado com um telefone celular. Nada de mais, nesse aspecto, uma vez que eu já dei o meu único telefonema — não funcionou muito bem — e, de qualquer modo, sou leal aos telefones pagos. Fico na frente das telas como uma criança esperando o trenó do Papai Noel aparecer no céu noturno, examinando cada estrela para ver o menor traço de movimento, ouvidos superafinados para o toque de sinos longínquos. Mas as telas mal piscam. Todos os voos para o Oeste cancelados: para Leste, cancelados; tudo cancelado. O céu acima de nós é uma gigantesca *fermata*, um acorde interminável que jaz ferido no meio de uma canção, um amortecido e oco thrummmmmm.

***

Stella provavelmente está rindo disso. Stella, a mais velha, quero dizer. Não um riso feliz, alegre. Não. Mais como um riso tipo "eu bem que falei", ácido, como em *hahaha, uma vez babaca, sempre babaca, hahaha...* O tipo de riso que às vezes é confundido com uma tosse ou um sintoma de câncer. Eu mencionei que ela era linda? Bem, era. Como a artista principal de um filme de Bogart, segundo eu pensava na época, com um belo maxilar aristocrático esculpido e olhos tão profundos, azuis e frios quanto o Atlântico Norte visto de relance pela escotilha de um submarino. Os lábios finos de um assassino e um longo pescoço de marfim. Uma recatada verruga marrom na parte interna da coxa que eu jubilosamente favorecia. Será que ainda se lembraria de mim? Difícil acreditar que pelo menos a verruga não me recebesse de volta outra vez: Alô, querido. Durante nossos indolentes entrelaçamentos após o coito, juro que costumava *respirar* Stella, como se inalasse sua essência vaporizada, tentando inundar meus pulmões com ela. Decerto você se lembra como é isso: ficar lá deitado no escuro úmido, sem medo, pela primeira vez na sua vida, encharcado por uma paz aprazível, contente de morrer. Mas aí, pare, é inútil e ridículo ater-se a essas coisas, certo certo certo. Segure-se Bennie. Então, todo tomate tem seu ponto fraco, grande palhaço. Você era jovem como todo mundo. Pare de transformar verrugas em montanhas.

    Aconteceu assim: eu tinha 24, ela 27 anos. Abandonei a pós-graduação no ano anterior para embarcar em uma carreira de depravação romântica, gastando períodos de nove a dez horas diárias em uma cabine estreita e grudenta de um bar localizado no bairro de Uptown, em Nova Orleans, chamado Billy Barnes' Turf Exchange. O Exchange, para resumir, é um puta *saloon*: velhos pugilistas *cajun* bebendo seus cheques de invalidez; bizarras putas velhas pelancudas da vizinhança bebericando Chambord ou Campari; cozinheiros e abridores de ostras de navios em folga; *hippies* deslocados; moleques agressivos da Tulane; ensebados tubarões da sinuca; um rottweiler que fumava charuto chamado Punch; Seersucker Bob, que só usava anarruga; Skeezacks, que usava o trompete como recipiente para cerveja; Fred Falecido, cujas cinzas ficavam atrás do bar; o Batata; Pete, o Espião; Al, o Libertino Homo Cadeira de Rodas; Mike Bafo de Bunda (Mike

B.B., para abreviar); Jane Maluca; eu também. Nosso animador de espetáculos era Felix, o dono; um cara massudo, careca, conhecedor de piadas indecentes e de massa para frituras que retirava a dentadura por um dólar. Ele chamava a si próprio de Felix, o Gordo, de modo que fazíamos o mesmo. Terça-feira era a Noite das Damas, a única noite em que Felix acionava uma banda, e era tanta camiseta sem manga quicando pela pista de dança que parecia que você estava dentro de uma máquina de bolinhas de loteria. Mas aquelas noites eram exceção. Na maior parte das vezes era um lugar com pouca luz, tagarela, cheio de frequentadores constantes da vizinhança, papo furado e enevoado com fumaça de cigarro e insetos, tão confortável, rançoso e amado quanto o andrajoso velho par de chinelos que você enfia para buscar o jornal de manhã. Como eu o adorava! Na época eu era duro, bêbado, subnutrido, sujo, intermitentemente suicida, mas, com maior frequência, e algumas vezes emocionadamente, feliz como os diabos: o que os franceses chamam de *l'éxtase langoureuse*, o êxtase da languidez.

    Stella era diametralmente oposta: vigorosa, ambiciosa, estável, métrica, severa. Aspirante a poeta como eu, embora o estilo e o conteúdo de seus poemas fossem o reverso do meu. Quando nos conhecemos eu era coeditor de um pequeno e condenado jornal literário chamado *Rag and Bone Shop* [Oficina Trapo e Osso], e ela apenas começava seu mestrado na Tulane. O apartamento do meu coeditor, na Magazine Street — o nome dele era Charles Ford, todo mundo presumia que fôssemos irmãos —, funcionava também como escritório do R&BS, e foi ali, em uma das festas que sempre dávamos depois de pegar os exemplares na gráfica, que Stella e eu nos conhecemos. Tínhamos publicado dois dos poemas dela naquele número do R&BS — um a respeito de uma colcha, mais ou menos, e o outro, muito literalmente, sobre um crucifixo de tampas de garrafa. Foi o primeiro dos poemas que me deixou intrigado, porque terminava com a cena de uma mulher transando em cima da colcha feita à mão da bisavó dela, "manchando-a com criação", o que me pareceu uma frase adorável e vagamente desviante, e me tornou curioso a respeito da autora.

Naquela noite o cabelo dela estava trançado e ela usava uma camisa de seda frouxa e calças jeans. No *hi-fi*: Nick Lowe, os Specials, os Buzzcocks, Ian Dury & the Blockheads. Um cachimbo de vidro barroco circulava na cozinha, e um medievalista local apresentava uma segunda frase a caminho do banheiro. Terminamos no balcão de Charles, com vista para a Magazine, Stella e eu, sentados num balanço com os pés apoiados no parapeito da varanda, completamente bêbados. Do que falamos? Quem sabe? O "isso e aquilo" de duas criaturas que começam a dança de acasalamento. Mães malucas (ah, ela também tinha uma). James Merrill. Viagem no tempo. Um gosto compartilhado pelo néon. Meu enigmático coeditor, o barata velha do orientador dela, que ficava espiando seu decote. Ah, sim, fiquei sabendo que ela jamais pusera os pés no Exchange! Galantemente prometi levá-la. Mais tarde, enquanto nos beijávamos, abri os olhos para a visão do traseiro pálido e nu de Charles achatado contra a vidraça. Vindo de dentro eu conseguia ouvi-lo cantar "When da moon hiz your eye...", e daí por diante.

Fomos os últimos a sair da festa. Do lado de dentro encontramos Charles apagado, de boca aberta no sofá, e depois de cuidadosamente retirar-lhe a cueca e encontrar um marcador, escrevemos um poema em cima da bunda dele: *Roses are red / violets are blue / with my buttocks so white / I bid you a good night* [rosas são vermelhas, violetas são azuis, com minhas nádegas tão brancas, desejo-lhe uma boa-noite]. (Mais tarde Stella repudiaria sua participação nesse ato, citando-o como um dos indícios perdidos de minha inadequação como marido, pai, cavalheiro etc. Mas eu me lembro claramente do polegar direito dela enrolado em torno do elástico da cueca de Charles e do divertimento brutal que ela parecia estar abafando, porque fiquei surpreso (e excitado) com a energia sexual que ela pôs na tarefa, o jeito como o envolvimento dela se transformou, de uma concepção etílica até o momento em que começamos a escrever, de trote ao estilo de república estudantil para transgressão com toques góticos... De qualquer modo, ela nega.) Lá embaixo, na calçada, eu beijei Stella de novo — aqueles beijos que parecem que a gente está agarrado num penhasco, sabe, quando você sente que vai cair para a morte se as línguas se desenrolarem — antes de ela afundar no assento do carro dela e desaparecer. Então fiquei ali durante muito tempo, meu coração parecia uma estrelinha de bolo de aniversário espalhando luz pela calçada.

***

Agora estou outra vez me desviando da questão, não estou? Beijos à francesa e coisas semelhantes, eca. Prezada American Airlines, peço desculpas. Por favor, compreendam que não estamos passando pelas melhores horas. Do lado de fora, perto dos carregadores de bagagem, uma mulher idosa que fumava a meu lado me contou a história mais deplorável: o marido sofreu uma "coronária" enquanto dirigia e mergulhou seu Fiat num penhasco no centro da Califórnia, mas graças ao cinto de segurança foi salvo da morte e, em vez disso, ficou reduzido a um estado vegetativo que já dura quatro anos. Sua querida minúscula esposa fica sentada com ele durante seis horas por dia esperando a aleatória piscadela de uma pálpebra que o devolverá ao mundo dos mamíferos. Enquanto ela me contava isso, desenterrou um pacote de Kleenex de dentro da pochete, que supus ser para ela — aquela história lhe dava o direito de derramar lágrimas —, mas que ela ofereceu a mim. Nunca fui competente em impedir que meus sentimentos se tornassem visíveis, e acho que estava usando aquela expressão ferida, cheirando a cebola, à qual sou propenso. Comecei a recusar o presente, mas ela remexia outra vez a pochete em busca de alguma outra coisa. Eu estava torcendo para não ser uma foto natureza-morta do marido ventilado, entubado, porque isso provocaria em mim um ataque de choradeira. Mas não, era uma maquininha que parecia um telefone BlackBerry e que ela explicou ser uma máquina caça-níqueis de mão. Era isso que a mantinha mentalmente sã, disse-me ela, e insistiu para que eu fizesse algumas tentativas — no sentido "virtual", claro —, o que fiz. Uma cereja, um sete e o que parecia ser um limão! Dois setes e uma cereja! Perda e mais perda. A nanica disse que tudo o que a vida exigia de nós, "caramba", era encontrar um motivo por dia para seguir adiante. Além de jogar na maquininha caça-níqueis, disse, ela se certifica de que todo dia chegue alguma coisa pelo correio, do tipo um suéter do L.L.Bean ou uma nova pá de jardim do Smith & Hawken. Estar sempre à espera. Antes de entrar outra vez — "Ouvi que estão faltando camas de armar para nós, encalhados", disse ela —, ela me disse que o Kleenex era meu e para eu manter a compostura.* Esse conselho, caso seguido à risca, me faz parecer prestes a dar um espirro, mas deixe para lá o literal. A velha me deu os lenços de papel, e estou fazendo o que ela mandou.

***

Importa-se se dou uma olhada no Walenty? Durante um ou dois minutos enquanto *d*ão *b*ovo um *b*úsculo da cara, assim. Aqui está ele na página 17, acaba de descer do trem em Trieste:

---

* Trocadilho em inglês, *keep stiff upper lip* [mantenha o lábio superior imóvel]. (N. T.)

Ele não estava preparado para as cores vivas de tudo aquilo. Durante três anos não tinha visto cores, a não ser as feridas vermelho-carne e o carmesim do sangue esguichado; tudo o mais fora pintado em nuanças opressivas, ressecadas, de cinza, marrom e preto. Lama, bronze de canhão, ferrugem, fumaça, noite, carvão, arame farpado, pás, cinzas, peles de cadáveres, nevoeiro, granadas de morteiro, ossos, os vira-latas, com todos os ossos aparecendo, que se acovardavam rosnando atrás das pilhas de escombros. Ao descer do trem agora, no entanto, era como passar no meio de um arco-íris. A própria estação, amarela como uma margarida, estava carregada de cor: aqui o chamativo lampejo de sedas de verão, ali a franja cor-de-rosa da sacola de uma mulher, aqui o brilho fosforescente do terno azul-marinho de um homem de negócios, e, espalhado pelo chão encerado, o confete salmão dos bilhetes descartados.

("Confete": uma pequena liberdade que estou tomando. Alojzy escreveu *śwqteczne odpadki*, que traduzido literalmente significa "lixo festivo". Mas que lixo pode ser mais festivo que confete? Ah, as alegrias irritantes da tradução. De qualquer modo, vamos adiante...)

Os olhos de Walenty arderam e ele quase perdeu o fôlego. A não ser por alguns soldados kiwi (neo-zelandeses) a postos nos cantos, e o peso morto de seu pé postiço quando o sapato arrastava no chão, não havia nada que sugerisse que a guerra não passara de um desagradável pesadelo.
Ele sentou-se à mesa em um café dentro da estação, e ainda tonto e estupefato, segurou na beirada da mesa para se equilibrar. A moça que veio tomar o pedido tinha cabelo escuro, com pele bronzeada reluzente, e a pureza da expressão dela — uma mistura de tédio, devaneio e pura ignorância — tornou evidente para ele que ela não perdera nada na

vida, ainda não. Ele notou uma pequena cicatriz em formato de peixe no cotovelo dela: provavelmente por uma queda na infância. Sem dúvida ela teria chorado — os gritos ásperos, agudos, que ele associava a crianças antes de ir para a guerra, antes de ouvir o que crianças eram capazes de fazer. Uivos profundos do vácuo da perda total.

"Vocês têm café?", perguntou.

"Temos", disse ela.

"*Surrogato?*"

"Não. Café."

"Então, por favor, uma xícara."

Quando ela voltou para entregar o café, ele notou que ela permaneceu por perto, olhando timidamente sua perna protética, com o tornozelo mecânico exposto. Os olhos deles se encontraram. "Dói?", perguntou ela finalmente.

"Não", disse ele. "Não dói. Já não dói mais. Apenas me lembra da dor. Como uma lembrança que se deixa ficar bem na frente de seu cérebro e que não pode ser removida nem apagada." Ele não queria afugentá-la, fazê-la achar que ele era um aleijado deprimido, o clichê do soldado ferido, de modo que sorriu. Seu sorriso, no entanto, era torto e desajeitado, como se os músculos da mandíbula tivessem esquecido a antiga rotina. Ele esperava que não parecesse um esgar.

Ela assentiu com a cabeça inescrutavelmente e saiu para servir as outras mesas. Quando ela voltou, ele pediu outra xícara, e, ao trazê-la, ele disse: "Sabe o que é estranho?". Ela esperou, de modo que ele continuou: "Nos meus sonhos eu sempre tenho duas pernas. Acho que essa é a pior parte. Todas as manhãs, depois de sonhar, acordo um homem inteiro. Mas aí estendo o braço e sinto naquele instante a perna postiça e tudo o que me aconteceu outra vez, como se todos os dias eu perdesse a perna e meus camaradas pela primeira vez. Essa é a pior parte. Eu sonho de trás para a frente".

Ele não esperava que a moça sorrisse com isso, mas ela sorriu.

Levemente, ela disse: "Você precisa de sonhos novos", como se isso dispensasse explicações, como se ele tivesse dito que estava com fome e ela recomendasse comida. Ela fez com que a coisa soasse simples.

Claro que *não* é simples, mas certamente você não pode culpar Walenty por elevar suas esperanças. Como seria agradável pensar no passado como alguma coisa curável, como um câncer benigno, em vez de maligno, não? Um conceito quase tão agradável quanto um mundo em que bilhetes que custam US$ 392,68 garantissem sua passagem para seu destino na data impressa na passagem. Mas com a mesma maldita falta de probabilidade.

***

Já que estamos assim meio que numa visão retrospectiva, prezada American Airlines, por que não discutimos como essa confusão poderia ter sido evitada? Não damos bola para sua desculpa oficial de mau tempo porque já a desmascarei claramente com minha contínua avaliação do tempo do lado de fora, que, no último exame, mostrava uma mistura de fresco e agradável com uma probabilidade de 90% de deleite que se estende pela manhã, com ventos, como seus horários de voo, leves e variáveis. Então, falem comigo. Será que a velha ganância os induziu a programar voos em excesso, à moda dos assaltantes de banco que não param de encher as sacolas, apesar dos vagidos das sirenes que se aproximam? (Dê uma olhada naquele escritório ali no canto. Você vê homens gordos espiando seu mapa nacional de rotas enquanto retorcem os bigodes? Então a resposta provavelmente é sim.) Ou vocês fazem um planejamento tão apertado e rígido que o atraso de um avião em, digamos, Dallas, pode provocar um engarrafamento monumental parecido com um trator-trailer empacado na George Washington

Bridge às 8h30 da manhã? Ou, do mesmo modo, será que as linhas aéreas, como vocês, são suscetíveis a alguma coisa do tipo "efeito borboleta", de modo que o atraso causado por um passageiro bêbado que tenta embarcar num voo de manhã cedo em Ibiza possa provocar uma reação em cadeia, com atraso após atraso, e, depois, cancelamento após cancelamento, até que o pobre O'Hare de Chicago — o bode expiatório das viagens aéreas — seja inteiramente fechado? Se for esse o caso, estou sendo muito severo com vocês. Talvez minha queixa seja na verdade contra o senhor Fabio Eurotrash que caiu de uma pista de dança coberta de espuma em Ibiza às seis da manhã com dezesseis doses de Red-Bull-e-vodca ainda borbulhando no estômago, e cuja desajeitada tentativa de pré-decolagem em autofelação no assento 3A produziu um atraso interminável, enquanto seu traseiro de pretzel era retirado do avião. Mas, então, por que parar por aqui? A beleza da visão retrospectiva é que ela é infinita. Afinal, você poderia razoavelmente, embora acidamente, retorquir que essa bagunça toda é minha culpa, porque vinte anos atrás joguei minha vida na privada e dei a descarga. Zing! Boa, A.A. Ou, dando um passo ainda mais atrás, é culpa de Willa Desforge por deixar um polonês de olhos desconsolados engravidá-la numa noite, sem ar condicionado, em meados do século, em Nova Orleans. Ai, golpe baixo! O engraçado é que a senhorita Willa, no entanto, concordaria com você nessa. Se ela pudesse de algum modo ligar os pontos, minha mãe poria a culpa em tudo, do Pol Pot ao aquecimento global, aos furos não cerzidos em suas meias, naquela noite úmida e desprotegida que foi o fim dela e o meu início.

E começou, para dizer a verdade, com uma preguiça. Sente-se, porque tenho uma história para contar. Pelo jeito, temos tempo.

A senhorita Willa Desforge conheceu Henryk Gniech na casa dos pais dela, na South Tonti Street, em 1953, sob os auspícios de, sim senhor, uma preguiça: uma assustada criatura gorda de pelo manchado que não era nem cinza, nem marrom, nem branco, mas uma mistura borrada dos três, e com uma longa cauda carnuda quase obscena em sua nudez rosada. A preguiça tinha fixado residência no sótão diretamente acima do quarto de dormir da senhorita Willa, e, apesar de semanas de esforços rabugentos e intermitentes, meu avô, um advogado de custódia e espólio para uma firma supertradicional em Uptown, não foi capaz de expulsá-la de casa. Então, em um sábado de manhã, ele pediu emprestada a escada de um vizinho e tapou cada buraco e beirada podre do telhado e da fachada com pedaços de madeira e alumínio amassado, impedindo (ele achava) qualquer outro acesso por parte da preguiça. Mas preguiças são animais noturnos, de modo que, em vez de observar meu avô selar o sótão de cima de uma árvore ou atrás de uma lata de lixo, como Gerald Desforge imaginava, a preguiça estava observando *do lado de dentro* do sótão escuro, enquanto os pontos de luz do sol desapareciam gradualmente de sua toca, como estrelas sumindo aos poucos no céu noturno. Naquela noite, começando logo depois do crepúsculo e durando até o meio da madrugada, os Desforge foram brindados com uma representação excepcionalmente estridente no teto acima da cama da senhorita Willa: raspagens, arranhões e corridas superagitadas. "Ela está presa e está desvairada", disse minha mãe, mas meu avô não teve compaixão. "Vai acabar logo", falou ele. "Quanto tempo isso pode durar aí em cima?"

Mais tempo do que se pode esperar ou suportar, foi o resultado. Todas as noites, durante uma semana inteira, minha mãe ficou de olho pregado no teto, rigidamente e sem poder dormir, enquanto a preguiça fazia tentativa de fuga sobre tentativa de fuga, arranhando o alumínio e roendo a madeira, e todas as noites o peso do sofrimento da preguiça parecia afundar cada vez mais pesadamente sobre minha mãe na cama, como um mortal manto de repreensão... uma colcha de culpa.

Claro que para entender inteiramente a situação você precisa saber alguma coisa sobre minha mãe na época. A senhorita Willa Desforge era uma moça excepcionalmente bonita, com impressionantes olhos verdes e cabelo tão negro e reluzente como um carro de defunto recém-lustrado, além de pintora dotada, aceita na John McCrady Art School com 12 anos, e, aos 15, como aluna especial na escola de arte Sophie Newcomb. Mas Deus não concede esse tipo de beleza e talento de graça, como você sabe ou deveria saber; o amor Dele tem de ser pago. Para a minha mãe, o preço cobrado foi esquizofrenia, diagnosticada aos 16 anos, depois de sua primeira tentativa de suicídio.

Ela sempre teve delírios de grandeza (e ainda tem até hoje, não importa as indignidades dos recados em Post-it e da comida de colher); isso em parte se deve aos meus avós, que mimaram a única filha de modo insuportável — a Willa deles era a única sobrevivente de três gravidezes, ensanduichada entre dois irmãos natimortos — e infundiram em minha mãe a crença, com uma precisão literal, de que ela era um anjo que a Providência lhes tinha concedido para que criassem. Asas invisíveis, faculdades sobrenaturais, um coração puro de pecados, todas aquelas palavras distorcidas. Mas aos 16 anos ela começou a temer que o mundo estivesse se voltando contra ela — que, ganancioso e invejoso, quisesse despi-la de suas asas. Primeiro, notou impressões digitais gordurosas em seus lençóis, fracos demais para que outras pessoas pudessem ver, mas claramente, para ela, a lambuzada prova negra de que alguém, ou "alguéns", estava atrás dela. Plagiando os livros de Nancy Drew, ela polvilhou o quarto inteiro de talco à procura de outras impressões digitais e, com a boca aberta de horror, descobriu-as em toda parte: na mesa de cabeceira, dentro das gavetas da cômoda, salpicadas nas paredes e, o mais perturbador, espalhadas pelo seu corpo. Tornadas visíveis (para ela) pela aplicação de talco, pareciam contusões vistas no negativo de uma foto: espirais em branco sobre as pernas, braços, ombros e contornando o pescoço como um colar de pérolas. Meu avô desconsiderou os relatos dela como produto da imaginação de uma jovem inflamada pela puberdade e agravada pelo gênio, mas mesmo assim pediu a um velho conhecido do Departamento de Polícia de Nova Orleans — Desforge *père* trabalhara na promotoria pública durante algum tempo quando tinha vinte e poucos anos — para inspecionar a casa à procura de sinais de arrombamento. O policial garantiu que minha mãe estava em segurança; mas ela sabia que não.

Uma semana mais tarde ela não conseguia mexer os dedos. Os intrusos, alegou, infiltravam-se no quarto dela todas as noites para apertar grampos de madeira naqueles dedos, apenas o suficiente para estalar os ossos em rachaduras finas como cabelo, mas sem quebrá-los completamente. E como não conseguia mexer os dedos, não conseguia pintar; parou de ir às aulas de arte, e as horas vagas, anteriormente preenchidas com longas sessões de pintura durante as quais meus avós deixavam o jantar dela do lado de fora da porta do quarto, passaram a ser apáticas e cinzentas. Entrava dia, saía dia, ela se sentava ao pé da cama e olhava para as mãos imóveis. Logo começou a falar em linguagens ininteligíveis, besteiras sem sentido que saíam da boca em torrentes emotivas, como saladas linguais impenetráveis atiradas de um estilingue. Ela resolveu que o pai estava mancomunado com os intrusos, e também os professores, e se recusava a ficar sozinha com ele num aposento ou a ir à escola. A essa altura meus avós naturalmente deveriam ter buscado ajuda médica, mas tinham certeza de que aquilo era o forro escuro da nuvem de prata do gênio, e que passaria, como um resfriado que um caldo e repouso na cama curariam. Aí, numa manhã, num dia de semana no inverno de 1950, ela se rendeu à conspiração terrena contra ela. Minha mãe dera a eles a ausência que queriam. Um a um, ela esvaziou seus tubos de tinta a óleo na boca, amarelo-cádmio, branco de chumbo e azul-cobalto cheio de arsênico — uma palheta berrante, autoaniquiladora, espremida garganta abaixo.

No que diz respeito a tentativas de suicídio, foi fraca. (Ela ficaria melhor ao longo dos anos — ah, muito melhor.) Minha avó a encontrou deitada no chão do quarto, arcos-íris de baba vazando dos cantos da boca, mas Willa vomitou toda a tinta antes de ter o estômago lavado. Foi, imaginei algumas vezes (mesmo que de modo abstrato), o vômito mais bonito do mundo: uma versão gástrica do manto de muitas cores de José, sua louca variedade de listras vividamente cromáticas, uma repreensão combinada à mente negra que tentou engoli-las. Imediatamente meus avós, chocados e confusos, internaram-na no Tulane Hospital, onde começou o primeiro de seus ataques de pesadelos por causa da terapia de coma por insulina. Ela me contou sobre isso, uma vez, quando fui hospitalizado por causa de bebida e o prognóstico parecia sombrio.

O chão e as paredes brancas da enfermaria de terapia intensiva, as camas e mesas de cabeceira revestidas de cerâmica branca, os uniformes brancos engomados das enfermeiras, os médicos de jalecos brancos que usavam gravatas borboleta para que os pacientes não agarrassem suas gravatas. Primeiro vieram as injeções, seguidas da salivação. Tanta saliva que as enfermeiras usavam esponjas para absorver. Elas a enrolavam em cobertores para melhorar os calafrios e a prendiam com lençóis dobrados quando ela se debatia ou passava por um ataque do tipo epilepsia. E então, depois de algum tempo, ficava tudo escuro, e uma hora mais tarde ela acordava com um tubo de engorda enfiado no nariz, os lençóis sujos, sem a menor ideia de onde estava ou de quem era — tudo o que ela sabia era que estava com fome, uma fome brutal, como se toda a humanidade tivesse sido tirada de dentro dela, deixando apenas uma urgência animal básica. Ao ser liberada para os pais, umas seis semanas mais tarde, ela ganhara quinze quilos. O sorriso dela parecia vazio, mas era um sorriso, mesmo assim, e os médicos declararam que estava melhor — não curada, mas melhor. Na viagem para casa, meus avós falaram sobre o tempo até não haver mais o que dizer sobre o assunto e ficaram visivelmente aliviados ao ouvir minha mãe dizer que estava "agradável". "Sim", disse minha avó. "*Está* agradável, não é? Está agradável. É bom que esteja agradável."

Mas o tempo não continuou agradável, e minha mãe teve de ser internada outra vez, por mais cinquenta dias de enfermaria de terapia intensiva, quando tinha 19 anos. Três semanas depois dessa segunda rodada de tratamento, a preguiça se mudou para o sótão na Tonti Street, e mais ou menos cinco semanas depois disso, Gerald Desforge, sem aguentar mais as súplicas da filha, chamou a Dixie Pest Control, na Airline Highway, e pediu que alguém, por favor, por favor, poorrfavooor, viesse salvar o animal que definhava acuado no sótão.

Henryk Gniech foi o enviado. Um polaco grande com cara de idiota, cabelo oleoso enrolado, apertados olhos enrugados e um comprimento de calças correspondente a 91 cm, e 81 cm de cintura, magro e mudo como um poste de luz. O inglês dele mal dava para o gasto. Depois de quatro anos nos Estados Unidos, Henryk conseguia entender a maior parte de tudo que lhe era dito — com exceção do que os negros falavam, convencido de que era uma língua inteiramente diferente. Mas ele achava muito difícil formar as palavras em inglês. As vogais e consoantes se assassinavam umas às outras na língua, caíam mortas e amassadas de seus lábios. "Temos uma preguiça aqui que está fazendo minha filha ter ataques histéricos", disse meu avô. "Não sei quanto tempo essas criaturas podem durar, mas essa não está cedendo com facilidade." Henryk Gniech apenas assentiu com a cabeça, seguindo meu avô escada acima. "Cá entre nós, calculei que a falta de água teria derrubado o raio da coisa em mais ou menos uma semana. Não que eu queira uma preguiça morta fedendo pela casa inteira, mas minha filha tem os nervos realmente frágeis, e aquele barulho de raspagem simplesmente a fende ao meio." Henryk assentiu outra vez com a cabeça, varrendo com o olhar o teto do corredor, como se estivesse estudando folhas de chá. "Lá em cima fica o sótão", disse meu avô.

Exatamente nessa hora abriu-se a porta do quarto de minha mãe. Ela estivera tirando uma soneca, seus olhos estavam vermelhos e emaciados e o cabelo era uma exibição selvagem, vulcânica, de serpentes negras. "Quem é esse?", perguntou ao pai. O tom acusatório era familiar.

"O homem da Dixie Pest Control", respondeu ele. "Ele não fala inglês. Você fala inglês?"

Henryk fez sim com a cabeça, olhando fixamente para Willa, que o fitava de volta.

"Ele diz que fala inglês", sussurrou meu avô, depois disse outra vez, muito mais alto e lentamente que antes: "Lá em cima fica o sótão".

Os olhos de Willa se desviaram para uma vara "pega-tudo" na mão de Henryk, uma vara de aço com um laço de arame numa extremidade. Dando um passo para fora da porta, com um tropeção de bêbado tonto, ela disse: "Ele não vai matar ela".

"Ele vai nos livrar dela", disse meu avô. "Do jeito que você queria."

"Ele quer matá-la", disse ela. "Aquilo é uma ferramenta de linchamento."

"Uma ferramenta de linchamento? Cale a boca, não existe isso. É um segurador de preguiças. Suba aqui, Homem da Praga", disse ele, pondo uma mão nas costas de Henryk, dirigindo-o à escada do sótão. "Ela é brilhante, como eu estava dizendo, mas os nervos, muito, muito frágeis", Willa ouviu o pai dizer. Ela ficou ao pé da escada e berrou para cima: "Eu quero vê-la. Quero vê-la... se mexer".

Após dois ou três minutos, ela escutou uma briga vinda de cima — arranhões rápidos e o baque de botas nas tábuas do sótão, passos reverberados que achava que quase conseguia ver furando o teto — e gritos aqui e ali do pai ("Pegue ela agora, lá, *pegue ela*"). De baixo, Willa gritava — um grito bobo, imagino, como o da dona de casa exilada num banquinho, num velho desenho animado de Tom & Jerry. "O que há?", gritou o pai para baixo; ele aprendera, como eu aprenderia mais tarde, a não ter nada por garantido, nem mesmo um gritinho de matrona de desenho animado. "O que está acontecendo?", gritou ela de volta. "Não venha aqui", disse o pai, enchendo-a de medo. "Não ouse deixá-lo matar a preguiça", respondeu ela, a voz entre uma súplica e uma exigência gritada e estridente naquele andar do meio. "Nunca o perdoarei e a ninguém mais outra vez." (Ah, típica hipérbole de Willa Desforge. "Se você continuar a roer as unhas", disse-me ela quando eu era menino, "jamais será amado. Ninguém vai querê-lo, e você vai morrer sozinho".)

Henryk Gniech desceu do sótão primeiro. Aninhado nos braços dele estava a preguiça, com seus úmidos olhos escuros dardejando de um lado para outro, aleatórios como uma chama, mas o corpo imóvel, com as unhas ancoradas nas mangas da jaqueta de lona, a linguinha cor-de-rosa debilmente estendida. As mãos de Henryk — mãos enormes, notou Willa, com os dedos alongados de um pianista de ritmo do Bairro Francês — estavam em torno do bicho como uma rede frouxa. Brandindo a vara e arquejando, Gerald Desforge vinha atrás dele na escada. "O garoto o apanhou como um profissional", disse ele, obviamente exultante. Willa estava dominada pelos desejos simultâneos de tocar e se afastar da preguiça e de seu carregador, e durante um momento perdeu o equilíbrio, bamboleando na direção da parede.

"Elas fingem de mortas", Henryk disse, suas primeiras palavras a ela. "É uma gracinha."

"Para onde ele vai levá-la?", perguntou ela ao pai. Depois, corrigindo-se, para Henryk: "Para onde você vai levá-la?".

Com um dar de ombros ele disse: "Uma árvore".

"Mas não aqui por perto", disse Gerald Desforge.

"Bem longe", falou Henryk.

Ela não achou que ele fosse matá-la, não do jeito como ele segurava a preguiça, mas disse, de qualquer modo, quase numa pergunta: "Você não vai matá-la".

"City Park", falou o pai. "Ele pode levá-la para o parque."

"Vou com você", disse ela a Henryk. "Não confio em você." Isso era mentira. Ela confiava nele. Embora matador de aluguel, ele tinha os olhos de um velho padre, de um praticante de compaixão diária, e não de veneno cáustico. Com pigarros ameaçadores e prolongados, o pai objetou — mas claro que cedeu, como sempre fazia. Ele iria para o leito de morte temendo curtos-circuitos nos nervos dela.

Willa esperou no caminhão da Dixie Pest Control — espartano e imundo, o chão juncado de garrafas vazias de Coca-Cola — enquanto Henryk trancava a preguiça na gaiola de arame enferrujado na caçamba. As garrafas de Coca tiniam ao bater umas contra as outras enquanto ele dirigia por Nova Orleans, enchendo a cabine silenciosa com uma música aleatória, vítrea.

"Você deve matá-los", disse ela depois de algum tempo.

"Não", falou ele. As garrafas tiniram num crescendo com os buracos da rua. "Eu tenho... um lugar secreto. Eu dou presente."

"Onde?"

"É lindo. Lugar muito lindo. Eu mostro a você. Você quer que eu mostre a você?"

Enquanto ele pilotava o caminhão por Nova Orleans, ela tentou adivinhar onde ele pararia, imaginando o que seria a beleza para um exterminador de pragas polonês, mas — desceu por Claiborne Street, depois pela Rampart, depois St. Claude e para a Bywater — as possibilidades minguavam cada vez mais. Um *presente*, dissera ele. Com uma pontada de horror, ela ficou imaginando se ele tinha a intenção de entregar a preguiça para uma família negra carente no Lower Ninth Ward, para que a cozinhassem e comessem. O medo do gisado de carne perturbou as entranhas dela. Mas então ele virou na Poland Avenue e continuou dirigindo na direção do rio, até que não havia mais rua, e ele parou o caminhão no cais. Ele sorria enquanto desligava o motor, como se tudo — a beleza, o destino da preguiça — fosse maravilhosamente evidente.

"Estou confusa", disse ela, e alguma coisa na expressão dela — desgosto, decepção — interrompeu o sorriso dele. Juntos, em silêncios separados, eles vistoriaram a cena: o rio Mississippi, tão lamacento e pardo que mal refletia a luz do sol; as docas secas do outro lado do rio, em Algiers; os cargueiros e navios de bananas com manchas de ferrugem escorrendo pelos cascos como sangue de feridas; velhos galpões apertados, escritórios de terminal com tetos de zinco; vagões fechados em decomposição, planícies secas de concreto. Ela inalou os odores de entranhas de peixe, enxofre e fumaça de navio. *É lindo*, disse ele. Finalmente, ela deve ter pensado (embora raramente estivesse inclinada a se autodepreciar): alguém mais doido que eu.

"Lugar mais lindo", disse ele, e o tom acrescentava um sinal de interrogação à declaração. Delicadamente ela sacudiu a cabeça, negando: a primeira discordância entre meus pais.

Foi assim que ele explicou (com terno entusiasmo, mas de modo quebrado, pedindo constantemente a ela que preenchesse as falhas em sua história com as palavras que ele não sabia): quatro anos antes, um navio vindo da Alemanha tinha atracado no Poland Avenue Wharf, um lugar adequado para o desembarque de 93 refugiados poloneses, que desceram pisando a prancha de desembarque. A maior parte era de judeus e principalmente sobreviventes de campos de concentração nazistas, marcados no interior dos antebraços por tatuagens de identificação. Uma banda de metais tocava para recebê-los, com multidões de voluntários da Cruz Vermelha e do United Service for New Americans, com os bíceps listrados com braçadeiras coloridas. Entre os recém-chegados estava Henryk Gniech.

Eu não sei com certeza a que campo de trabalhos forçados meu pai sobreviveu, ou o que aconteceu a ele lá. (Dachau, acreditamos — era onde iam parar os padres.) Sabemos que ele era aluno de um seminário católico e que fora preso por usar uma batina. Ele disse isso a minha mãe. (Durante vários anos um membro da Catholic Patron League of New Orleans, que tinha patrocinado a imigração dele, o visitava para avaliar sua temperatura religiosa; eles esperavam que ele retomasse seus estudos no seminário e se tornasse padre, coisa que ele não tinha a menor intenção de fazer. Pararam de vir depois que minha mãe entrou em cena.) Sabemos também que a família dele inteira morrera na guerra, e que, junto com sabe-se lá mais o que, fora terrivelmente chicoteado; as costas dele tinham uma rede borrachuda cor-de-rosa de cicatrizes. Ele nunca falou sobre nada disso, a não ser, minha mãe suspeitava, durante o sono, quando às vezes soluçava e proferia o que pareciam a ela (que nunca aprendeu polonês) súplicas sombrias. "Como uma criança presa num poço", descreveu minha mãe. Não, ao rebobinar sua vida, meu pai nunca foi além desse ponto cheio de sol: pisar no concreto quente das docas de Nova Orleans, as docas enxameando com as suaves boas-vindas dos obreiros de caridade, o ar úmido cheio da berrante e imprópria buzina das tubas em "When the saints go marching in", que para sempre permaneceria sua canção favorita. (Ele a cantava com os lábios fechados enquanto fazia a barba, tomava banho, folheava o *Times-Picayune*, mastigava amendoins no sofá.) Ele considerava isso seu nascimento, o início d'Ele, como se tudo o que tinha acontecido antes englobasse um útero sem luz do qual ele se livrara.

Então foi ali que Henryk Gniech soltou a preguiça, como tinha liberado uma arca inteira de criaturas pestilentas antes dela. A preguiça farejou o ar, deu vários passos hesitantes para fora da gaiola, depois correu pelo concreto para uma fenda em segurança entre dois gigantescos caixotes de madeira, desaparecendo da vista. Foi esse o presente de meu pai — uma segunda chance nas docas —, o maior presente que ele conhecia — o mesmo que ele mesmo tinha recebido. Ele sorriu, acendeu um cigarro, cantarolou de boca fechada os primeiros compassos de "When the saints...", e devolveu a gaiola vazia para o caminhão, enquanto Willa ficava ali de pé, olhando fixamente, observando a misericordiosa fenda escura com a mesma atenção enlevada e emocionada que daria a um Degas no museu. Ela não esperava isso, não. Um novo tipo de maluquice. Ela se apaixonou naquela tarde, e dali três semanas estaria grávida.

* * *

Bem... merda. Foi um interlúdio muito mais longo do que queria. Vocês ainda estão aí? Eu estou. Ainda estou aqui, quero dizer. Tive de me deslocar no meio daquele ataque sépia de genealogia porque um pândego com uma guitarra acústica resolveu fazer serenata para as massas reunidas no Portão K9 com uma versão instrumental de "Dust in the wind". Isso não teria sido tão tóxico — todos somos, afinal, poeira ao vento — se ele não errasse as modulações e, em vez de seguir em frente com a canção, ficasse repetindo-a até acertar. É a primeira vez que me lembro de ouvir uma guitarra *gaguejar*. (Revisão, como qualquer outro procedimento de preparação, deveria ser mantido em segredo. — O Livro de B. Ford, 2:13.) Agora estou no Portão K12, que parece um lugar seguro, a não ser por esse jovem camarada asiático magrela que não para de dar risadinhas para algum diálogo aparentemente textual que ele está tendo com o celular. Nos meus dias de faculdade, quando apareceu pela primeira vez a calculadora de bolso, eu me mantinha discretamente divertido nas aulas de matemática fabricando palavras com os algarismos quadrados: 800 para BOO, por exemplo. 5318008, de cabeça para baixo, para BOOBIES (peitos). 58008618, do mesmo modo, para BIGBOOBS (peitões). Ah, como era hilário! Não acho que seja isso que meu jovem amigo asiático esteja fazendo, embora a movimentação física lembre bastante. Acaba de me passar pela cabeça que, se forem fazer telefones celulares de tamanho mega — com botões do tamanho, digamos, de maços de Lucky Strikes — minha mãe poderia me mandar mensagens de texto, em vez de escrever tão trabalhosamente seus rabiscos tremidos em Post-it. É claro que eu também precisaria estar equipado com um telefone celular para que isso funcionasse. Mas, mesmo assim: que triunfo para a tecnologia seria isso — as notas Post-it me encontrando em qualquer lugar, na rua ou dentro de um ônibus cruzando a cidade, espetadas nas asas de pombos-correios digitais.

Quanto à senhorita Willa e tudo o mais, esses são os fatos como eu os conheço, mas como a fonte deles é a minha mãe, sei não. No entanto, há alguma lógica na história. De que outro modo poderia um refugiado/exterminador polonês esquelético e semimudo ter seduzido a minha mãe? Francamente, se ele não tivesse sido um homem tão gentil eu poderia supor que nascera de um estupro. Mas então, Prezada American Airlines, vocês não estão nem aí para como eu fui concebido. A essas alturas vocês estão, sem dúvida, desejando que eu nunca tivesse sido concebido, e eu estaria mentindo se eu me negasse a concordar com vocês quanto a isso. Acrescente Stella à arquibancada e podemos todos fazer uma *ola*. De qualquer modo, peço desculpas por essas digressões para a história da minha origem. Fica claro que eu devia ter sido um romancista russo: eu nem sequer consigo escrever uma porra de uma solicitação de reembolso sem detalhar a minha linhagem.

Não que isso seja qualquer porra de solicitação de reembolso, veja bem. Não tenho certeza de que já tenha ficado claro, mas há muito mais do que US$ 392,68 em jogo nesse voo.

***

Talvez eu deva explicar.

No inverno de 1978 eu me tornei um novo pai. Isso não foi, note-se, programado: assim como eu fui um acidente de concepção, minha filha também. Um acidente gerou outro acidente. No nosso caso, meu e de Stella, foi uma noite passada em cima de uma colcha de retalhos num pórtico de segundo andar o que me levou à paternidade inesperada. Eu acabara de me mudar para morar com a Stella depois de um delirante namoro de três meses, arrastando principalmente livros — na verdade, não acho que tenha contribuído com nada além de livros — para o apartamento dela no segundo andar de uma casa com varanda em cima e em baixo, no Irish Channel. Um lugar típico de aluguel para estudantes de pós-graduação, pobre e descascando, mas encantador em seu jeito boêmio. Como era a primeira noite na nossa casa, comemoramos cozinhando alguma coisa com ostras, receita saída do exemplar da minha avó falecida do *Picayune's Creole Cookbook*, e abrindo uma jarra de Gallo Rhine, que, na época, achávamos que fosse uma coisa especial. Era uma noite quente de primavera, com as magnólias em flor penetrando o Channel inteiro com um cheiro de limonada, de modo que passamos para o lado de fora, para a varanda. Stella acendeu velas e fumamos um baseado e contamos histórias que nos fizeram, os dois, rir até às lágrimas, e, em algum momento, enquanto estávamos fazendo amor — e por mais que eu ache os eufemismos repugnantes, era exatamente isso o que estávamos fazendo —, com ela por cima de mim, eu escrevi EU TE AMO com a ponta do dedo na pele molhada das costas dela. Ficamos lá fora a noite inteira, circundados pela madrugada e por poças de cera de velas derretidas.

Durante aqueles meses éramos os habitantes mais felizes do planeta. Se eu já não era mais o *poete maudit*, bem, eu não dava a menor bola. Parei de beber sozinho e suicídio era um conceito tão improvável para mim quanto entrar para um Kiwanis Club. No *hi-fi*, os ressentidos pianistas de blues, que eu me especializara em ouvir, deram lugar a rock descuidado. Para brincadeiras bobas, púnhamos ABBA no toca-disco. Eu picava legumes e pagava as contas. Levava chá quente para Stella quando ela estava estudando e lia em voz alta para ela enquanto ela estava de molho na nossa banheira manchada de ferrugem. "Dias da salada", eram chamados, embora eu não tenha ideia por quê.

Demorou algum tempo até ela me dizer que estava grávida. Stella alega que queria tirar o máximo de felicidade possível do presente — e que talvez, se ela não dissesse em voz alta que estava grávida, não emprestaria ao fato a credibilidade oral, e tudo poderia passar como uma febre. Essa conversa, quando finalmente chegou, foi coalhada de longos silêncios terríveis. Eu disse que ela decidiria o que fazer, embora estivesse esperando que ela fizesse um aborto. Éramos jovens, sem raízes, resolvidos a explorar os confins da Terra. E eu duvidava — corretamente, como se viu — do meu potencial como pai. No dia seguinte ela marcou uma hora em uma clínica em Gentilly e durante as duas semanas seguintes pairamos numa órbita lenta e horrível em torno do não dito. Eu tinha pesadelos que não revelava a ela; ou melhor, não pesadelos, mas sonhos oblíquos a respeito de perder coisas. Um em que a caríssima guitarra do Charles era roubada do meu carro; outro a respeito da minha cota no aluguel desaparecer da gaveta da minha escrivaninha. Uma noite, já tarde, no sofá, assistimos a um filme, uma reprise de *Glória e Derrota*, e no final, quando o personagem de James Caan morreu, notei que ela estava chorando — soluçando. Abracei-a e disse: "Eu me esqueci como era triste o final desse filme", e ela replicou, rapidamente: "Não estou chorando porque James Caan morreu". Igualmente rápido eu disse: "Eu sei", mas era uma mentira. Pelo que eu sabia ela podia estar chorando por James Caan; a verdade era que eu não sabia o que ela estava sentindo. Quando fomos para a cama naquela noite eu fiquei lá deitado, segurando-a nos braços, acarinhando-a, até que o típico crescimento do tesão me fez pular para trás entre os lençóis, deslizando o mais que podia para longe dela. Eu não queria que ela o sentisse. Ela vai se dar conta de que fui eu, pensei burramente. Eu quem fez isso com ela, eu que a estou fazendo chorar.

Ela não me pediu que fosse com ela, mas eu fui. A clínica ocupava uma casa em uma rua residencial, com apenas um vago distintivo no exterior — alguma figura feminina arquetípica, vestida num manto, elevando as mãos para o céu. Também havia um guarda do lado de fora, um cara preto, gordo, fumando sem parar, que evitou contato visual. Dentro, uma sala de espera evocava um consultório dentário decadente de bairro pobre, com revistas envolvoltas naqueles invólucros ASSINATURA EXPIRADA! ESTE É O SEU ÚLTIMO NÚMERO! e o "Rainy day people" de Gordon Lightfoot saindo dos alto-falantes do teto. Eu segurei a mão dela até seu nome ser chamado. Eu não trouxera nada para ler, já que isso me pareceu pouco apropriado, de modo que, quase o tempo todo, fiquei do lado de fora e fumei, dividindo, desconfortavelmente, um cinzeiro com o guarda. Mas eu só tive tempo para três cigarros, porque em quinze minutos Stella apareceu na varanda. As bochechas dela estavam vermelhas e coalhadas de lágrimas e ela agarrava seu suéter fino como se atacada por um calafrio paralisante. "Sinto muito", disse ela. "Não consigo ir adiante com isso. Bennie, sinto muito, mas não consigo." Fiz um movimento para abraçá-la, mas ela deu um passo atrás. "Não", disse ela. "Não, vamos embora. Por favor, vamos embora daqui."

O melhor que posso dizer acerca dos oito meses seguintes é que tentamos. Limpamos o segundo quarto, que acabava de ser transformado no meu escritório, e instalamos um berço e um trocador. Compramos *Boa noite, lua* e *Bedtime for Frances* [Hora de dormir para Frances] na livraria da Maple Street e, de uma loja no Bairro Francês, algumas bonecas de vodu vendidas como souvenir que achamos que seria excêntrico/engraçado para pôr dentro do berço. Como precisávamos de dinheiro, pulei para o outro lado do bar no Exchange, passando de beberrão a barman; Felix, o Gordo, chegou até a pôr uma jarra de plástico com uma placa que dizia BENNIE'S BABY FUND [Fundo para o bebê do Bennie] no bar, embora ela tenha desaparecido assim que Stella ficou sabendo de sua existência. À noite eu punha o ouvido na barriga dela e tentava escutar e sentir, mas nunca havia nada. "Você não sente isso?", dizia ela. "Aqui. Isso. Isto foi um chute." Eu não percebia. Muitas vezes eu estava vagamente zangado e às vezes estava emocionado, mas na maior parte das vezes eu estava aterrorizado. Uma noite, depois de o bar ter fechado, bebi até cair, e na manhã seguinte Felix chamou uma ambulância porque não conseguia me levantar do chão. Mais tarde ele me contou que chegou a tentar me chutar o saco. Como seria de esperar, Stella não gostou. Algumas noites mais tarde o som de alguma coisa quebrando me acordou por volta das três da madrugada. O lado de Stella na cama estava vazio, de modo que gritei o nome dela. Mais estrondos e quebras. Corri para a cozinha e a encontrei de pé junto da pia, soluçando enquanto jogava nossos pratos e copos lá dentro, um de cada vez. Havia cacos por toda parte. Abracei-a e deixei-a chorar e depois a levei de volta para a cama antes de limpar a confusão de cacos. Nunca falamos sobre isso outra vez, apesar do vazio ostensivo em nossos armários.

Stella Clarinda Ford nasceu em janeiro: o nome de Stella foi pela mãe dela, é claro, e Clarinda nós tiramos de Robert Burns ("Fair empress of the poet's soul, and queen of poetesses..."). Ocorreu-me que eu devia, além disso, esclarecer o sobrenome, ou seja, Ford e não Gniech. Isso foi obra do meu pai nos meses que antecederam o meu nascimento. A senhorita Willa, obrigada pela conveniência de se casar com o exterminador polonês que a havia engravidado, mesmo assim se recusou a se tornar Willa Gniech. ("Uma Willa Gniech fica parecendo um *troll* da mitologia escandinava", disse ela a Henryk. "Ou um espirro étnico.") Então, sem consultá-la, ele foi até o tribunal e mudou o nome dele para o nome mais norte-americano que conseguiu imaginar: Henry Ford. (A ignorância a respeito do antissemitismo do xará que ele escolhera como nome, considerando o que ele passara durante a guerra, acrescentava outra camada de ridículo ao fato. No entanto, desde então, ele foi devotamente fiel aos veículos Ford, e quando, mais tarde, passou a ser mecânico, costumava brincar dizendo que preferia trabalhar com Fords porque era "nagocho da família".) Antes do nascimento de Stella Jr. havia um papo vago entre Stella e eu a respeito de abandonar o sobrenome Ford em favor do Gniech autêntico, em parte para horrorizar minha mãe, mas Stella Jr. não podia deixar de concordar com o espirro étnico ("Ou um obsceno brinde russo", acrescentou ela. "Stella Gniech!").

Ao segurar minha filha nos braços pela primeira vez naturalmente desatei a chorar. Ela era tão linda e tão pequenina — uma maravilhosa partícula de vida cor-de-rosa. Mas também devo confessar que estava bêbado feito um gambá. Eu estava trabalhando quando as águas romperam, mas Stella disse que estava tudo bem, a mãe dela estava lá, e como o parto sem dúvida seria longo, eu podia me juntar a ela assim que meu turno terminasse. Só que o parto não foi longo, e menos de duas horas mais tarde a mãe dela ligou para o bar anunciando o nascimento. É claro que todo mundo me pagou drinques e houve uma grande confusão, com mais rodadas de drinques congratulatórios e, como acontece às vezes quando se está bebendo, o tempo voou. Todos os frequentadores costumeiros ficaram depois de o bar fechar, e Felix trancou as portas e trouxe champanhe, e Jane Maluca, batendo no balcão, pediu conhaque, que ela pronunciou "COG-nack". Quando finalmente cheguei ao hospital eu estava tão descaradamente bêbado que um policial tentou me impedir de entrar, mas eu disse que a minha nova filhinha recém-nascida estava ali, de modo que ele me acompanhou até a ala da maternidade. Ele estava em pé bem ao meu lado quando ergui Stella Jr. do berço do hospital, lágrimas escorrendo dos olhos, junto com uma enfermeira que pairava por perto com as mãos abertas para segurar o bebê se eu a deixasse cair. "Vá para casa, Bennie", disse-me a mãe da Stella. Professora de literatura britânica em Pepperdine, nascida em Londres, ela tinha esse jeito direto de falar que fazia com que qualquer afirmação dela parecesse um super-repúdio; quando ela estava verdadeiramente repudiando você, atingia como um raio. "Pelo amor de Deus, vá para casa." Stella estava dormindo o tempo inteiro e beijei levemente a testa dela antes de o policial me acompanhar para fora. Enquanto eu cambaleava no escuro, ele me aconselhou a pôr um pouco de linguiça com biscoitos na barriga, acrescentando um grito de congratulações quando eu já estava quase longe demais para escutar.

***

Prezada American Airlines, favor encontrar, em anexo, o meu nervo ciático. Devido ao desgaste provocado nele por horas e horas nessa porra miserável de assento no O'Hare — essas O'cadeiras com patente pendente —, eu o envio a vocês para conserto urgente. Vai incluído também um envelope de resposta, que vocês podem endereçar para mim aos cuidados do banco de cadeiras de rodas em frente ao Portão K8, Chicago, Illinois.

Não estou brincando a respeito da cadeira de rodas. Na verdade, estou plantado numa neste exato momento. Não há ninguém cuidando delas e elas estão aparentemente disponíveis, e como eu vi um adolescente descansando em outra delas, pensei: com os diabos... É óbvio que prometo pular fora assim que avistar algum aleijado se aproximando. Elas são, na realidade, os pontos mais confortáveis do aeroporto, com exceção da cama "Sleep Number" à mostra no corredor entre os saguões K e H, o adolescente me informa que está sitiada no momento. "Um cara ofereceu ao vendedor tipo assim uns 200 paus para deixá-lo dormir nela esta noite", contou-me ele. "Então, algum outro cara subiu a oferta para 500. Parece que não há quartos nos hotéis desta porra de cidade. Lá pela meia-noite estará todo mundo brigando por aquela cama. Caramba, isso vai ser terrível. O vendedor parece chocado." Sugeri que talvez eu pudesse ir até lá na cadeira de rodas e tentar convencer algum bom samaritano a me erguer para cima da cama, e depois esperar para ver quem realmente tentaria arrancar um aleijado do sono. O moleque adorou a ideia. "Cara", disse ele respeitosamente, "você é louco".

Percebo que tudo o que disse até aqui não explica quase nada a respeito da minha difícil situação atual — tira isso; *nossa* difícil situação atual — e por esse motivo peço desculpas. "Estou chegando lá", como digo algumas vezes aos editores quando perguntam sobre o progresso das minhas traduções. E espero não estar me impondo demais a vocês, mas pela primeira vez na minha vida estou tentando ser sincero, tentando acertar as contas. Vocês têm de entender que, a essas alturas, passar minha vida por uma centrifugação provavelmente não me fará bem algum. A autoinvenção, do mesmo modo que beber durante catorze horas por dia, irá finalmente transformá-los num resíduo. Você olha no espelho uma manhã e se dá conta: esse rosto, essa vida, não eram a minha intenção. Quem é esse filho da puta de olhos inchados e como ele entrou no meu espelho? Dito isso, eu sem dúvida teria economizado para nós dois um bocado de pesar se eu simplesmente tivesse declarado logo de saída estar a caminho de Los Angeles para doar meu rim esquerdo para um órfão acamado chamado Tiny qualquer-coisa. Poderíamos ter nos dito alô e adeus no espaço de uma única página reconfortante. É, bem. Ainda outra oportunidade que perdi com palavras.

Do meu posto de observação nesta cadeira de rodas eu posso ver o pôr do sol através das janelas. É um pôr do sol brilhante, operístico, vermelho-chama, com os aviões cozinhando na pista de decolagem luminescente com reflexos laranja. Um cartão-postal do inferno visto do purgatório. Ou do céu, é tão difícil distinguir, daqui.

***

Mas voltemos a 1979. Vou tentar ser breve, devo deixar claro: esse não é o meu ponto forte.

Minha Stella jamais foi do tipo descuidado — foi uma pílula defeituosa, e não paixão desprotegida, o que nos trouxe à presente situação — mas mesmo assim fiquei surpreso, quando de volta a nossa casa, com o grau de proteção dela em relação a Stella Jr., a quem eu chamava de "Speck". Stella alegava que eu a segurava do jeito errado, ralhava comigo quando eu fazia cócegas nela porque eu poderia "perturbar os órgãos dela", me pedia para não trocar mais as fraldas porque eu não a limpava bem o suficiente e algumas vezes esqueci de polvilhar o bumbum dela com talco. Uma vez tentei dançar com Speck — uma dancinha desajeitada de pai-filha pela sala — e Stella pulou do sofá como se eu estivesse me preparando para jogar Speck pela janela. "Você vai machucá-la", disse ela, tirando-a de mim com uma violência irônica. Ela punha o bebê para dormir no berço todas as noites, mas depois de algumas horas Speck chorava e Stella a levava para a nossa cama. A essas alturas eu tinha de sair, porque Stella temia que eu rolasse e sufocasse o bebê, de modo que depois de algumas semanas eu desisti de tentar e comecei a arrumar uma cama para mim no sofá durante as minhas noites de folga no bar. Eu ficava solitário na sala, por isso voltei a velhos hábitos misturando doses consoladoras de vodca-tônica. Como eu sabia que Stella ficaria perturbada com a visão de garrafas vazias de Smirnoff, escondia-as atrás de livros na estante e as retirava furtivamente em massa quando as Stellas saíam para caminhar ou "comprar víveres", como dizemos em Nova Orleans.

Quanto a esses víveres: os pais da Stella estavam nos ajudando financeiramente, e a minha própria mãe era intermitentemente generosa (ela achava de mau gosto dar dinheiro, então salpicava o quarto da menina com ursinhos Steiff e chocalhos de estanho da Maison Blanche; tudo isso enquanto nossa televisão ficava em cima de blocos de cimento recuperados e partilhávamos um único copo de água). Mas o dinheiro ainda era curto, assim aceitei mais um turno no Exchange depois que o Bobby, que trabalhava nos melhores turnos de sexta-feira e das Noites das Damas, ficou puto com o Felix durante a madrugada e o derrubou no chão com uma garrafa de Cluny Scotch.

O que me leva ao meu próprio episódio de violência no bar. Uma noite, alguns advogados apareceram — a vizinhança estava mudando, as casas reformadas e as vibrações vegetarianas estavam atraindo o que mais tarde viriam a ser chamados yuppies — e estavam sentados no canto perto da porta, enchendo a cara de gim-martinis, que na época e ali eram tão fora de moda que eu cheguei mesmo a ter de pesquisar como fazer um. Babacas de boa-fé — os tipos de camarada que ainda usam o anel de formatura de ginásio com 40 anos de idade e dizem a você que canal na TV em cima do bar eles "precisam" que esteja ligado. Um deles estava falando a respeito de uma ajudante de advocacia que ele tinha recentemente "emprenhado" e dava risada disso, o que provocou uma bravata por parte de outro que disse que ia à clínica de aborto com tanta frequência que tinham dado a ele um cartão de "Compre dez e ganhe o seguinte de graça".

Eu andara bebendo bastante — protocolo padrão atrás do bar no Exchange — e, ainda por cima, na véspera eu tivera uma briga com o Charles, que me chamou de "fracasso total" que deveria se "dedicar à procriação", já que aí é que meus talentos verdadeiros pareciam estar. E tudo isso, tenho certeza, influenciou minhas ações subsequentes.

Misturei para o cara do Compre-dez-leve-um-grátis o que é conhecido no ramo como "misturador de cimento": uma medida de Bailey's Irish Cream junto com uma medida de suco de limão. A combinação produz uma reação de coagulação na boca, transformando instantaneamente os líquidos em uma maçaroca semissólida, feito queijo. É um coquetel folclórico para expressar vingança, não para beber. Como eles estavam todos usando lindas gravatas, eu cheguei até a arrumá-lo em camadas, como um *pousse* café.

"Oferta da casa, e obrigado por virem", disse eu, empurrando o copo para a frente do Compre-dez e depois voltando as costas para ele. Escutei Compre-dez dizer obrigado e o imaginei inchando ligeiramente: "Saca essa, meninos, sou um herói da classe ociosa". Mike B.B. estava sentado perto da ponta do balcão e testemunhava com ar zombeteiro o efeito da bebida, a cabeça inclinada como um cachorrinho perplexo, mas feio. Apenas pela expressão dele, ao observar Compre-dez mandar o drinque para dentro, eu acertadamente determinei o impacto do meu misturador de cimento, mas os sons foram igualmente sugestivos: um gorgolejo-gargarejo, uma respiração ofegante seguida de um retumbante "que porra é essa?!?" cheio de cuspe. Quando me virei, a língua do Compre-dez estava pendurada flacidamente da boca, e a gravata dele estava marmorizada com faixas parecendo sêmen de licor irlandês coalhado. Eu poderia provavelmente ter escapado dessa situação naquele ponto — verdade seja dita, eu estava quase com pena do cara — não tivesse Mike B.B., um mordedor de charutos baixo, robusto, igualzinho ao Paulie nos filmes Rocky, se lançado na maior e mais longa gargalhada de sua vida. O boné dele caiu para trás da cabeça e creio que ele até segurou o peito com uma mão enquanto apontava com a outra. Eu não tinha ideia de que guinchos feito aqueles podiam sair de um homem como ele. Nem tinha ideia de que um trio de advogados de Uptown conseguisse pular por cima de um balcão para massacrar um barman errante. (Na ocasião eu suponho que pensava que eles tinham feito votos, como padres.)

Eles inflexivelmente me reduziram a uma polpa — eu tive de receber pontos em dois lugares, e os meus dois olhos ficaram pretos —, mas o resto dos ocupantes do bar, com exceção de Mike B.B., que estava sem fôlego por rir tanto, montaram uma contraofensiva desenfreada que resultou na mandíbula quebrada e o rosto lacerado de um dos advogados (o emprenhador de ajudante de advocacia) por — adivinhou — uma garrafa de Cluny (Felix, o Gordo nunca mais serviu Cluny outra vez, dizendo que era "amaldiçoada"). Foi uma briga de bar pouco comum, porque aconteceu quase inteiramente atrás do balcão, o equivalente a um título de boxe entre pesos pesados disputado dentro de um boxe de chuveiro, o que também significa que houve muito estrago. A urna do Fred Falecido foi derrubada de sua sagrada prateleira de cima e suas cinzas foram espalhadas por toda parte. Mais tarde ouvi dizer que Felix se benzeu sem parar enquanto lavava o Fred Falecido dos capachos com uma mangueira.

Eu fui suspenso por duas semanas, mas isso nem chega perto do pior. O *Times-Picayune* ficou sabendo da rixa e um repórter superambicioso enquadrou-a como uma repercussão das tensões da vizinhança — os junkies/hippies/freaks se erguendo contra os riquinhos engravatados. O repórter chegou mesmo a fazer referência à campanha Freak Power de Hunter S. Thompson em Aspen, e ainda fez confusão irônica por causa do nome do bar ser Turf Exchange. Teria sido legal ser um herói popular, mas a história também chamou a atenção para o fato de a causa inicial da briga ter sido "um conflito relacionado a uma mulher", um engano não inteiramente errado que deve (sempre presumi) ter saído de Mike B.B., que andara escutando a conversa dos advogados, como eu. Provavelmente ele disse, num clássico discurso tipo Mike, que os advogados estavam "dizendo merda a respeito de alguma garota", e isso foi o suficiente para o repórter, que, não obstante a ambição, nunca me fez a gentileza de me dar um telefonema.

Imagine a reação da Stella. Depois eleve-a ao quadrado, eleve-a outra vez ao quadrado, depois multiplique-a por maluquice. Ela desconfiou quando cheguei em casa, vindo da sala de emergência, todo costurado e com os olhos pretos, porque eu não consegui realmente explicar o motivo da briga. "Filha, eles eram advogados imbecis", eu disse, como se isso resolvesse tudo. Mas ela conhecia meu jeito conciliatório hippie-poeta — sem falar na alta tolerância que eu tinha, por causa do meu avô, pelos advogados de Nova Orleans — o suficiente para perceber que faltavam pedaços na minha história. Mas o que poderia eu dizer? Nunca falamos do que acontecera na clínica — ela se recusava peremptoriamente — e não parecia haver desculpa que justificasse, aos olhos dela, a minha reação à ordinária vantagem apregoada por Compre-dez. "O quê?", imaginei-a gritando. "Você estava com inveja?" Ou talvez, adotando a posição inversa e me acusando de secretamente odiá-la porque ela escolhera, sozinha, abortar Speck — não importa que ela não tenha prosseguido com a ideia, e que tenha sido eu quem a levou até a Gentilly. (A essa altura eu já estava teorizando que a superproteção tensa dela com relação a Stella Jr. podia ser derivada dessa mudança de enfoque.) Francamente, eu não queria introduzir a palavra "aborto" no nosso vocabulário; as feridas psicológicas ainda não estavam cicatrizadas. E o que é pior: eu não sabia honestamente explicar o que acontecera — por que eu servira aquele misturador de cimento — porque fazer isso iria expor o enorme buraco negro que eu estava sentindo na minha vida, a solidão e constrição e o sentimento de sonhos irrecuperavelmente preteridos, a escuridão que eu sentia ao misturar minha sétima vodca-tônica no sofá à noite, e não via como poderia confessar tudo isso a Stella sem que ela concluísse que eu não amava Speck, ela, ou as duas. Por isso me calei.

Mantive-me calado mesmo depois de o jornal chegar duas manhãs mais tarde, o que, olhando em retrospectiva, foi uma grande burrice. Como aconselha o velho ditado: se você está preso num buraco, pare de cavar. Naquela manhã tivemos uma briga terrível, tornada ainda mais terrível pelo choro incessante de Speck. Quando Stella exigiu que eu contasse quem era a "puta", caí numa risada sem alegria, mas ruidosa, porque a palavra "puta" era tão absurda e tão improvável vinda de Stella. O riso a enraiveceu o suficiente para que ela me mandasse embora, e, para ajudar no processo, num ímpeto, varreu todos os meus livros da minha prateleira na estante, deixando-os estatelarem-se no chão. É claro que a meia dúzia de garrafas de Smirnoff vazias que rolaram atrás deles não ajudou em nada. Clink, clink. Clinkclinkclink.

Arrasada, ela desabou no chão em uma poça de soluços e me deixou abraçá-la durante algum tempo e até me deixou buscar um copo d'água, o que podia significar um progresso. Muito calmamente ela perguntou outra vez quem era a "puta", e dessa vez eu não ri, mas disse a ela, com a gravidade apropriada, que não havia nem nunca houvera puta nenhuma. "Oh, Bennie", disse ela balançando a cabeça. "Bennie, Bennie, porra, Bennie." Ela ficou estudando o copo d'água durante um longo e silencioso momento, sentada entre as garrafas vazias e os livros espalhados, antes de o arrebentar na minha cara. É: me surpreendeu também. Sangue e vidro explodiram por toda parte e eu fiquei instantaneamente cego de um dos meus olhos enegrecidos. Estupefato, tudo o que consegui dizer foi "você sabe, esse era o nosso único copo". Segurei contra o rosto uma camiseta que se tornava vermelha enquanto Stella me levava ao hospital com a pobre Speck chorando no assento. Quando me perguntaram o que acontecera, na sala de emergência, eu me proclamei "revolucionário" e disse que bastava as enfermeiras lerem o *Picayune* do dia para terem a prova. Aquilo chamou a atenção do guarda de plantão, a quem satisfiz com a história de ter colidido com um copo d'água que estava na mão da minha mulher ao me inclinar para pegar o gato (fictício). "Deve ser uma gata e tanto", disse ele, sendo que não tenho certeza se estava se referindo à mulher ou ao gato.

    Continuamos juntos por mais oito meses, alguns melhores, outros piores. Como tínhamos pouco dinheiro, Stella retirou os meus pontos, em vez de pagar um médico para isso. Era uma noite estranhamente plácida, quase linda a seu modo, ou melhor, *belle laide*, como diriam os franceses: linda-feia. Eu me sentei na cadeira de couro embaixo do lustre gótico da nossa sala de estar, bebericando ligeiramente uma vodca-tônica, à medida que ela retirava os pontos com pinça, enquanto Speck rolava no chão dando risadinhas e dizendo dur-dur-dur. Talvez fosse a vodca, mas naquela noite fizemos amor pela primeira vez em semanas e eu me vi chorando sem conseguir parar. Eu chorava tanto que tivemos de parar no meio. Com a cabeça sobre o meu peito que subia e descia, Stella perguntou, baixinho, se eu estava chorando de alegria ou de tristeza e eu respondi: "os dois". Ali, no escuro, ela limpou minhas lágrimas com os lábios. Terminamos com gritos jubilosos, mais do que uma raridade para nós, e Stella caiu em um sono satisfeito, com um sorriso quilométrico no rosto. Desde o parto ela tinha começado a ressonar mais forte — um suave exalar sonoro, como alguém suspirando pelos orifícios de uma harmônica — e naquela noite eu fiquei acordado escutando a música da respiração dela e imaginando o que, diabos, era o amor, e se era aquilo. Depois de algum tempo eu cautelosamente ergui o braço dela de cima de mim e fiz uma vodca-tônica, que bebi sentado na beirada da cama, olhando-a dormir. Não havia lua, mas a lâmpada da rua do lado de fora da janela do quarto lançava um brilho branco sobre ela que parecia absolutamente sagrado. Naqueles momentos era fácil imaginar que ela me amava e que eu a amava e que tudo estava como deveria estar, em uma galáxia alternativa, na qual a lâmpada da rua era o sol.

No entanto, aquelas noites eram raras, e talvez seja indevidamente sentimental estender-me sobre elas. Próximo ao final eu estava tentando voltar a escrever e não estava me saindo bem. Pós-Speck Stella tinha abandonado a poesia e eu sentia que esperava que eu fizesse o mesmo. "Você é um *pai*", disse ela, traçando uma linha intransponível entre poeta e pai. "William Carlos Williams também era", disse eu. "Você não é Williams", veio a réplica, exata mas desanimadora. Charles e eu fizemos as pazes e passei a beber com ele nas minhas noites de folga, primeiro ocasionalmente, depois regularmente. Charles cultivava um grupo de estudantes ligadas às artes e parecia sempre haver alguma menina nova e atraente com um aparente fetiche de Eeyore me dizendo que eu parecia "triste", tirando o cabelo de cima dos meus olhos até eu dar um tapa na mão dela. Uma noite, no beco ao lado do Exchange, para onde eu levara uma das que faziam parte do círculo de Charles para compartilhar de um baseado, vi-me beijando uma garota de 21 anos vinda de um lugar chamado Hot Coffee, Mississippi, cujo sotaque úmido era feito sorgo para a minha mente confusa. Esse breve interlúdio poderia ter ido mais longe se ela não tivesse sussurrado: "eu faço coisas que ela não faria". Não sei bem por que fiquei tão ofendido, mas, quando Charles tentou me impedir de precipitar-me para fora do bar, empurrei o braço dele e disse a ele para que ficasse longe de mim blá blá blá... vá se foder... blá... Uma vez em casa, deitei-me no sofá, como sempre, e bebi até adormecer na frente da estática com cor de sal da TV. Talvez até tenha falado com a estática, blá blá blá... vá se foder, blá, não sei. Naquela noite eu odiei todo mundo, especialmente eu mesmo. Esse sentimento só ficou mais forte no dia seguinte, quando acordei com a visão de Stella sentada a trinta centímetros de distância no alto da mesinha de centro, chorando. Era um choro brando, derrotado. "Olha para você", disse-me ela. Eu não protestei ou perguntei "olhar o quê?". Francamente eu nem sequer tentei olhar.

Quando o final finalmente veio, estávamos tendo — na minha cabeça — uma outra daquelas frágeis noites boas. Stella preparara seu famoso espaguete com almôndegas ("Quando você está cozinhando isso", eu costumava dizer a ela, "se eu fechar os olhos, quase, mas não inteiramente, vejo você como uma velha mama italiana gorda com um bigode escuro"; ela odiava, embora a minha intenção fosse de imenso afeto), e *Ilha da Fantasia* estava passando na TV. O desprezo adoravelmente esnobe de Stella para com a TV estourou como uma bolha de sabão depois que Speck nasceu. Algumas vezes eu a encontrava com a bebê, enroscadas no sofá, assistindo a programas de competição — hipnotizada por Wink Marindale. Os vizinhos do andar de baixo estavam viajando, de modo que entretive Speck com um sapateado tosco no velho chão de madeira e até Stella — acho — estava rindo. Ou talvez eu apenas tenha imaginado o riso — o desejo tingindo a percepção. De qualquer modo, era essa a cena: nós três no sofá, inundados pelo brilho azulado da televisão, embora na maior parte não dando atenção à *Ilha da Fantasia* porque acabou que era uma reprise, Stella e eu passando nossa filha de um para o outro, esfregando o nariz no dela, fazendo-lhe cócegas nos lábios para fazê-la sorrir. Para mim, a noite parecia pacífica — não uma *détente* doméstica, mas a coisa genuína. Um campo de lavanda, um lago do norte no crepúsculo. Ou sei lá que imagens de purificadores de ambientes mais evoquem paz.

Embalando Speck, eu disse algumas bobagens para ela, ou melhor, coisas parcialmente sem sentido: alguns refrões açucarados a respeito do futuro dela "Um dia você vai ficar realmente grande e usar vestidos", coisa desse tipo. Na verdade, eu não estava prestando muita atenção ao que dizia — eram bajulações, tolices de ninar — até que eu disse: "E um dia vou acompanhá-la ao altar e odiar cada segundo", o que fez com que Stella subitamente se enrijecesse. "Jesus", murmurou ela.

Eu fiquei lá sentado, perplexo. "O quê?"

Ela desviou o olhar, franziu os lábios, depois levantou-se e saiu para a varanda. Finalmente me chamou de babaca.

"Por que eu disse que odiaria cada segundo? Foi uma brincadeira. Apenas uma... brincadeira idiota de papai."

Ela estava apertando os olhos com a palma das mãos pressionadas contra a testa. "Stella", disse eu.

"Porque você está mentindo para ela", disse ela finalmente. Ela olhou para o teto e deu para eu ver que ela estava apertando os olhos para estancar o fluxo de lágrimas. Agora elas corriam livremente. "Eu posso aguentar você mentindo para mim, mas ouvir você mentindo para ela... Jesus, Bennie, não dá para nós aguentarmos mais." "Nós" significava as duas Stellas. "Não dá mais para aguentarmos você."

Calma aí, disse eu. Pare. Estávamos tendo uma boa noite. "Não", disse ela. "Você estava tendo uma noite boa. Não há porra de noite boa nenhuma para nós. Só há preocupação sobre se você vai voltar para casa e ficar pensando por que devíamos nos incomodar. Se é que nos incomodamos." Eu disse que dizer "nós" era um tanto exagerado, que arrastar Speck para isso era desleal.

"Vá se foder! Está me escutando? Vá se foder!" Gritou, apontando, com uma fúria tão violenta e inesperada como um raio caindo de um céu azul sem nuvens. "Você tem alguma porra de ideia do que fez comigo? Você não passava de uma porra de diversão de verão, um jeito de passar o tempo, e agora" — dando tapas no peito — "olhe. Que porra de merda você fez comigo."

"Porque você engravidou? É disso que se trata?"

Um som de gemido. "Você não entende. Seu merda, você não entende. Isso não tem nada a ver com eu engravidar e nada a ver com ela."

Você acabou de dizer que era por causa dela.

"Tem a ver com você, Bennie. Você não liga para a gente — não como pessoas, de qualquer modo, não como sua filha e a mãe de sua filha, não como seres humanos, como carne."

O quê?

"Não, escute. Tudo com que você se importa, e mal, é com a ideia de nós e a ideia de continuar conosco — você está aqui nesta sala neste instante porque você é fiel à ideia de Bennie caralho Ford agindo como um homem e cuidando de sua família — não, na verdade acho que é algo muito pior, algumas vezes acho que nós somos a sua desculpa para o fracasso — mas não porque você quer estar aqui, não porque importa a você que estejamos aqui juntos. Não passamos de mais uma de suas escoras, Bennie. Exatamente como seus Lucky Strikes e sua porra de máquina de escrever Underwood barulhenta e aquela merda de boné de tweed que faz você ficar parecendo um *caddie* sem emprego. Nós todos, cigarros e filha, não passamos de cenários móveis em *A Vida de Benjamin Ford*, como pequenas ficções do seu ego."

—

"Jesus, está bem. Vamos chamar de seu antiego. Todos os dias você acorda e tenta talhar alguma ideia ilusória, igual a sua mãe, embora ela pelo menos tenha uma comunicação do médico, e lá pela metade do dia, quando a vida não está se alinhando com a ideia, você começa a beber. Por quê? Porque a bebida aproxima a vida e a ideia dela, torna as duas tão confusas que você não consegue distingui-las. Então você continua bebendo até... até que elas sejam uma e a mesma coisa, mas nesse instante fica tudo confuso, e nesse instante nada mais existe fora da sua cabeça. E então é tudo ideia, sem vida. Será que você nem sequer pensou como isso nos faz sentir? Não. Não. Porque não passamos de empregados da... da sua imaginação, e todos os dias, Bennie, todos os dias" — voz quebrando — "sentimos essa imaginação se voltando cada vez mais para longe de nós, ou contra nós."

—

"Isso é uma merda. Meu Deus, você e sua merda. Você nem sequer conseguiu chegar ao nascimento dela. E você sabe por quê? Porque a... a realidade desse nascimento não tinha importância. Não tinha importância para você! Ela já estava completa na sua cabeça, estava terminada. Você era pai! Você! Só tratava de você, sua ideia de você, você fingindo dentro da sua cabeça, a palavra *pai*. Então, que importância tinha se eu e minha mãe e sua nova filha estivessem no hospital? Você tem uma porra de uma ideia de como isso me humilhou? Um policial arrastando-o para fora do elevador para ver a sua filha? A enfermeira me perguntou... me perguntou na manhã seguinte se eu queria conversar com um psicólogo. Ela nem estava de plantão quando você entrou — ela ouviu sobre o fato pelas outras enfermeiras. Com minha mãe sentada lá, mexendo nas porras das pérolas dela, ela me perguntou se eu precisava de um psicólogo. Aquele deveria ter sido o dia mais feliz da minha vida e eu passei esse dia vomitando por sua causa, sem olhar minha mãe nos olhos por sua causa."

—

"Bennie, a vida é real. É difícil e machuca e não é nada como o mundo na sua cabeça e em algum ponto todo mundo cresce e se dá conta disso, e isso não significa que se tenha desistido ou se vendido ou morrido por dentro, significa simplesmente que se aprende que as ideias são apenas isso, são anéis de fumaça, vapor, e que as pessoas têm de viver no mundo como ele é."

—

"Dê Stella para mim. Como você ousa. Dê ela para mim agora."

—

"Vindo de você não tem sentido. Talvez você ame a si mesmo me amando, mas não acho que você consiga perceber a diferença — Não acho que você seja capaz de sentir."

—

"Sim. Talvez. Talvez eu tenha amado você, durante algum tempo. Mas será que isso tem alguma importância, Bennie? Quero dizer, e daí? E realmente teve importância para você se eu te amei? Teve? Como pode ter tido?"

—

"Queremos você fora da nossa vida. Não sei o que dizer mais."

—

"Olhe para ela. Ela está gritando. Você está vendo o que você está fazendo com ela? Afaste-se de nós, Bennie. Vá embora. Juro por Cristo que vou te matar."

—

Ah, puta-que-pariu-puta-que-pariu-puta-que-pariu. O que estou fazendo? Um pateta vestindo shorts de acampar e uma camiseta WORLDWIDE MINISTRIES, INC. acaba de se ajoelhar ao lado da minha cadeira de rodas e perguntar delicadamente se eu estava bem. Não, retiro isso, ele não era um pateta. Basta, até logo.

***

Sobre um banco em frente ao mar, Walenty ergueu a perna esquerda da calça acima do joelho com dobradiças e olhou a perna falsa, passando a mão por todo o comprimento, como um corredor pode massagear a perna para se livrar de uma câimbra. A madeira — salgueiro inglês, a árvore que chora — era laqueada, mas a laca já estava gasta em alguns pontos, e era possível aparecer uma farpa; ele teria de relaqueá-la de vez em quando, pensou, teria de se repintar como a uma máquina a vapor que recebe um novo acabamento, tarefa estranhamente pouco natural. Quando a bomba o atingiu ele corria morro acima em direção às ruínas irregulares de uma casa de pedra onde diversos soldados nazistas da infantaria opunham uma resistência precária. Os nazistas estavam cercados, e o resultado seria inevitável, não havia mistério quanto ao final, nenhum suspense nos procedimentos; todos eles, os nazistas, o regimento de Walenty e as tropas britânicas que flanqueavam o lado norte eram números e símbolos em um problema algébrico que já fora resolvido.

Quando a bomba caiu, jogou-o de costas morro abaixo. Ele sentiu o braço quebrar nos restos soltos de um muro de pedra — registrou até o "crac" abafado do osso quebrando — e, quando finalmente parou, primeiro sentiu o braço, esperando ajustá-lo para, de algum modo, diminuir a dor. Parecia que vários minutos se passaram antes de se dar conta de que a perna tinha sumido. Não doía, ele sentia apenas uma dormência aguda, como a de uma queimadura por gelo. Abaixo da coxa a pele parecia os tentáculos pendentes de um polvo. A visão dele não parava de ficar vermelha, o que o intrigou, até ele levar uma mão aos olhos e perceber que havia sangue vazando da cabeça. Até as orelhas estavam cheias de sangue. Ficou deitado nas pedras e deixou o sangue fluir para fora. Achou que deveria rezar, mas não conseguia formular as palavras. Em vez disso, pensou na *makowiec* que a mãe costumava preparar para sobremesa nos raros dias especiais, quando ele era menino. Esperando o fim, se consolou com visões do bolo de sementes de papoula. Mais tarde, no hospital de campanha, com a mente pastosa de morfina, Walenty não tinha muita certeza do que o perturbava mais: o membro perdido e os buracos de estilhaços na testa, ou que as únicas migalhas de vida que encontrou para se agarrar, quando estava morrendo no campo de batalha, fossem migalhas de bolo.

É noite, agora, e depois de alguns cigarros trêmulos, mas revigorantes, do lado de fora, e outra jubilosa revista no controle de segurança, mudei-me para o bar no Chili's Too, em frente ao G9.

Tive de esperar numa fila de dez pessoas para conseguir um banquinho, e dá para sentir os olhares furiosos daqueles que ainda estão à espera, como dardos de veneno golpeando minhas costas. Ai! Suponho que seja o auge da falta de educação ocupar esse valioso banquinho sem nenhum objetivo firme em mente além de disparar página após página desta carta interminável enquanto beberico club-sodas de US$ 1,75 (sem gelo) e dou uma olhada ocasional no Walenty — tudo isso enquanto meus companheiros refugiados ficam de pé num silêncio perplexo, transferindo suas malas de mão de um ombro dolorido para o outro, só querendo uma Michelob gelada e o resultado televisionado do jogo de boxe. Passou pela minha cabeça comprar uma cerveja para eles todos, mas a maior parte está desprovida de mãos livres, além de provavelmente haver alguma regra de Segurança da Pátria contra isso. Lamento, caras. Nada de cerveja samaritana para vocês.

Vejo de uma televisão pendurada no canto que o preço do petróleo está disparando e que a Nasdaq fechou hoje em baixa. Coitada da Nasdaq. Talvez eu envie um cartão desejando melhoras — alguma coisa alegre, claro, como um cartão do Snoopy. Mas, horrores! A libra esterlina britânica caiu em relação à todo-poderosa moeda norte-americana! Mas espere — o que é isso? Alguma coisa chamada "Light Sweet Crude" subiu 0,31! Prezada American Airlines, não tenho a mais remota ideia do que seja "Light Sweet Crude", mas que cabeçalho irresistível para uma publicidade pessoal, não acha? De qualquer modo, estou entusiasmado por ter subido. Posso também acrescentar. que espero que suas ações tenham atravessado a porra do teto. Prosperidade para todos, larali, laralá. Vamos todos dançar a dança do dólar com nossos traseiros para o ar.

Para ser sincero, este é o primeiro bar em que ponho os pés em cinco anos, e, para ser ainda mais sincero, não tenho muita certeza por que não pedi um drinque. Nessa situação, lutar contra as conhecidas velhas tentações da(s) garrafa(s) seria como espantar uma vespa enquanto se é mastigado por um jacaré. Para quê?

Eh, determinação. *Determinação*, certo: o primo jeca da ambição. Cê quer mudar o mundo, claro, quero tudo. Veja bem, não é determinação *contra* a bebida — nunca parei de gostar dela, mesmo quando estava tentando me matar — mas, ao contrário, determinação *para* alguma coisa mais, um conjunto estabelecido de tarefas que ainda têm de ser cortadas da minha lista. Olhe, do jeito que meu cérebro é ligado, pode ser que demore dez anos para terminar aquele drinque, e macacos me mordam se não tenho coisas a fazer. Mesmo assim, é legal ver alguns ex-companheiros. O senhor Galliano ali no fundo, aquele alto, magro, curvado, que ninguém pede. O cavalheiro Jack, na frente, esse fazendeiro musculoso brigão do Tennessee. Ah, e o Smirnoff, Smirnoff, meu verdadeiro amor, há muito desaparecido. Tivemos tempos ótimos, não foi? (Assinalar o piano do bar.) Mas de onde, diabos, vêm todas essas outras vodcas de aparência esbelta? Há uma fileira completa delas aqui, bem na frente, presunçosas como competidoras num concurso de beleza, vestidas com sutiãs de enchimento. Todas estranhas para mim, devem ser as jovenzinhas ansiosas e orvalhadas. De qualquer modo, essa costumava ser a minha turma. O que posso dizer? Cresci em Nova Orleans, onde cirrose hepática está listada como "causas naturais" no atestado de óbito. Fui um poeta descontrolado (fracassado?) que, corrompido primeiro por Keats e depois por Freud, acreditava que a verdade estava trancada no sótão do subconsciente, exigindo liberação etílica. Desenvolvi uma afinidade profunda por mulheres inebriadas, sem mencionar perda de memória violenta. Meus suéteres tinham buracos. Meu cachorro morreu. Perdi o ônibus, odiava o frio, era alérgico a poeira, não danço picas. Ela me largou. Eu a larguei. A vida prosseguiu durante tempo demais. Ou, como escreveu Berryman: "Homem, que sede!"

E agora meus olhos deparam com a reflexão de meu rosto no espelho atrás do bar. Uma uva em repouso. Cabelo grisalho, claro (ficou grisalho aos 30 anos), espalhando-se para fora do boné de motorista de tweed que consegui manter na cabeça desde a adolescência, apesar de tudo o que a cabeça conseguiu fazer com ela própria. Mandíbula saliente, rosto enrugado em todos os lugares errados, a cicatriz em formato de anzol sob o olho — onde Stella me quebrou a cara com aquele copo de água — visível até de longe. Os próprios olhos ficam cada vez menores e enrugados, como se agradecessem os aplausos para dentro da minha cabeça. De acordo com a minha mãe, estou acima do peso — uma de suas notas favoritas de Post-it: "Como é que você ficou tão gordo?" —, mas, neste lugar, atulhado de habitantes do Centro-Oeste, pareço ter uma circunferência média. Se eu sugerisse a este barrigudo a meu lado, por exemplo, que o peru dele está roxo, ele não poderia discutir comigo sem pedir um espelho de maquiagem emprestado; não há dúvidas de que ele não vê o próprio pau há anos.

Opa, ele me pegou olhando fixo para ele. (Nada menos que para a virilha dele.) Acaba que o nome dele é Bob e está no negócio de remoção de radônio, mora em Oshkosh, que é para onde tenta voltar depois de uma reunião "de papo furado" em Houston, acha que os Yankees não têm a menor chance este ano e abriu a conversa, até que com bastante percepção, dizendo: "Uau, você está mesmo rabiscando aí. O que é, seu testamento?" Hahaha, não, digo eu, uma carta zangada para a American Airlines. "Bem, diabos, se você quiser que eu assine, pode transformá-la numa petição." (Prezada American Airlines, até que não é má ideia. Como um tumulto generalizado. Mantenha-me aqui até depois de mais ou menos oito da manhã, minha última chance de chegar às núpcias, e vou ser eu a distribuir as tochas e os forcados.) "Mas são todas iguais, você sabe", disse ele. "United, Delta, US Air. Escolha o tipo de pau." (Nota: ele poderia ter dito "despótico". Sua boca estava cheia de pretzels.) Durante o curso da nossa conversa, Bob raramente tirou os olhos das televisões — havia quatro alinhadas — e temperava o papo com coisas que não tinham nada a ver, por exemplo: "Geico. Aquela lagartixinha é engraçada". Finalmente esgotamos nossos temas de conversa e Bob disse: "Não me deixe atrapalhar o seu testamento. Fique à vontade em me deixar a mobília de quarto." Gosto do Bob. Uma pena, o peru roxo dele.

 Nunca fui um bêbado agressivo, sabe. Nesse sentido, não era um bêbado *mau*. Nunca brigão, se você descontar aquele incidente com os advogados, que na verdade não se qualifica como briga, já que os advogados me esmagaram sem esforço nenhum. Não, eu de início era sempre um bêbado feliz, tonto e risonho, apaixonado por fosse lá o que ou quem estivesse perto de mim, e aí, em algum momento, um bêbado triste, fanhoso, discreto, ruminando toda a minha vida. É tudo cíclico, como diziam nas reuniões (às quais parei de comparecer há um ano, embora muito de vez em quando, quando as coisas estão incertas, eu apareça com algumas rosquinhas): a bebida o faz feliz, mas depois o torna triste, porém você quer ficar feliz outra vez, de modo que você bebe mais, repita *ad infinitum*. Ou, no meu caso, durante trinta anos, uma farra a mais ou a menos. Se não fosse pelo coma alcoólico em que caí há cinco anos (nada engraçado), e a recuperação forçada que se seguiu (tampouco), eu não teria motivos para pensar que ainda não estaria bêbado, e que esta carta já teria despencado para besteiras ainda mais besteirentas. Parte do "processo de recuperação" exige o pedido de desculpas a todos aqueles afetados pela sua bebida, e, para mim, Stella Sênior recebeu a ligação inaugural. "O que você quer que eu diga, Bennie?", disse ela. Silêncio na linha. "O que você quer dizer?", foi o que finalmente resmunguei. "Obrigada, mas não, obrigada", disse ela. Eu me senti como um agente de *telemarketing* rejeitado. Click.

Isso me faz lembrar agora, em meio a toda essa algazarra acervejada, observando uma teia de conversas que abrangia todo o recinto (estão falando de você, prezada American Airlines, e temo que seu nome seja lodo), de Bob Oshkosh à universitária gordinha numa camiseta UMASS que dá tragadas em Cuervo com o namorado dela (uau), até o final do bar para um casal aparentemente em lua de mel que não teve sucesso ao pedir champanhe, ao cara de bigodes contando ao barman nada divertido: "Sabe o que significa TSA (Transportation Safety Administration)? Thousands Standing Around (Milhares sem o que fazer), entendeu?". E então eu, aqui no canto, acalentando minha club-soda, a essa altura choca, enquanto flutuo sobre esse espumoso mar de palavrório: a pior parte da sobriedade é o silêncio. O silêncio solitário, pressurizado. Como o som se afastando quando você sufoca. Até quando bebia sozinho, a vodca me propiciava um tipo de trilha sonora — um ritmo, vozes canalizadas, um cérebro repleto de barulhos e cores transbordantes, a ruidosa barafunda indistinta da minha decrepitude. Nas reuniões, todos falam de como a vida é mais vívida sem a bebida, mas eu acho, embora jamais diga, que vívida é o termo errado. A vida é mais *clara*. Supostamente devo ser grato a essa clareza, sabe, por ter sido liberado da dissonante música interior, de todos os trompetes flatulentos no meu cérebro, e finalmente por ser capaz de ver a vida como ela é, eu do jeito que sou. Olhe o mundo e seus ofuscantes raios de luz, sinta o calor na minha nova pele. Supostamente devo ser grato, eu sei, por ter sido finalmente debulhado até o miolo de mim. Mas, desculpe-me, não tenho como: obrigado, mas não, obrigado.

Tenho de sair daqui.

***

Como é perniciosamente perfeito. Fui bufando de volta ao K8, onde me instalei em segurança em uma daquelas tortuosas cadeiras cinzentas para descobrir, no extraordinário livro do Alojzy, que Walenty está enchendo a cara com alguns amigos novos. Da frigideira para o fogo.

Os homens estavam bebendo cerveja alemã e eram acolhedores ao ponto de se tornarem suspeitos. Eles já estavam bêbados na hora do almoço, e muitos enrolavam a língua com sotaques sérvios difíceis para Walenty entender.

(Ele adquiriu um domínio em italiano durante sua longa recuperação no hospital aliado em Roma, quando os médicos ficavam operando e reoperando o cérebro dele, mas era um domínio frágil da língua.)

Outros eram marinheiros estrangeiros cujo italiano era ainda mais hesitante que o dele, mas os marinheiros se mantinham nos cantos dos cafés concentrados em suas bebidas com a seriedade de grandes atletas. Palavras desconhecidas passavam voando por Walenty, mas a cerveja quente era como um néctar, e os homens sorriam, davam palmadas nas pernas e caíam das cadeiras, de modo que Walenty abanava a cabeça e sorria, e quando os homens erguiam os copos, o que faziam com frequência, ele também erguia o dele, brindando a causas indecifráveis. À paz ou a novos massacres, à cerveja ou à morte, ao que passara e ao que estava por vir, ele nunca tinha bem certeza. *Alla Salute.*

Só para mantê-lo informado, como dizem, Walenty andara perambulando por Trieste desde aquele café pela manhã, inundado de pensamentos iluminados sobre a garota do café da estação de trem. (Acrobacias no coração dele, era isso que ela estava fazendo.) Ele supõe que isso se deva à gentileza que ela demonstrara naquela manhã, coisa que ele não via há muitos anos. Em 1939, quando os soviéticos invadiram sua aldeia, ele observou um velho interromper a surra que estavam dando num garoto de 12 anos para dar um tiro nos agressores russos do garoto com um antigo rifle de caça. O velho foi imediatamente morto, claro, metralhado em dois pedaços iguais, e quando o soldado que sobrou gritou para quatro homens para que viessem e retirassem o corpo do velho, pelo menos quarenta aldeões saíram dos portais. Isso, Walenty acha, foi o verdadeiro momento de gentileza de que conseguia se lembrar. Em um vagão fechado que se dirigia a um *gulag* no norte do Cazaquistão, ele viu uma mulher grávida dar de mamar no peito a um homem que morria de fome e estava semicongelado, mas ele não poderia classificar isso como gentileza, já que o homem se impusera à força à mulher. Ela estava exausta demais para resistir, e depois de algum tempo fechou os olhos e inconscientemente acariciou os cabelos dele. De qualquer modo, Walenty agora se vê tonto nesse bar à beira-mar, em frente a um píer de madeira, em Trieste, que eles chamam de Molo Audace:

> Um dos homens, que parecia um urso, e de resto com uma aparência feroz, um bigode preto que lhe envolvia quase inteiramente a boca, começou a dançar, uma *Šetnja* solitária

(Não tenho a mínima ideia do que seja uma *Štenja*; algum tipo de dança, obviamente.)

> que o levou pela sala toda. Cada vez que dava um encontrão numa cadeira ou numa mesa, ele as chutava para longe com uma contrariedade cômica, e todo mundo uivava deliciado, com exceção do anão-fêmea

pálido que administrava o café e cujos protestos estridentes eram rapidamente calados por pedidos de cerveja.

(Aiii ... Alojzy não é um escritor tão burro e deselegante assim. "Anão-fêmea"? Meu Deus. O tradutor dele é simplesmente *verklempt*. Possivelmente incompetente, também. *Traduttore, traditore*, como diz o trocadilho italiano: *tradutor; traidor*. Ou melhor, neste caso [sem trocadilho]: *traduttore, minchione: tradutor, imbecil*.)

Logo ele chegou perto de Walenty e lhe ofereceu o braço. Sua intenção parecia tudo, menos ofensiva, mesmo assim Walenty hesitou. Esse urso tinha recebido risadas intrépidas por chutar cadeiras e mesas, e, encorajado demais, poderia estar buscando manter as risadas jogando o recém-chegado aleijado no chão. O urso podia parecer generoso, mas desajeitado, enquanto Walenty se debatia nas tábuas do assoalho. Mesmo assim, o urso era delicadamente insistente, e os outros homens batiam palmas e acenavam sim, então Walenty enganchou o braço no do urso, e lá foram eles, fazendo grandes círculos em meio ao desarrumado salão de baile. Não havia música, exceto o canto de boca fechada do urso, de modo que era difícil manter o ritmo, mas eles rodaram e rodaram até esgotarem os confins do pequeno café e se espalharam pelas pedras do lado de fora. Todos os homens e até a anã loura os seguiram para a luz do sol, e logo marcavam um compasso com palmas. Espantadas, crianças correram para olhar, e pescadores do píer observavam sem expressão. O urso sorria enquanto cantava, fechando os olhos como se para lembrar, com grande força de vontade, alguma coisa intensamente particular e pacífica, e Walenty, inspirado, fez o mesmo. Ele explorou a mente, mas ela só lhe concedeu uma única imagem: a garota do café da estação de trem inclinando-se para servir o café, a xícara tremendo musicalmente no pires.

Não era apenas o frescor da visão na cabeça dele, brotada para o primeiro plano em virtude de sua novidade, ou a mais linda ou a mais vívida, mas era mais como a única visão na cabeça dele, como uma noite iluminada por uma só estrela. O vazio quase completo de sua mente o fez ficar tonto, e por duas vezes ele quase caiu, mas o urso o segurou firme pelo braço e, com sua cabeça gigantesca jogada para trás e os olhos ainda bem fechados, cantou palavras desconhecidas que preencheram os ocos da mente de Walenty como a comida enche a barriga de um homem que tem fome.

O que me lembra, estou com fome.

***

Se calculo corretamente a diferença no horário, o jantar de ensaio está prestes a começar em Los Angeles. A mesa está posta e uma cadeira — a minha — é retirada, os lugares mais juntos para esconder uma ausência que chega agora a 28 anos. Embora, como Stella Jr. me disse, não seja tecnicamente um jantar de ensaio: "Mais uma reunião amigável pré-cerimônia" em um "lugarzinho em Alice Waters", em Melrose, foi o que disse. Bem, Stella Jr. sempre gostou de comer. Era considerada um fenômeno porque jamais cuspia abacate amassado, e juro por Deus que uma vez comeu uma anchova. Minha presença ali esta noite foi ideia dela — uma maneira de nos conhecermos outra vez, para dizer assim, antes da confusão do "casamento". (Essas porras de aspas que não paro de ferrar em torno da palavra provavelmente a ofenderiam, mas não sei mais o que fazer. O convite a considerava uma "cerimônia de união", porém não consigo imitar essa linguagem esvaziada que cheira ao castrado pronome Spivak de gênero neutro, ou coisa do gênero.) Hoje era o comprometimento dela, seu jeito de, tipo assim, talvez concordar em me permitir que a leve ao altar. "Por que você não vem na sexta-feira, Bennie?", me perguntou ela ao telefone. "Você pode? Só que é um pouco esquisito para mim dizer sim agora, e depois você só aparecer quinze minutos antes da cerimônia. Faz muito tempo, sabe? Eu não vou fazer uma audição com você — nada disso. Só que eu prefiro ter uma verdadeira conversa cara a cara com você antes de você trotar ao longo da nave comigo. É justo, certo? Quero dizer... e se você fosse republicano?" Rimos juntos com essa, o que pareceu boa coisa — um esguicho de óleo nas juntas deterioradas e enferrujadas de nossos laços.

Prezada American Airlines, você devia me ver quando o convite chegou. Minha ideia original foi que era algum tipo de piada cruel de Stella Sr. — sua reação envenenada e longamente cozinhada à minha tentativa de reparação cinco anos atrás. Eu estava tão evidentemente surpreso — virando o convite na mão como se ele fosse fazer mais sentido de cabeça para baixo (cerimônia de união), examinando e reexaminando o endereço no envelope — que a minha gordinha Aneta, que entregara a correspondência na minha mesa, perguntou se uma carta fora entregue por engano. Havia uma borbulha de esperança na voz dela, porque se a carta tivesse sido entregue por engano significava que ela teria motivo para bater à porta do nosso vizinho de baixo, um guitarrista *heavy-metal* que eu chamo de Minideth porque, quando o conheci, ele usava uma camiseta adornada com a palavra Megadeth, e porque ele tinha na época, como continua a ter, não mais de um metro e meio de altura. Aneta gostava ruidosamente de Minideth, apesar da insensível mágoa que infligiu a ela, ao não agradecer o prato de *pierogies* que ela uma vez deixou, tremendo, ao lado da porta dele. Eu tentei explicar a ela que em Nova York ninguém confia em presentes e/ou comida desacompanhada, e que, de qualquer maneira, ela não ia querer se envolver com um roqueiro, mesmo que fosse um roqueiro extremamente pequeno. (Eles não são como cachorros, expliquei. A mordida de um cachorrinho é igual à mordida de um cachorrão.) Menina da roça tirada de seu lugar, Aneta ainda teria de criar a casca externa dura do cinismo que a vida urbana exige — ela é pura, um nugá vulnerável. Quando um distribuidor de panfletos na Times Square empurra um folheto na mão dela, ela para, o lê *in toto* e depois entrega de volta com um sincero "obrigada" que algumas vezes provoca um igualmente sincero "vá se foder" do distribuidor de panfletos. Minha mãe e eu costumávamos bater no chão com o cabo da vassoura sempre que Minideth aumentava muito o volume do amplificador enquanto ensaiava — refrões contundentes, mal abafados *ch-ch-chunk-chunk* seguidos de solos parecendo guinchos orgásticos —, até que um dia Aneta ralhou conosco. *Uma pintora! Um poeta!*, disse ela. *Queixando-se de outro artista!* Cedemos sem discussão — menos envergonhados que lisonjeados, acho, por termos sido chamados de artistas, considerando que nossa torneira de inspiração já tinha secado havia anos. Posso acrescentar que é realmente difícil não ficar com o coração apertado ao ver Aneta ficar sonhadora e melosa com o som dos ensaios de Minideth — não querer que Minideth telegrafe seu amor não dito, distorcido, de um andar abaixo. Nesses momentos Aneta desliga a televisão e, abraçada com um travesseiro, senta em silêncio reverente no sofá ao lado da minha mãe, cuja expressão azeda dá provas de uma indigestão auditiva, mas que, de qualquer modo, aguenta. Há cerca de duas semanas perguntei à senhorita Willa por quê. AMOR É AMOR, escreveu ela num Post-it. Eu ridicularizei e disse-lhe que isso era uma tautologia sem significado. Ela deu de ombros.

"Não, a carta é para mim", disse eu a Aneta, relendo o convite. Ainda intrigada com meu comportamento, ela perguntou se eram más notícias. "Não", disse eu, "bem ao contrário — acho". Durante o resto do dia eu não consegui trabalhar nem me concentrar em coisa nenhuma, até a hora do jantar, que em geral preparo para a senhorita Willa e para mim. (Eu escolhera alguns bifes Salisbury congelados no Gristede's, que minha mãe se recusou a provar até que transferi o jantar dela da bandeja compartimentalizada de metal, mas mesmo assim ela ficou escolhendo os cogumelos, sem vontade.) Minhas emoções não paravam de subir e descer: durante um tempo eu me sentia angustiado e magoado, como se uma velha ferida tivesse reaberto, uma casquinha raspada da minha carne, depois do que, eu me sentia eufórico e cheio de esperanças, como se tivesse encontrado a primeira migalha pálida em uma trilha que levava de volta à minha vida. Na maior parte do tempo, entretanto, eu estava aterrorizado. Durante décadas eu mantivera os pesares e as alegrias daquela ex-vida trancados em segurança, primeiro pela bebida, misturando autopiedade passiva com gelo e vodca, e depois, mais tarde, pelo trabalho diário de *não* beber. Não quero sugerir, melodramaticamente, que parei de funcionar por causa disso tudo — ao longo dos anos eu escrevi, publiquei, tive empregos, mantive um número cada vez menor de amizades e até cheguei a enfiar naquele período um ridiculamente breve e impetuoso casamento que não vale a pena ser discutido. Mas uma parte de mim tinha sido amputada pelo que acontecera entre mim e minhas Stellas — se posso continuar, sem sorte, tateando em busca de metáforas. E agora, aqui, graças a um envelope ornamentado em relevo, meu membro decepado volta a mim, os ligamentos esfiapados ainda se encaracolando na direção de seu núcleo vermelho, em carne viva e gotejando, as artérias ainda pulsando fracamente.

Três trêmulos dias mais tarde, em um sábado à tarde, liguei para Stella Jr.; havia um número para RSVP no convite, e passei por um sistema de busca na internet para me assegurar de que não pertencia a Stella Sr. Eu nem sequer sabia as primeiras palavras a dizer para ela: *Aqui é seu pai?* Isso me pareceu um título falso, até mais fraudulento que Aneta me considerar um poeta. (Ex-pai, ex-poeta, ex-bêbado: tudo o que sou tem um ex como prefixo.) Portanto, "Aqui é Bennie", disse eu, quando a peguei no telefone depois de desligar diversas vezes, quando atendido pela secretária eletrônica. "Bennie quem?", perguntou ela, e eu entortei por dentro. Então, isso *tinha* sido, afinal, uma peça cruel de Stella Sr. "Bennie... Ford", disse eu, e então a voz respondeu: "Oh, meu Deus. Deixe-me chamar Stel". E então ouvi a voz sussurrar: "Acho que é seu pai", seguido de um prolongado silêncio. Com uma pontada, veio-me à cabeça que eu não tinha ideia de como era a voz de minha filha. Eu só a ouvira fazendo barulhinhos de bebê ou chorando, quando ela era uma criaturinha rosada a quem eu chamava de Speck. Eu, que vivia das palavras, que as comera, as bebera, sonhara com elas, as criara, que até agora as inalava e exalava, transformando-as, em minhas traduções, como um corpo converte o oxigênio em óxido de carbono, tinha sumido da vida dela antes de as palavras terem aparecido. A única coisa que eu poderia ter dado a ela não dei.

"Bennie", disse ela. A voz era ritmada, ensolarada, exuberante, reconhecivelmente californiana. "Uau."

Sem saber o que dizer, eu falei: "Talvez você possa imaginar, mas não sei o que dizer".

"Você recebeu o convite."

"Foi muito legal."

"Mamãe e eu discutimos muito a esse respeito", disse ela. "Eu venci." Tive de fazer uma pequena ginástica mental rápida para conectar "Mamãe" a Stella Sr., já que meu cérebro não estava equipado com esse sinal de igual em particular. Mamãe. A palavra dava reviravoltas na minha cabeça: uau. "Como você está, Bennie?", perguntou ela.

"Como vai você?", respondi.

"Estou bem, ótima." Continuamos assim durante um tempinho. "Ei", disse ela, "isso parece uma pergunta estranha para eu fazer — imagino que seja uma pergunta estranha, desculpe —, mas a vovó ainda está viva? Ouvi dizer que ela teve um derrame ou alguma coisa assim".

Vovó = senhorita Willa, outro salto mental por cima de pedras afiadas. Mamãe = Stella. Todo mundo tinha um papel normal a desempenhar, menos eu: o papel de Bennie será representado por Bennie. "Ela está viva, sim", disse eu. "Está na sala ao lado, na verdade, assistindo a uma reprise de *Iron Chef*. O derrame a acalmou um pouco. Não sei quanto você sabe a respeito dela. Tipo assim, um tanto yin e yang."

Um riso ansioso, frágil. "Eu não sei o que dizer quanto a isso."

"Digamos que ela costumava ser uma pessoa mais que difícil. Ei, olhe", disse eu, sentindo no riso dela uma onda a aproveitar, "eu gostaria de ir ao seu casamento".

"Sério? Isso é fantástico." A alegria parecia verdadeira.

"Estou ansioso por conhecer o jovem." Isso, claro, foi uma burrice sob dois cômputos desproporcionais. Um: "o jovem"? O que era aquilo — uma representação fraca de Robert Young? Fiz uma careta pelas palavras que se tinham derramado de meus lábios. Segundo:

"Oh, Bennie, puxa. Syl é uma mulher. Eu sou gay. Desculpe, não tinha como você saber..."

"Não, não, ei ... legal." *Legal* não foi o que eu disse. Ao vasculhar minha mente à procura de alguma coisa para dizer que não soasse chocado, desaprovador, puritano ou homofóbico, sendo que eu não era nada dessas coisas, nem tinha o direito de ser, arrotei a palavra "legal", que acredito não ter usado desde os 14 anos, e, mesmo naquela época, com um verniz de ironia. Entretanto, por mais impróprio e cheirando a maconha que *legal* fosse, era muito melhor que a massa seguinte na minha rosca mental: eu quase deixei sair um jovial e sincero "não importa para que time você joga", que era mais ou menos o pior que eu poderia dizer, fora citar nosso amor mútuo por garotas como prova do elo de DNA. *Legal*. Mesmo agora, entretanto, com todo esse tempo para pensar, eu não posso dizer a você qual teria sido a reação ideal. Talvez a sabedoria vazia da nota de Post-it da senhorita Willa: AMOR É AMOR.

"Mamãe ainda não se conformou inteiramente, mas está tentando", disse ela. "Você vai adorar Syl, ela é totalmente maravilhosa." Será que eu iria mesmo? Pouco importava. Conversamos mais um pouco. Speck fazia refeições para filmagens e aparentemente alcançara algum sucesso, porque se referia a estrelas de cinema pelo primeiro nome e lamentava sua agenda ocupada com a calma *dégagé* de alguém que tem tudo inteiramente sob controle. Ela conhecera Sylvana, uma advogada de diversões, em uma "festa de término de filmagem" havia dois anos, e estavam pensando em ter filhos (!). Adotados, *claro*, disse ela. Para a "lua de mel" — será que isso exige aspas? Por que sou compelido a escrever a respeito das núpcias da minha filha à maneira de uma resenha do Zagat[*]? — elas estão indo para Mali e para o Senegal, onde Sylvana tinha feito um arranjo para visitarem algumas agências de adoção. Stella Jr. achou a ideia de ser mãe ou pai mais intimamente temível que Syl, e eu não tinha como oferecer palavras de conselho. Syl era uma "grande fã" de minha antiga poesia, e ela e Stella Jr. perguntavam-se o que acontecera com a minha escrita, ao que respondi, falsamente,

---

[*] Guia norte-americano de restaurantes. (N.T.)

suponho, que muitas vezes me fazia a mesma pergunta. As estantes delas tinham também umas duas de minhas traduções, mas Stella Jr. pediu desculpas por aquilo que delicadamente chamou de "negligência" pela literatura da Europa Oriental. Syl realmente gostava muito de literatura do Terceiro Mundo, disse Stella Jr., mencionando alguns escritores pós-coloniais do subcontinente indiano que eu só conhecia como nomes cheios de vogais nas lombadas de livros. Ela e Syl adoravam Los Angeles — ela admitiu que isso era um ponto de vista contestatório — e moravam no centro da cidade, o que estendia ainda mais o traço contestatório. Às vezes nossa conversa era tão leve e fácil que me perturbava; mas com essa água toda passada por baixo da ponte, era difícil acreditar que a ponte ainda pudesse estar de pé. Finalmente, disse-lhe que tinha um pedido, que esperava que ela negasse, e, francamente, entenderia caso negasse, com maior facilidade ainda do que se concordasse. Mas eu queria pedir.

"Mande", disse ela.

Perguntei se ela me deixaria conduzi-la pela nave... se, claro — aqui eu gaguejei — houvesse uma nave.

"Oh, uau, Bennie. Está aí um salto." O que se seguiu foi um silêncio que poderia ser classificado como enorme. "Mamãe vai quicar." Outro silêncio. "Nós... estávamos planejando caminhar juntas, eu acho. Meu Deus, Bennie, isso foi tão... tão bom, mas fica parecendo ir de zero a cem em um tempo horrivelmente curto." (Uma analogia automotiva — ah, minha filha era uma típica garota de Los Angeles) "Deixe-me conversar com Syl, está bem? Afinal, estamos nisso juntas." Eu disse a ela que não se preocupasse, era uma jogada não merecida, um sonho egoísta vindo de um passado há muito perdido. Convidar-me fora mais que suficiente, eu não queria me impor. Besteira minha etc. "Eu só preciso pensar a respeito", disse-me Speck.

Não sei dizer exatamente por que, mas depois de desligar o telefone apoiei a cabeça nas mãos e chorei — soluços roucos, secos, que eu não conseguia abafar nem controlar.

Uma hora mais tarde Stella Jr. ligou de volta. "Syl acha que é uma ideia maravilhosa", disse ela. "Que é maravilhosamente *circular*. Outra reviravolta — espere, como foi que ela disse — do convencionalismo não convencional. Meu Deus, vai ser o máximo." Foi quando ela propôs o plano de acomodação — que nos encontrássemos hoje à noite, no jantar de não ensaio, que, pelos meus cálculos, prezada American Airlines, presentemente deve estar no estágio dos aperitivos. Insira seu próprio xingamento aqui. Certifique-se de que sejam os seus favoritos, porque são todos para você.

Quando fui dizer à senhorita Willa que falara com a neta dela, cujo estranho afastamento de nós ela parara de comentar havia vinte anos, encontrei-a rascunhando uma mensagem épica no Post-it, com nove páginas, com o velho exemplar da mãe dela do *Picayune's Creole Cookbook* (edição de 1901) aberta à sua frente na bandeja de TV. "Senhorita Willa", eu disse, mas ela ergueu uma mão magra, cheia de veias, para me calar antes de continuar sua obra. Quando finalmente terminou, entregou-me a pilha de papeizinhos adesivos com um aceno severo da cabeça. Com cuidado meticuloso ela transcrevera, em seus rabiscos trêmulos que pareciam pegadas de aves, uma passagem do livro de receitas — uma repreensão, percebi rapidamente, pelas últimas noites em que eu taciturnamente lhe servi jantares congelados. Seguia assim:

A APRESENTAÇÃO É
O MAIS IMPORTANTE

DEPOIS DE COZINHAR, NUNCA
ATRAVANQUE UM PRATO DEDICADO

A UM INVÁLIDO. ABRA
UM DELICADO GUARDANAPO SOBRE

A SALVA. ARRUME
A COMIDA DO JEITO MAIS

APETITOSO, DEITE UM
BOTÃO DE ROSA OU UMA

FLOR RECÉM-COLHIDA
DO JARDIM SOBRE A

SALVA, E LEVE
O DELICADO BOCADO

TENTADOR COM UM
SORRISO FELIZ, ALEGRE,

MESMO QUE SEU CORAÇÃO
POSSA ESTAR AFUNDANDO.

"Mas mãe", disse eu. "É isso que estou tentando dizer. Meu coração não está afundando."

***

Naquela noite eu comprei o bilhete via www.àa.com, seu website bagunçado, mas operável. Era um especial "Net SAAver" — acho que já mencionei, por US$ 392,68. Não alivia nem um pouco a minha situação admitir que gostei do preço camarada. Uma de suas concorrentes queria cem dólares inteirinhos a mais. Quando cliquei "Adquirir e confirmar", senti um estremecimento atravessar meu corpo — alguma coisa entre tontura e desamparo, esperança e susto, uma sensação não inteiramente agradável, mas também não desagradável. Durante um bom tempo depois disso permaneci à minha escrivaninha no quarto escuro, fumando cigarro após cigarro, enquanto a lâmpada de lava do protetor de tela jogava cores ondulantes na névoa azulada espessa e ondulante. Alguma coisa terrível deve ter acontecido naquela noite — lembro-me da cidade se enchendo de sirenes.

Bêbado, ele não conseguia caminhar. O membro artificial já o desequilibrava bastante quando estava sóbrio; mas depois de copos e mais copos de cerveja, Walenty viu-se mortalmente desequilibrado, agarrando-se a cadeiras e mesas para permanecer de pé. Agora já era bem tarde da noite, e o Mar Negro além do Molo Audace estava calmo e salpicado de lua. Os homens se despediam, e alguém estava dizendo coisas feias a respeito de suas mulheres adormecidas em casa e o trabalho que teriam de fazer no dia seguinte. Walenty não tinha onde dormir e deixou escapar, rindo, esse fato para o urso, que também riu — tão ruidosamente que as lágrimas correram por suas bochechas avermelhadas. Todo mundo achou o fato hilário, com exceção da anã sóbria atrás do bar, que mandou o urso escoltar Walenty até uma *pensione* na colina atrás da catedral.

Walenty apoiou-se no urso, e os dois cambalearam pelas ruas berrando canções em suas línguas maternas, um tufão de baboseiras num barítono ininteligível. Ao ser acordada, a velha que administrava a *pensione* ralhou asperamente com eles e até cuspiu no urso, cujo riso subsequente só a enraiveceu ainda mais, provocando uma outra explosão de cuspes. Havia um bigode cinzento acima do lábio dela, tão leve que podia ser confundido com poeira. Um dos olhos era cego e leitoso, e os dedos ásperos estavam sujos de fuligem; um dos dedos, notou Walenty, não tinha unha. Examinando de perto, ele percebeu que ela não era tão velha quanto se poderia pensar. Ela era sim, como os quartos que alugava, gasta demais.

O quarto era pequeno e cheio de mofo, e as grandes manchas que coalhavam as paredes sugeriam uma inundação de muito tempo atrás. Com a mulher de aparência velha de pé à porta, o urso ajudou Walenty a se deitar na cama com o colchão tão fino quanto uma bolacha, e o beijou e beslicou-lhe a bochecha como os italianos fazem. Quando o urso saiu, a mulher cuspiu outra vez nele, e ele correu pelo corredor uivando com um riso que continuou até depois de ele estar livre do lado de fora. Deitado na cama, Walenty conseguia escutar o riso derramando-se pela calçada de pedras. Ele dormiu sem retirar a perna postiça e foi premiado com sonhos plácidos.

Acordou na manhã seguinte logo antes da madrugada; mesmo depois de uma animada noite de bebedeira, ainda era um soldado-modelo. O canto dos pássaros o surpreendeu — o som parecia mil caixas de música sendo tocadas ao mesmo tempo. Ali deitado, ele não conseguia se lembrar da última vez em que escutara passarinhos. Os alemães, corria o boato, haviam-nos expulsado da Polônia, e eles estiveram inteiramente ausentes durante a batalha de Anzio. Uma vez Walenty tinha visto um abutre negro dilacerando a virilha de um soldado morto da infantaria britânica. Os homens tentaram não dar atenção até que viram um órgão reconhecível no bico do abutre, e então um dos soldados, um rapaz de Varsóvia normalmente calmo e estoico, que ensinava música antes da guerra, levantou-se e deu um tiro na ave. Mais tarde descobriram que esse tipo de abutre se chamava localmente de *Avvoltoio monaco* e pensava-se que estivesse extinto.

Quando Walenty sentou na cama, ficou espantado de como se sentia bem. Nunca fora um bebedor porque era supersensível aos efeitos do dia seguinte, e esperara sombriamente acordar ansiando por morfina. Agora, em vez disso, ansiando por café, lembrou-se da moça no café e passou os dedos pelo cabelo. Nunca se sentira tão feliz na vida.

Prezada American Airlines, seus filhos da puta miseráveis, vou continuar escrevendo. Vou continuar escrevendo e escrevendo e escrevendo e escrevendo, e vocês vão ter de continuar lendo e lendo e lendo, porque, pela primeira vez na minha vida, não fui eu que estraguei tudo — foram vocês. Já que vocês me empacaram aqui pelo menos hoje e esta noite, pondo a culpa em trovões mudos, chuva seca, ventos fugitivos, atos da natureza e o caralho —, já que vocês me aprisionaram aqui sozinho, preso entre a borra de uma vida e os detritos de outra, então vocês vão sentar aqui ao meu lado e vão me escutar, vocês vão me escutar durante tanto tempo que vão criar raízes no chão, durante o tempo que vocês me mantiverem aqui, porque enquanto a minha voz durar, vou continuar a escrever, diabos, temos uma longa noite pela frente, e eu não vou parar.

***

Pode ser, no entanto, que eu pare de fumar. Abastecer meus pulmões está se tornando uma tarefa cara. Um dos guardas de segurança do TSA adotou como tarefa brincalhona me desencorajar, implacavelmente deixando-me de lado para a inspeção *de trop* cada vez que passo pelos pontos de controle de segurança, e embora eu não confesse isso para ele, está funcionando. Ele é um senhor rude, com cabelo grisalho à escovinha, que provavelmente trabalhava em vendas industriais. "Essas coisas vão matá-lo, *tiger*", diz ele para mim. (Por que "tigre"? Uma expressão carinhosa do Centro-Oeste, suponho. Grrr.) "Bem", digo, enquanto ele passa a varinha entre minhas axilas e virilha, "espero que se apressem. Estou esperando há quarenta anos". Ocorre-me que piadinhas sobre suicídio são tabu nos pontos de controle, mas essa é bastante indireta, e, de qualquer modo, o meu vendedor parece entender a piada. A vida também não o levou até onde ele esperava estar naquela idade. Ele gostara de Ike e mudara para margarina, abrira seu hinário na página, como fora mandado, mas aqui está ele, de qualquer maneira, ainda removendo neve e lustrando um crachá a milhares de quilômetros da Flórida. *Porventura não me despejaste como leite*, lamentou Jó, *e não me coalhaste como queijo?* "Pense no que eu disse", grita ele para mim. Meu velho amigo, você não viu da missa a metade.

Do lado de fora, ao lado da gaiola cinzenta da Skycap Services, é onde eu fumo. Do outro lado da rua há uma plataforma de trem e uma garagem de estacionamento na qual a ferrugem deixou manchas verticais no concreto e nos painéis de aço; além da garagem, o gigantesco Hilton Hotel, completamente reservado, com sua face monolítica de janelas pretas que me lembram, não calorosamente, a arquitetura da Bulgária na época soviética. O grupo de fumantes continua se adensando, e imagino se a tensão de estar empacado em O'Hare não está atraindo alguns fumantes regenerados de volta à comunidade; cada vez mais me filam cigarros. Além disso o pessoal está ficando mais rabugento, também. Escutei um homem anunciar que não havia quartos de hotéis disponíveis, a não ser que você fosse para o sul, para Gary, Indiana. Outro fumante, uma mulher na menopausa, com uma voz marca registrada de Virgina Slims, acrescentou que isso se devia em parte à convenção de tecnologias de informações médicas que aconteceria no centro da cidade. Bem, quem sabe? Outro cara intrometeu-se para dizer que tampouco havia carros para alugar — nem um único sedã em toda a Chicago. "Acho que estamos ilhados pela neve esta noite", alguém disse. "Só que não há neve", outra pessoa retrucou (roubando, suspeito, a piada do primeiro cara), e então a gangue inteira soltou o riso mais sem alegria que já se ouviu.

"Olhe só, lá vem ele outra vez", meu guarda da segurança da TSA disse quando me viu voltar. "Ainda esperneando."

"Esperneando e gritando", corrigi eu.

"É isso aí, *tiger*", disse ele, desta vez me deixando passar livremente.

Além do fumo, escolher meu último poleiro também está ficando cada vez mais difícil. Parece matematicamente improvável, mas tenho certeza de ter experimentado as O'Chairs em cada um dos portões deste aeroporto — não encontrando nenhuma satisfatória, claro. Sou uma Cachinhos Dourados de aeroporto! Neste momento estou no H6, onde me sento embaixo de uma placa exibindo a ilustração de um avião ao lado de um ponto de interrogação dentro de um círculo. Parece não ter significado algum. (Se houvesse um balcão de informações aqui eu saberia, porque estou sentado exatamente onde ele deveria estar.) Ou, olhando-se por outro ângulo, pode significar tudo: aviões imóveis, respostas exasperantes. De qualquer modo, ninguém parece notá-la. Eu notaria, como registro, que, durante a tarde inteira, perguntei à atendente no balcão da American Airlines — acima do qual essa placa deveria estar pendurada — exatamente quando eu poderia levantar voo daqui, mas ela nunca sabia dizer. (Já tinha sido um "ele", mas a história é a mesma.) Depois de algum tempo parei de fazer isso. Parecia inútil. Além do mais eu estava começando a me sentir como um espreitador. Nunca é encorajador quando alguém lhe diz: "O senhor tem de tentar se acalmar, senhor". Mas os atendentes têm de enfrentar um monte de reclamações, de modo que não os culpo de nada. Certamente eu não teria capacidade de fazer o trabalho deles. A essa altura eu já teria enfiado o dedo, no estilo *Três patetas*, nos olhos de uma dúzia de passageiros irritados, inclusive nos meus. Seus idiotas, vocês não vão voar em céus amigáveis. Pow! Isto é a América, sentem-se, porra!

Pensamento desgarrado: o dia inteiro, agora, andei pensando que O'Hare evoca o purgatório, mas andei descartando essa semelhança como produto da minha mente aturdida. No entanto, agora já não tenho tanta certeza. O figurativo muitas vezes cristaliza-se no literal. Leve em consideração a minha visão da cadeira no H6: espalhada ao meu redor está uma multidão de refugiados temporários esperando, esperando, bocejando, tamborilando os dedos nos joelhos, perguntando em telefones celulares o que fizeram para merecer isso, relendo o *Código Da Vinci* para não ter de ficar olhando para o carpete. Até os viajantes executivos de milhões de milhas perderam o gás — esse picareta de terno e laptop ao meu lado está jogando uma versão de paciência no computador dele, e do jeito como suspira e petulantemente estala os dedos me leva a crer que esse é o seu último refúgio de atividade mental e/ou física. Os aeroportos em geral são fluidos — pessoas se movimentam como peixes em cardumes. Mas o movimento hoje aqui está pequeno: vagueadores sem rumo, que parecem não ter propósito, desvinculados, caminham apenas pelo movimento. Mães indevidamente repreendem os filhos. Homens de meia-idade aprendem a usar possibilidades inexploradas de seus relógios digitais. Um bando de semipunidos, todos nós: aprisionados sem uma pausa, desesperados por ascender.

Sem mencionar que tudo aqui é colorido em uma variedade de nuanças de cinzento purgatório: a ardósia no teto, o matiz de concreto molhado das colunas, os ladrilhos do chão manchados como cascalho empoeirado. A luz pálida e difusa, uma obscuridade fluorescente. Como Dante no *Purgatorio*, ninguém tem sombra. *O tempo passa, e a gente não percebe.* As escadas rolantes nos levam de um terraço montanhoso a outro. *Que negligência, que parada é essa?* Em vez dos anjos de Dante, com suas espadas flamejantes destituídas de pontas, somos guardados pelos guardas do TSA, como o meu novo amigo que me aconselha a me arrepender da volúpia mortal dos Lucky Strikes, marcando a minha testa com aquela sua varinha eletrônica, como a testa de Alighieri foi esculpida nos portões. Confesse seus pecados, *tiger: Possam a piedade e a justiça livrá-lo em breve, que você passe a ter o poder de mexer a asa.* Esvazie os bolsos, por favor. Esvazie também sua mente aturdida.

***

Ray Queneau — antes um deus menor para mim, no que diz respeito a traduções; isso, claro, na época em que eu chegava a ter deuses (agora só tenho você) — uma vez disse que as histórias verdadeiras são a respeito de comida, e as histórias inventadas, a respeito de amor. Essa sentença passou pela minha mente há alguns minutos enquanto eu mastigava um "famoso" Chiplote Chicken Burrito "Baja" do ponto de venda da Burrito Beach. (Acompanhei o meu burrito de três quilos — um fumegante cocô de hipopótamo disfarçado de culinária — com um "Arizona Green Tea", com o intuito, acho eu, de dar um curto-circuito completo nos meus receptores gastrintestinais. Se eu fosse, digamos, um advogado bêbado de Nova Orleans, poderia pular por cima do balcão e esganar o balconista por esse misturador de cimento de jantar, embora as tatuagens de gangue feitas em casa que enfeitam os nós dos dedos do balconista pudessem me dar o que pensar. Além do mais, não é como se eu tivesse uma série de outras opções na praça de alimentação. Butter Crust Chicagoland Pizza & McFuggets! Loucuras Fu Manchu Wok. Vitaminas Aromaterapia. Mas o Burrito Beach estava com a fila mais curta, daí o meu cocô de hipopótamo.

Quando joguei minhas sobras não comidas no lixo, a lata inteira tremeu.)

Em todo o caso, Queneau, eu mastigando: eu dava uma olhada ociosa nesse raio dessa carta quando meus olhos por acaso pararam nas três linhas em branco que deixei entre a história do primeiro encontro de Bennie com Stella e a da minha inserção com a doce nanica do lado de fora, que defendia a terapia do caça-níqueis. Três linhas em branco: uma pausa na página, uma pausa para fumar, uma exalação depois daquela lembrança da Magazine Street. Não precisa folhear para trás — eu posso dizer exatamente o que escrevi: "Fiquei lá de pé durante muito tempo, meu coração, uma estrelinha de bolo de aniversário espalhando luz pela calçada". Uma bela metáfora, não é? Mesmo que um tanto afetada e sacarina. Naturalmente eu a roubei. Meio que roubei, de qualquer modo, de um poeta morto de Varsóvia chamado Blazej Krawczyk, cuja coleção de poemas póstumos traduzi há anos. O verso, pelo que consigo me lembrar, era mais ou menos isso:

> Em uma rua vazia, depois da meia-noite,
> você acendeu o estopim do meu coração.
> Eu observei, pasmo, enquanto meu peito
> arremessava faíscas brancas sobre as pedras.
> Eu ri porque nunca o vira fazer isso.
>
> Mas quando olhei para cima você estava correndo. Você
> só olhou uma vez por cima do ombro enquanto fugia.
> Você não poderia ter me ouvido dizer seu nome. *Katarzyna*.
> Não. Tudo o que você pode ter ouvido foi a explosão.
> Por quarteirões, todas as janelas estremeceram. Cachorros
> latiram, luzes apareceram como pontos de interrogação. Mas
> não havia nada para se ver. Você tinha desaparecido,
> e eu também.

Que brutal! E, claro, comum. Essa Katarzyna desempenhava o papel do equivalente romântico da velha travessura infantil de "toque a campainha e corra". Quase dá para ouvir os cliques dos saltos dela nas pedras do calçamento enquanto o poeta fica lá enregelado com seu pobre torso prestes a explodir, a expressão no rosto dele ruindo enquanto o estopim decresce para dentro. (Embora eu duvide que Krawczyk tenha escrito essas frases, se ele tivesse vivido o suficiente para ver bombardeiros suicidas dominando os garranchos das notícias... as evocações modernas — jovens árabes desgraçados e subjugados se transformando em granadas de mão, em pop-ups fatais de publicidades políticas — são simplesmente horríveis demais. Prezada American Airlines, vocês têm queixas pessoais muito mais prementes contra os jihadistas do que eu, mas, mesmo assim, não obstante o que eles tenham feito com a minha cidade de adoção, e o susto do cacete que deram na minha mãe, os filhos da puta sujaram também uma grande metáfora. Se houver algum consolo vingativo disponível para nós, no entanto, pense nisso: um esperto erudito alemão chamado Christoph Luxenberg — um pseudônimo protetor — recentemente concluiu que as passagens no Alcorão que prometem um bando de virgens de olhos escuros para os muçulmanos mortos é uma tradução errada. Lido no original siríaco, o Alcorão promete, em vez disso, raras e supostamente deliciosas *uvas passas brancas*, que, embora brandamente tentadoras no que diz respeito a frutas secas, dificilmente chegam perto da sedução úmida de 72 queridinhas inteiramente espichadas chamando com o dedo encurvado igual a megeras de pulp-fiction. Será que os jihadistas que jogaram os aviões nas nossas torres gêmeas e no Pentágono lamberam os lábios antes do impacto, na expectativa das uvas passas? Não nos esqueçamos de que o suicídio é um ato de profundo interesse próprio. A revelação de Luxenberg ultimamente fortaleceu a minha determinação quando minha tradução parece não valer nada, uma tarefa de contabilidade linguística. A palavra certa tem importância, me diz essa revelação. A palavra errada infecta, espalha doença. As palavras são tudo.)

Uma coisa, no entanto, sobre a qual nunca fui inteiramente claro: será que Katarzyna pereceu na explosão? Isso não fica inteiramente evidente, não? *Wy byliście nieobecni*, foi o que Krawczyk escreveu: literalmente, *Você estava ausente*. Krawczyk já estava morto havia três anos quando descobri o poema, de modo que nunca tive a chance de perguntar. Suponho que a resposta dependa de sua bagagem emocional no momento em que depara com o poema. Será o final de um amor, uma implosão ou uma explosão? Será que aquela vadia da Katarzyna ficou achatada por um estilhaço (metaforicamente, claro), jogada de cara para baixo na rua, ou será que os restos mortais do poeta flutuam sobre ela como flocos de fuligem, como brasas benignas chiando nos regatos de água da chuva entre as pedras do calçamento?

Mas parece que estou outra vez derrapando para fora da estrada. Onde eu estava? Ah, sim: o jovem Eu como estrelinha de bolo de aniversário imprecisa, salpicando a Magazine Street com meu êxtase Stellado. E aí aquelas três linhas em branco, contendo uma multidão. Aquele terno, diáfano, desaparecimento gradual. O que fico imaginando é por que parei a história naquele ponto, com aquela doce metáfora filada, que andava sacudindo no meu bolso havia anos. (Além do motivo óbvio, quero dizer: eu precisava de um cigarro.) Ao contrário do poeta traído de Krawczyk, eu não explodi naquela manhã. Voltei para casa, misturei um robusto último drinque e fumei dois ou três Luckies antes de me masturbar até dormir. Seis ou sete horas mais tarde, ajudei Charles a arrumar seu apartamento, ensacando latas de cerveja, esvaziando cinzeiros e ouvindo merda por ter "desaparecido a noite inteira com aquela guria sem peitos". ("Sem peitos?", disse eu. "Você tem certeza? Não notei.") Depois fomos para o Exchange, onde fiquei luminosamente bêbado e pensei em ligar para Stella — ainda tinha o número dela no bolso de trás do meu jeans —, mas não liguei, principalmente pela presença ali de uma estudante de arte chamada Valerie, que, quando bebia gim, tendia a ficar miopemente excitada, e que por acaso naquela noite estava bebendo gim. Normalmente eu detestava conversar com ela — ela vinha do estado de Nova York e achava que estava fazendo trabalho de missionária estética ao trabalhar no Sul, irrigando o Saara das "Belzartes" — mas as coisas atrevidas que ela dizia sob a influência do gim eram terrivelmente difíceis de se desconsiderar, por exemplo: "Uau, estou me sentindo tão comível neste momento". Gulp. Então por que não terminar a minha história naquele ponto? Eu, a estrelinha de bolo de aniversário ambulante, falante — embriagado com amor novo, mas ainda mais embriagado com vodca e *bons mots* eróticos? No que diz respeito ao assunto, por que não encerrar as atividades algumas escuras horas mais tarde, quando saí da casa de Valerie aos tropeços e descalço, porque estava bêbado demais para encontrar meus sapatos? (Na noite seguinte, quando finalmente liguei para Stella e conversamos durante três horas, surgiu que eu andara comprando sapatos naquela tarde. A piada, durante as semanas seguintes, era que eu comprara sapatos novos para impressioná-la. Piada dela, não minha.)

Mas então Krawczyk não estava escrevendo a respeito do início de um amor, vamos lembrar, Bennie. Ele estava escrevendo sobre o final.

Depois da minha última briga com Stella, acesa pela minha evocação do longínquo casamento de Speck, naturalmente me refugiei no Exchange. O macho típico bebe pesadamente nessas situações, de modo que suponho que eu era típico, embora mais para curva de rio. Falando com delicadeza, bebi até estourar. Caí do banquinho, vomitei no banheiro inteiro e passei grande parte da noite desabado contra o ombro de Mike B.B., que me obsequiou-o afavelmente, embora sem deixar de me chamar de veado babão. Umas belezuras dos bairros chiques que tinham vindo num grupo de solteiras chegaram mesmo a aplicar sorrateiramente uma tiara de plástico na minha cabeça — sem sequer falar comigo, quero dizer; era esse o tipo de espetáculo que eu estava apresentando —, que eu nem percebi estar ali até muito depois de sair do bar. Isso devia ser umas quatro ou cinco horas depois da minha entrada; tudo o que sei é que fui embora, a pé (Felix, o Gordo, confiscou minhas chaves), e sob uma chuva leve, bem antes da última chamada.

A chave tinha sumido. Mantínhamos chaves sobressalentes da casa escondidas embaixo de um esforçado pé de algodão num vaso no corredor; a chave era para mim, porque eu sempre esquecia as minhas, ou, em ocasiões mais raras, como esta, alguém as tirava de mim. Bati na porta durante vários minutos — um ratatá frenético —, no início o mais discreto possível (por causa de Speck), depois com crescente urgência e volume. Quando isso não funcionou, soquei a porta com o lado do punho. Dentro de mim estava uma raiva modelo escopeta que até hoje não consigo explicar exatamente: eu sentia raiva de Stella por não estar mais apaixonada por mim, e raiva de mim mesmo por merecer aquele desamor. Eu estava cozinhando na culpa pelo... pandemônio em que me encontrava, e com raiva por causa do pandemônio que eu achava que ela tinha feito de mim. Eu a odiava por querer me largar, mesmo que uma parte de mim quisesse vê-la pelas costas. Eu a odiava porque eu amava minha filha, e minhas Stellas não poderiam ser separadas. Eu a odiava porque a visão de mim mesmo refletida nos olhos dela me fazia recuar. Eu a odiava porque tudo o que eu queria na vida era foder, beber, fazer poemas e morrer jovem e no comando, cantando *iahuuuu*. Eu a odiava porque não conseguia suportar a presença nem a ausência dela. E odiava a mim mesmo também porque era um pai com uma cabeça de merda, que nem sequer *adquirira* a alegria de ser pai até seis ou sete meses, quando Speck já tinha idade suficiente para reagir a mim, me *refletir* — o que significava que Stella tinha razão, que bem no fundo eu me considerava o sol, o centro de todas as órbitas, o filho da minha mãe, afinal. E eu me detestava também porque, quando bebia, eu me transformava em outra pessoa, e gostava dessa outra pessoa enquanto eu era ela, e a desprezava quando não era. Finalmente eu odiava tudo e todos porque essencialmente não havia como escapar, eu estava aprisionado dentro de mim mesmo e da minha vida, não havia final ou resultado que não fosse me machucar, ou a elas, ou a todos nós. No entanto, ao mesmo tempo eu não acreditava, ou não conseguia acreditar, nisso tudo. Havia palavras que podiam consertar isso, tinha de haver. Podíamos enfaixar ou enterrar essa noite e todas as outras iguais a ela com as palavras certas, dizendo-as, acreditando nelas, engatinhando juntos para dentro delas, habitando seus gastos confins, acendendo uma vela e ficando velhos com elas. E enquanto eu esmurrava aquela porta, cada vez mais fortemente — lembro disso —, pensei em conduzir a minha filha ao altar no dia do casamento dela. Minha mente se prendeu àquela visão descartada, cheia de babados, que tinha tão estranhamente me levado até ali, àquele devaneio — não, aquele pesadelo condensado-açucarado — que na verdade eu nem sequer tinha tido antes de dizê-lo em voz alta (por que o teria? Que homem sonha entregar o que ele ama para outra pessoa, cortando fora e servindo uma fatia de seu coração? É quase como aspirar a ser Abraão no monte Moriah, partindo com a faca para cima do amado Isaac. Se fosse para sonhar alguma coisa, eu sonharia com a minha filha viajando o mundo todo, absorvendo suas maravilhas em tecnicolor, escrevendo-me cartas generosamente detalhadas de Bornéo ou Budapeste, livre, feliz, absorvendo a terra e inteiramente livre de preocupações com as algemas do casamento, a desolação soporífera da domesticidade) — ali naquele corredor eu me fixei naquele doce e venenoso antissonho que, em sua revelação, tinha inflamado tudo isso, tinha detonado esse final, e, enquanto eu socava e chutava a porta, eu disse a ela: *Não sou mentiroso, Stella, não sou.*

Nada. Caí de joelhos e soquei a porta mais fracamente, depois apliquei a orelha nela para ver se podia talvez ouvi-la respirar do outro lado. Foi quando me dei conta de que estava usando a tiara de plástico. Essa descoberta reinflamou minha raiva, e eu fui para o lado de fora e contornei o canto da casa até um ponto embaixo da janela do nosso quarto de dormir. Uma passagem estreita, cheia de grama, separava a nossa casa da casa do vizinho — largo demais para se passar um ovo de uma janela para a outra, mas delgado o suficiente para jogá-lo para o outro lado com confiança. Não havia luz na janela do nosso quarto acima de mim, mas é claro que ela estava ali, eu sabia. Onde mais poderia estar? A essa altura a chuva ficava mais forte, e eu estava completamente ensopado. Enraivecido, embriagado e acima de tudo ferido, fiquei embaixo da janela e berrei o nome dela com todas as minhas forças.

Quase instantaneamente, no entanto, fiquei em silêncio — emudecido pelo eco interior. "Oh, merda", disse finalmente em voz alta. Se Stella tivesse qualquer outro nome, e/ou tivéssemos morado em outra cidade que não Nova Orleans, meu grito desesperado podia ter sido apenas um grito desesperado. Naquele universo alternativo, os vizinhos poderiam espiar por trás das cortinas, mas não teriam rido, ou pior, participado. Mas você simplesmente não pode gritar o nome Stella embaixo de uma janela em Nova Orleans e esperar qualquer coisa como um momento autêntico ou até ligeiramente sincero. A literatura me derrotou até este momento, fincou sua bandeira aqui primeiro, e não havia nada que eu pudesse fazer do lado de fora naquele beco, denso feito sopa, encharcado de chuva, que pudesse passar de uma paródia triste. Talvez se o nome dela fosse Beatrice ou Katarzyna — talvez então minha vida tivesse outro resultado. Talvez então minha voz pudesse tê-la levado até a janela, talvez então eu pudesse dizer a ela que lamentava, que eu poderia ser um homem melhor, que eu não podia prometer que sabia tudo o que isso significava, mas que a amava. Em vez disso, olhei para aquela janela escura, mudo e impotente, piscando e repiscando para expulsar a água da chuva. "Stella", sussurrei. Os franceses têm uma expressão: "Sem literatura a vida é um inferno". É, bem. A vida carrega com ela suas próprias chamas.

***

Ufa. Eu outra vez. Quanto às três linhas em branco que precedem imediatamente estas...: prezada American Airlines, vocês não vão querer saber o que elas contêm. Basta dizer que já não possuo mais aquele "famoso" burrito de frango com pimenta chipotle de três quilos, fisiologicamente falando, e as evidências sugerem que eu possa ter sido atingido por uma cepa O'Hare de *E. coli*, que pode em pouco tempo me aniquilar de um jeito que a vodca jamais conseguiu. Já sei por que a lata de lixo treme.

Mas dê cá uma mãozinha. Durante os últimos dez minutos, mais ou menos, entre outras atividades, andei ponderando por que os banheiros de aeroportos dificilmente têm pichações. Banheiros de paradas de caminhão têm mais ou menos o mesmo objetivo — paradas técnicas para viajantes — no entanto, suas paredes são quase sempre enfeitadas de ricos comentários. *Jesus salva!* (A réplica: *Mas Satã investe.*) *Não procure uma piada aqui, ela está na sua mão. Por favor, não joguem guimbas de cigarro na privada, isso faz com que fiquem mais difíceis de acender. João 3:16.* (Réplica: *Mateus 3:20 — perdi-o por pouco.*) Etc. E o meu favorito, pessoal, que vi rabiscado em uma máquina vendedora de camisinhas, em uma oficina de caminhões de Allentown, Pensilvânia: *insira o bebê para receber devolução*. No ginásio, um amigo e eu chegamos mesmo a ligar para um número de "Para um bom momento, ligue", descoberto na parede de um banheiro de um lugar que vendia sanduíches em Uptown, Nova Orleans. Quando uma voz feminina atendeu, jogamos o receptor de um para outro como uma brasa incandescente até que os alôs queixosos, pacientes, me venceram. "Sim", disse eu, adotando, seja lá por que motivo, a voz de Maxwell Smart* na televisão, "estou ligando com referência ao bom momento". "Oh, meu Deus", disse ela. "Meu ex-marido Bobby escreveu isso no lugar em que ele trabalhava. Achei que tinha apagado — ele disse que tinha apagado." Nesse ponto a conversa devia ter terminado com um pedido de desculpas de minha parte e o zumbido do ruído de discar, da parte dela, mas, sem sequer uma pausa desajeitada, ela perguntou se tínhamos comido o rosbife com molho (que o restaurante alegava ser a glória), e eu disse que não, eu comera um pacificador (ostras e camarão fritos), que ela disse ser bom, mas nem de perto tão bom como o rosbife com molho, desde que você o "vestisse", mas não com pickles, porque pickles era de mau gosto. A conversa continuou desse jeito, preguiçosamente, enquanto meu amigo deitado no sofá se asfixiava com as almofadas — ele tinha a certeza de que eu estava a caminho de uma glória carnal de alta velocidade assim que me escutou aventurar que "algumas vezes vestido é bom".

---

* Detetive do seriado cômico de TV *Agente 86*. (N.T.)

Depois de algum tempo abandonei a voz de Maxwell Smart, o que deve ter dado a ela a indicação de minha idade, porque imediatamente depois ela me pediu para desligar o telefone. Aprendi várias lições com essa chamada: (1) que o mundo era um lugar muito mais solitário e mau do que eu tinha percebido (o *ex-marido?*); e (2) que a minha Nova Orleans natal, onde discar um número encontrado em uma parede de banheiro levava a uma discussão a respeito de sanduíches, era realmente uma cidade estranha. (Permitam-me agora fazer o sinal da cruz para abençoar a alma afogada da cidade. Lembro de assistir às notícias depois que o Katrina passou e pensar — fora o imenso pesar que senti por todos aqueles refugiados autóctones e velhinhas arrancados de cima de telhados e, Cristo, daquele pobre menininho privado de seu cachorrinho de pelúcia: lá vai o meu passado, levado pela inundação, boa sorte.)

De fato, no entanto: não faz sentido essa falta de palavreado em boxes de banheiros. Aeroportos são equipamento de laboratório para tédio, raiva, abstinência de nicotina e desconforto gastrintestinal — o suposto núcleo para anônimos versos de banheiro —, e, contudo, as paredes aqui estão brancas que nem olho de morto. As únicas marcas são arranhões aleatórios que não consigo explicar, a não ser que tigres de circos em turnê usem esses banheiros. Era de se esperar que alguma alma empreendedora e insatisfeita ficasse inspirada a escrever alguma coisa do tipo, digamos, essas frases: *Fodi na França, fodi na Alemanha./ Fodi três dias na costa da Espanha. / Mas jamais feliz, jamais livre serei eu / até foder essa empresa aérea do jeito como ela me fodeu.* Mas não, nada. Nem sinal de vida nesses banheiros, com exceção dos sons e cheiros de empresários evacuando os frutos de suas despesas pagas. Talvez seja verdade o que dizem. Talvez a poesia esteja realmente morta.

A minha certamente está. O último poema que publiquei foi em 1995; o último poema que escrevi, sem contar esse obsceno, acima, veio talvez um ano mais tarde. Seria falsa modéstia dizer que ninguém notou, mas foi quase isso. Foi sobretudo uma separação amigável. Aquela grande frase de Larkin — "Não abandonei a poesia; a poesia me abandonou" — não se aplica aqui. Não, exausto por décadas de brigas, nós nos abandonamos mutuamente. Minha mãe ainda tem esperanças de uma reunião, estimulando-me com um bastão, em lugar de uma cenoura: NINGUÉM, disse um Post-it, SE LEMBRA DO TRADUTOR. "Oh, senhorita Willa", gemi de volta, "ninguém tampouco se lembra mais do poeta". Oficialmente (quero dizer, quando barmans conhecidos perguntaram), meu motivo para sair era que finalmente percebi a poesia como uma arma fútil contra o mundo. Pentâmetro iâmbico não é espada com a qual se mate o mal ou mesmo o tédio. Esse tipo de coisa. E embora algumas vezes eu acredite nisso, em geral não acredito. Tudo o que tenho de fazer é lembrar o contínuo sangue vermelho que os poemas — poemas de outros autores — extraíram de mim ao longo dos anos. Do modo como alguns poemas me orientaram pela vida como as luzes azuis de uma pista de decolagem. Ou, mais exatamente, como para-choques erráticos.

Minha mãe concede a ela mesma o crédito daquilo que chama de minha "queda artística" — neste ponto, uma forma legal de descrever a caixa de ferramentas das minhas desordens de personalidade. Por me deixar, quando eu começava a andar, chafurdar em pilhas de livros enquanto ela se sentava em frente ao cavalete no City Park. Por ser moral e sofisticada o suficiente para banir *Little Black Sambo* [Negrinho Sambo] das minhas leituras antes de dormir. Por assinar *Highlights* e me ajudar a escrever minha primeira obra a ser publicada, uma carta para os criadores das revistas em quadrinhos *Doctor Fate and Hourman* (que, agora que penso nela, foi uma carta de reclamação — pode-se dizer que já trabalhava em direção a este momento da minha vida). O "artista" em mim, ela sempre alegou, descende das minhas raízes Desforge — é derivada exclusivamente da seiva da árvore da família dela. Tudo o que herdei do lado Ford, *né* Gniech, de acordo com a senhorita Willa, foi meu cabelo encaracolado e meu inexplicável amor pelas consoantes.

Assim como na maioria dos assuntos, ela está enganada. Meu pai não lia por prazer — nada em inglês dava prazer a ele, e era praticamente impossível encontrar-se literatura polonesa em Nova Orleans —, mas, na cabeça dele, havia um depósito de versos poloneses decorados: Mickiewicz, Witwicki, Slowacki, todos românticos do século XIX. Nas noites em que minha mãe estava "fora" (principalmente hospitalizada, ou recebendo aulas noturnas de desenho japonês, a caneta e tinta, ou de bridge avançado, ou em comunhão com a variável casta de "melhores" amigas que invariavelmente "voltavam-se contra" ela), ele deitava-se ao meu lado na hora de dormir e recitava montes de poemas maravilhosamente incompreensíveis: *Gdybym ja byta stonecykiem na niebie, Nie wiecitabzm, jak tzlko dla ciebie*. Para mim, era ruído de fundo lingual, aquelas consoantes polonesas terminando como estática evanescente, sussurros de *shhh*, as subidas e descidas de versos octossílabos embalando-me para dormir como o jogo do mar nina um marinheiro. Talvez ele achasse que nada mais tinha para me dar — ele não conseguia decifrar um volume de *Uncle Remus* mais do que conseguia ler a Bíblia em grego —, ou talvez (minha preferência) ele curtisse aqueles momentos esparsos e secretos em que podia falar livremente sua língua materna e compartilhá-la comigo. A senhorita Willa, convencida de que ele se lamentava da vida com ela toda vez que falava em polonês, e, muito envergonhada de suas origens polacas, proibiu-o de falar polonês dentro de casa. A essa altura ele largara o emprego de exterminador de pragas e trabalhava numa oficina de carros na Poydras Street — como era especializada em carros importados, minha mãe tendia a se referir a ele como "especialista em Rolls-Royce" —, e, a meu lado, à noite, ele tinha cheiro de sedimento de motor, cigarro e seja lá que solventes ácidos usava para esfregar as mãos de forma que minha mãe não fizesse estardalhaço por causa de unhas incrustadas de óleo. Minhas lembranças afetuosas dele são poucas: ele trabalhava, comia, curtia o *Lawrence Welk Show* por causa das polcas, como se qualquer imagem em movimento fosse suficiente, consertava a pia quando estava vazando e cuidava da lareira na manhã de Natal, enquanto minha mãe corria de um lado para outro na sala exigindo que lhe dissessem que o dia estava *perfeito*. Mas, naqueles momentos escuros, coalhados de poemas, ele era nada menos que um mágico — um feiticeiro invocando meus sonhos com sua linguagem clandestina e encantatória.

Sem estender demais a questão, você poderia dizer que a poesia me criou. Ao chegar à adolescência, meu pai era uma sombra cinzenta e sem som que passava pela casa, o fantasma de um faz-tudo martirizado, e minha mãe permanecia, como antes, um caso para uma brigada antibomba psicológica. Eram menos pais do que companheiros de cela, e todos nós, em particular, marcávamos os dias do nosso confinamento. Meu pai venceu essa sombria competição morrendo quando eu tinha 15 anos — vítima de um ataque cardíaco inesperado que o atingiu durante o sono. Para uma morte tão súbita, e em uma idade tão vulnerável, foi uma passagem estranhamente sem emoção. Ele tinha apenas 48 anos, mas sua morte foi sentida como a de um paciente de sanatório que estivesse acamado e devastado pelo câncer há anos: um ato de misericórdia, um presente, e não um roubo. Não lembro sequer de ter chorado no enterro. Senti como se estivesse acenando adeus enquanto ele embarcava em uma nova e melhor aventura. Mande um cartão-postal, *Tata*. Tenha coragem.

De qualquer modo, vi a aproximação da idade adulta com pouca instrução ou experiência de vida, então me voltei para os livros, e nos livros de poesia — especialmente os de Baudelaire, Keats, Neruda, Lorca, Yeats, os *beats* — descobri a vida que julguei desejar: uma existência estimulada pelas emoções, descuidada, básica, terrena, direcionada para uma ebulição plena, transbordante. Deixe-me dizer de cara que isso não é jeito de se ler poesia. Quando Neruda escreve a respeito de como seria maravilhoso "ir pelas ruas com uma faca verde soltando gritos" até morrer de frio, ele não tem a intenção de que o leitor o interprete literalmente. A carência de facas verdes no empório de cutelaria da sua vizinhança deveria ser a indicação número um, mas tente explicar isso para um vulnerável adolescente de 17 anos. Como eu adorava o jeito como as palavras e imagens saltavam pela minha mente quando eu lia poesia, o modo como ela *impelia* a minha vida, mais que qualquer outra coisa, aumentava a velocidade como um acelerador pisado até embaixo — e comecei a escrever poemas.

Não o afligirei com os detalhes subsequentes do meu *curriculum vitae*, que são chatos até para mim. É suficiente dizer que experimentei algum grau de "sucesso" por volta dos 30 anos, quase todo graças aos poemas que escrevera com 20, e embora aqueles anos realmente apresentassem uma explosão engraçada e estonteante de elogios e prêmios menores, e de badalação terno/bebida — lembro-me de pensar: *É isso aí, a sorte grande byroniana*, quando um par de ágeis e risonhas estudantes de pós-graduação apareceu sem avisar à minha porta, uma noite, carregando uma garrafa de vodca e um livro de poemas que queriam que eu autografasse — rapidamente tudo gorou. Uma das garotas me concedeu uma punheta não solicitada, mas o comportamento dela era tão clinicamente sem graça — senti como se me estivessem espremendo uma espinha — que a mandei parar no meio do caminho, queixando-me de dor de estômago.

Quando ela perguntou se não poderiam ser gases, a noite afundou ainda mais. Explorei minha breve ribalta com o que podia — bolsas, subvenções, aulas em faculdades comunitárias —, mas, como eu não tinha capacidade de sustentar o impulso (ou seja, tendo esgotado minhas provisões de poemas juvenis), meu prazo de validade passou logo. "Vi meu momento de grandeza tremular", escreveu Eliot, e, cara, conheço o panorama. Não quero traçar a linha de modo muito rígido aqui, ou atribuir culpa sentimental, mas o fato permanece: todo o "sucesso" que tive veio do trabalho febril dos meus 20 anos, dos poemas que escrevi pré-Stellas. Na época em que uma pessoa notou o fogo, ele já tinha se reduzido a cinzas. Apesar dos meus suados esforços, nunca mais consegui igualar o tom e a qualidade daqueles poemas iniciais, tateantes, untuosos, "uivando para a lua". Eu era um poeta confessional que já não queria confessar. Algumas vezes, ao ler minha obra em público, eu me sentia como um substituto — um conhecido apresentando as obras de um poeta morto, como Kenneth Koch no serviço memorial de Frank O'Hara, lendo o grandioso e doce poema de O'Hara a respeito de conversar com o sol. "Este foi o trabalho de um grande poeta", disse Koch ao público. Palavras pouco modestas nessa linha passavam pela minha cabeça enquanto eu lia: *Esta é a obra de um grande poeta. Que pena que ele se tenha ido*. Poucas horas mais tarde eu me via de porre em algum coquetel professoral, dizendo *bruuu* quando alguém perguntava em que eu estava trabalhando no momento. Depois de algum tempo, apenas os estudantes masculinos de pós-graduação desajustados caíam na minha rotina de poeta bêbado, mas eles eram alvos fáceis, de qualquer modo. Davam-me vodca até as cinco da manhã, esperando por um momento trágico, à Dylan Thomas — um porre que pudessem exaltar.

Fui à Polônia em 1989, naqueles meses inebriantes, quando a Cortina de Ferro começava a se abrir para a Europa. Era um programa de intercâmbio de poetas para o qual Alojzy me indicou, e, exemplificando a história deles, os poloneses ficaram com o mico preto: eu. Pensando melhor, no entanto —, risque isso. Já fui pouco sincero demais. Minha época na Polônia merece coisa melhor. Era para eu ficar cinco meses, mas acabei ficando mais de um ano, e mesmo agora minhas lembranças se misturam, ficam indistintas: felizes madrugadas em bares de porão iluminados com velas na Cracóvia, bebendo vodca de erva-doce americana [*Hierochloe odorata* ou erva-de-bisão], fumando um atrás do outro aqueles horríveis cigarros Mocne e conversando sobre Arte com A maiúsculo com estudantes, poetas, outros romancistas periclitantes e com meu onipresente amigo Grzegorz, escultor maluco da Cracóvia, com barba de Papai Noel, que estranhamente trabalhava nu — todos eles ebulientes, crepitantes, estourando com novas ambições liberadas, de modo contagiante —, em resumo, madrugadas falando de ideias com pessoas para as quais as palavras e as ideias *tinham importância*, que haviam sido mantidas em cativeiro durante tantos longos anos por uma única bem-intencionada mas horrível ideia, que acreditavam em ideias porque seu próprio momento de despertar até tão tarde na vida fora algemado a uma ideia má, e que agora estavam pesquisando, livre e delirantemente, uma ideia nova, uma ideia que os erguesse do tumulto de sua história. Naqueles porões eu testemunhei brigas de soco afetuosas e etílicas, declarações batidas na mesa e devaneios durante muito tempo privados, trocados como cartões de beisebol. Para Jan, um poeta embotado pelo que ele chamava de "incompetência" da arte na Polônia, o sonho era escrever como um ninho de vespas: com finalidade, ou seja, para ferroar. Um jovem estudante de filosofia — Pawel, acho que era o nome dele — queria abrir um restaurante francês, embora jamais tivesse provado culinária francesa fora de Proust. Grzegorz, por outro lado, ansiava por algum dia deixar uma rosa amarela no apartamento do Dakota em que John Lennon fora assassinado, e, enquanto estivesse em Nova York, "foder uma negra poderosa".

E então, também, os longos e suaves silêncios: as horas daquelas manhãs de garoa cinzenta ou abafadas pela neve em que eu me dedicava a aprender a língua de meu pai, falando em voz alta para mim mesmo no meu decadente apartamentinho na adoravelmente suja Ulica Czysta (traduzida, impropriamente, como Rua Limpa) e com o meu idoso tutor com seu *pince-nez*, Albert; e revirando a literatura polonesa como um pirata enlouquecido, mergulhando os braços até o cotovelo num tesouro, esquadrinhando a biblioteca Jagiellonian tão minuciosamente que até os vigias noturnos me conheciam pelo nome. A literatura polonesa é muitas vezes ridicularizada como hermética, impregnada de histórias demais e insular, mas eu suspeito que o fato de ter sido criado no Sul tenha me imunizado quanto a isso. Parecia-me normal que a literatura fosse obcecada com as derrotas e as longas mãos do passado. (Eu já defendia as causas perdidas mesmo antes de me tornar uma delas.) Quanto aos meus deveres *ex officio*, eu escrevia feito louco, como os escritores desgrenhados representados em filmes, jogando páginas por cima do ombro. E embora os poemas parecessem lindos e beijados pela musa, na época, como mais tarde percebi, era tudo lixo bem-intencionado — o momento e os temas eram grandes demais para mim. Escrevi um poema sobre algumas crianças que vi aplaudindo a chegada de pintores em uma construção não identificada; naquele ponto crítico da história, naquela cidade com a pintura descascando, até pintores tinham um brilho messiânico. No entanto, o poema, como uma fotografia fora de foco, fracassou em captar a verdadeira essência disso tudo. Talvez todos os poemas tenham essa falha. Uma ode a Vênus dificilmente pode rivalizar com as sensações da pele de Vênus contra a sua, a pressão de sua coxa nua contra a sua. É tudo de segunda mão. Pontinhos pretos no papel são tão intrinsecamente desinteressantes que nem mesmo um cachorro entediado se sente incentivado a farejá-los.

Eu seria negligente, no entanto, se, ao apresentar esse visual da Polônia, deixasse de mencionar a pobre Margaret. ("Pobre Margaret": é assim que ela está intitulada no meu Rolodex mental, selada com aquele adjetivo bocioso.) Ela era tecnicamente a minha primeira mulher depois de Stella, e eu nunca oficializei o casamento. (Éramos serenos demais para isso.) Casei com Margaret com base em uma única ficada, em uma noite, e uma posterior torrente de cartas: namoro pouco aconselhável, com certeza. Nós nos conhecemos em um coquetel para artistas na residência de algum burocrata comunista — um subministro da *kultur* ou qualquer coisa do gênero. Um homem gordo, com o rosto socado como o de um bebê e um mau-hálito tamanho que a gente podia sentir o cheiro do riso dele do outro lado da sala apinhada. Além disso, era insuportavelmente pomposo, motivo pelo qual, fora a vodca ilimitada, que não parava de fluir para o meu lado, encontrei-me perambulando pela casa, enfiando secretamente canapés de almôndegas em diversas gavetas e armários. Um gesto decididamente pouco diplomático, eu sei, mas a imagem daquele bebê maduro demais farejando, de mau humor, pela casa, alguns dias depois, me divertia enormemente.

Foi Margaret quem me apanhou. Ela era uma historiadora de arte de Connecticut, dez anos mais velha que eu, um tanto volumosa nos quadris, mas atraente como uma moça tímida no baile. Achei seus pequenos óculos redondos sedutores, e também seu riso fácil, salgado. E também porque ela achou minha sabotagem de almôndegas encantadora. Disse que tinha um fraco por "malandros", o que me fez estremecer, porque eu nunca ouvira ninguém dizer essa palavra sinceramente em voz alta. "Bem, então *Shiver me* *timbers*",* respondi sem sinceridade. Só que de fato ela sacudiu sinceramente meu mastro algumas horas mais tarde, quando acabamos no meu apartamento, rasgando as roupas um do outro. Eu estava prestes a escrever "como adolescentes num porão", mas aí me toquei que, apesar dos hormônios, os adolescentes raramente fazem isso. É gente de meia-idade, desesperada por dar impulso ao volume de suas vidas definhadas, que faz isso. De qualquer modo, ela de fato abriu minha camisa à força, os botões voaram, fazendo *ping* contra a parede. Uma vez na cama, ela fez uma pausa para me confessar, humildemente, mas não com recato, que fazia "muito tempo" que ela não ficava na cama com um homem. Eu puxei o rosto dela para junto do meu e disse: "Tudo bem. Eu nem sequer *estive* na cama com um homem". Ela deu aquela risada salgada, e daí por diante tudo aconteceu maravilhosamente, uma loucura sem sono. Ela era tão vocal que o meu senhorio, um viúvo de idade, ao encontrar-se comigo na rua, na manhã seguinte, depois de eu ter levado Margaret à estação para pegar um trem para Varsóvia, deixou o pão cair no chão para me aplaudir. Bases para um casamento? O levantamento diz: X. Vou pular o resto da história, um conto epistolar, em sua maior parte. O casamento foi tão curto que acho que usei a mesma toalha de banho por todo o tempo que durou.

Mas tudo isso é um longo e talvez por demais esclarecedor mapa rodoviário de como passei de poeta a tradutor. Minhas primeiras traduções eram favores para os amigos que fizera na Cracóvia: exercícios de amizade, mais ou menos. Era docemente gratificante, no entanto, colocar os poemas deles em periódicos norte-americanos — de um modo que nunca senti ao publicar

---

* Alusão à música "Bad goodbye", que termina com as frases: *Say, nobody knows me. Can't fathom my staying. Shiver me timbes. I'm sailing away* [Olhe, ninguém me conhece. Não podem compreender por que eu fico. Sacudam meu mastro. Estou partindo]. (N.T.)

meus próprios trabalhos, eu me via *generoso* com a plateia, como se estivesse concedendo a ela alguma coisa de valor, em vez de, como sentia com os meus poemas, tossindo alguma coisa sobre ela. Além disso, eu me sentia liberado do terreno minado de minha própria *persona* autoral; na minha tradução, eu aspirava à invisibilidade, e invisibilidade me parecia emancipação. Além disso, descobri, um tanto para surpresa minha, que eu de fato saboreava o trabalho, o processo me divertia: eu *curtia* desatar todos os nós cegos, juntando os quebra-cabeças linguísticos, compondo e recompondo as palavras e expressões nas roupagens da minha língua materna. E também havia algo de libertador na imperfeição embutida na arte. O ato da tradução é um ato de aproximação. Uma tradução pode se aproximar da arte em sua linguagem-fonte, mas jamais tocá-la; proximidade imediata, é tudo, a proximidade de seu hálito quente. Como tradutor, nunca espero clonar, digamos, a rosa que é um poema — meu trabalho poderia apenas render, para parafrasear Nabokov, uma espinhenta prima da rosa. "O que o tradutor tenta", escreveu o grande John Ciardi nos anos 1960, "nada mais é do que o melhor fracasso possível". Para alguém que tem como hábito de vida fracassar, esse sentimento apresentava uma atração agradável. *O melhor fracasso possível*. Na época em que comecei a traduzir, esse era o epitáfio que eu podia esperar. Fracassar, fracassar, fracassar. Fracassar melhor. Estou fracassando agora? É, pergunta boba. Vão em frente, seus filhos da puta, riam o quanto quiserem.

***

Nesse tom, prezada American Airlines, vamos dar uma olhada no Walenty. Mas deixe-me avisá-la: meu amigo Alojzy engendrou uma mudança na direção do enredo que não sei bem se consigo engolir de todo. A *pensione* para a qual o Urso — agora um urso com letra maiúscula, seja lá por que motivo, um *Niedźwiedź* inteiramente desenvolvido — levou Walenty afinal era a casa da família da garçonete do café da estação de trem. Mundo pequeno, não? E a mulher rude, com aparência de velha, que se arrastava pelos corredores e administrava o local? Bem, era sua mamãe. Isso me parece uma coincidência muito fácil — quero dizer, por que Walenty tinha de conhecer a garota (cujo nome é Francesca, para sua informação, embora apelidada de Franca) para começar? Por que não a apresentar na manhã seguinte, durante o café da manhã — com a mesma xícara de café e a mesma troca sonhadora? Minha vaga conjectura é que Alojzy possa estar tentando sugerir algum tipo de alinhamento das estrelas (na cabeça de Walenty, bem entendido), evocando um sentimento de fatalidade. Parece-me, no entanto, um passo em falso. Se no início o enredo evocava — mesmo que levemente e com intenção muito mais sombria — as partes iniciais do *Pnin*, de Nabokov (embora, pensando melhor, o eco mais alto seja da *Journey by Moonlight* [Viagem ao luar], de Antal Szerb, agora está se canalizando para novelas de televisão na linguagem espanhola. ¿Es su mama?! ¡Ay Dios mio! Mas também abandonei minha crença no destino ou em qualquer coisa invisível há anos. Não foi o destino, afinal, o que levou o empresário em Long Island, dirigindo da estação de trem para sua casa (isso estava no noticiário há algumas semanas), bater de frente num carro que era dirigido por seu próprio filho adolescente. Foram os dois martinis do tamanho de um aquário que ele bebeu depois do trabalho, mais a enorme Budweiser que engoliu no trem.

Não obstante, a porra do livro é do Alojzy. Eu apenas desembaraço as consoantes. Segue:

> Ela estava preocupada por ele parecer cansado, mas ele insistiu que estava bem; ele queria caminhar, disse-lhe, caminhar, caminhar e

caminhar. E assim fez, para a velha *città vecchia*, subindo pelas íngremes colinas, passando por mercados de peixe, confeitarias, pequenas livrarias apertadas, sem ar, lojas que vendiam abajures e roupa de cama, e outras que vendiam linguiças, cogumelos secos e os grãos de café torrados que perfumavam as ruas estreitas. As crateras das balas de franco-atiradores sarapintavam alguns dos prédios, e havia fileiras de lojas vazias, fechadas, que devem ter sido de propriedade de judeus de Trieste antes de os alemães terem dado cabo deles; Walenty virou as costas a esses sinais, no entanto, recusando-se a admiti-los, trancando-os do lado de fora. Nesses momentos, o passo dele acelerava, e Franca confusamente lutava para segui-lo. Eles não falaram do passado, e muitas vezes, como casais idosos, não falavam de todo. Terminaram na beira d'água, onde, sentados no cais, partilharam de uma variedade local de bolo que Franca chamava de *presnitz*, e observaram o Adriático em sua implacável imobilidade azul. Do outro lado da baía havia vinhas em terraços, um castelo branco e um homem idoso vestido num terno de algodão, que, nas imediações transferia a cena para uma tela apoiada em seu cavalete. Seus lábios se moviam sem parar e parecia que ele conversava com suas cores. Walenty notou a ausência de bandeiras nos mastros, o que momentaneamente inchou-lhe o coração. Ele perguntou em voz alta: "Onde estou?". Segurando a mão dele entre as suas, Franca sorriu e o chamou de bobo. "Você está em Trieste", disse ela.

Um final perfeito, poderíamos pensar. A deixa, uma serenata em acordeão e os créditos finais. ("O texto deste livro foi impresso em Livingstone, o único tipo desenhado por..."). Só que, claro, isso não é o final. Nunca é.

***

Está bem, Queneau. Aqui está uma história verdadeira, e não se trata de comida. Trata-se de Willa Desforge e Henryk Gniech, os Ford da Annunciation Street e seu surpreendente filhinho Benjamin, e talvez trate de amor, talvez não, mas quem sou eu para dizer? Não passo de um cara mordazmente sóbrio em um aeroporto, que tenta evitar ficar olhando para seu cordão de sapato arrebentado.

O ano era 1963. Eu estava a dez dias de distância de completar 10 anos, e estava preocupado naquela semana, como havia meses, com duas questões: o cavalo que eu desesperadamente queria como presente de aniversário e a ameaça da destruição nuclear. O cavalo era qualquer cavalo pintado de preto e branco parecido com o tipo cavalgado por Little Joe, de Michael Landon, em *Bonanza**. Aquele cavalo em particular era chamado de Cochise, embora Little Joe mais comumente o chamasse de "Cooch". ("Cooch," devo notar, era o apelido que Stella dava à genitália dela, o que, embora belamente circular, obviamente fazia com que o papo obsceno fosse um impossível exercício de nostalgia para mim.) Cochise bebia água no chapéu de Little Joe, e, além disso, Little Joe uma vez dividiu seu café com Cochise, o que achei esplêndido. Um cavalo que tomava café! Perfeito para Nova Orleans — suponho que meu cavalo fosse gostar da nossa combinação local com chicória. Naturalmente eu era pequeno demais para entender leis de zoneamento e exigências espaciais para o gado, mas tinha certeza de que meu próprio Cooch gostaria muito do nosso quintal e curtiria ser cavalgado na ida e na volta da escola, onde o amarraria no bicicletário, desde que eu lhe deixasse um balde de água ou um *café au lait* grande. Meu pai mal chegou a admitir a ideia — "Ah... não" —, enquanto a senhorita Willa parecia vulneravelmente evasiva. "Cavalos atraem moscas", disse ela,

---

* Seriado de TV dos anos 1960. (N.T.)

mas isso me pareceu uma objeção administrável. Eu organizaria uma batida pelo quintal com mil papéis grudentos de apanhar moscas que se retorceriam com a brisa feito bandeirolas tibetanas de oração. Manteria um mata-moscas a postos o tempo inteiro, e meu amigo Harry Becker, que morava na mesma rua, prometeu fazer o mesmo, sem ou com pouco pagamento. Juntos, nós nos certificaríamos de que as moscas não fossem um problema.

Não havia nada que eu pudesse fazer, no entanto, a respeito da morte nuclear, que eu tinha certeza de estar próxima. Sua sombra avultante, de fato, era minha contestação não dita à outra objeção de minha mãe — de que talvez eu não fosse crescido o suficiente para as responsabilidades de um cavalo. *Mas tenho a idade que sempre terei*, prosseguia meu pensamento, levando em consideração o inverno nuclear que logo viria. Eu sentia sua irradiante iminência cada vez que engatinhávamos para baixo das nossas carteiras na escola, quando tocava a sirene de ataque aéreo, com as pálpebras apertadas contra meu antebraço esquerdo, enquanto o outro antebraço protegia a parte de trás da cabeça, mas com o traseiro proeminente inteiramente exposto à onda de choque (era assim que as crianças norte-americanas pereceriam, de bunda). Eu matutava o tempo inteiro, perguntando-me se veria o clarão final através da proteção de pálpebras mais braço, e se de fato sentiria meu cabelo queimando, o que me amedrontava ligeiramente mais que a morte (ao dois na contagem, as freiras disseram *não*). Eu sentia essa iminência, também, sempre que *Bonanza* era interrompido pelo temível teste do Emergency Broadcast System, e a temperatura na sala parecia cair instantaneamente dez graus. É assim que tudo vai terminar? De Lorne Green para um longo e arrepiante bip ao trovejante Armagedom? "Se isso fosse uma emergência de verdade, você teria sido instruído a sintonizar sua estação de rádio local." Eu me imaginei correndo para o rádio-toca-discos do tamanho de um armário na sala de jantar e furiosamente sintonizando WTIX-AM ("Diversão é na WTIX, a Potente 690!") para escutar o fim do mundo surfando em um comercial de Rex Root Beer ou aquele *jingle* da Ponchartrain Beach: *At the beach, at the beach, at Ponchartrain Beach; you'll have fun, you'll have fun, every day of the week* [Na praia, na praia, na praia de Ponchartrain; você vai se divertir, você vai se divertir, todos os dias da semana você vai se distrair]. "Venha brincar no *scrambler* e na voadeira e veja os dezesseis animados poodles no Poodle Expre..." Cabum! Venha ver a gigantesca nuvem em cogumelo cor de laranja. O fim de tudo, você, eu, incluindo dezesseis animados poodles! Porque tinha o status como cidade portuária ("Uma cidade portuária *fundamental*", disseram as freiras), Nova Orleans seria obliterada na primeira onda de ataques; este, disseram-nos, era o preço que tínhamos de pagar por morar em uma cidade tão importante. Além disso, corriam rumores de que os russos odiavam *Mardi Gras* e/ ou, aliás, todos os desfiles de natureza festiva.

Graças a esse meu medo, que fazia com que até eventos inócuos, como o expirar de uma estrela cadente, se transmutassem em momentos de terror e tremedeira (seria um míssil?), meu pai e eu tendíamos a repartir as seções do jornal matinal de um jeito pouco ortodoxo. Eu ficava com a página de rosto, ele ficava com os quadrinhos. (Nenhum de nós se interessava muito pela página de esportes.) Eu examinava as chamadas em busca de indícios de nossa morte iminente — o problema de Cuba ainda fervia naquela primavera —, enquanto meu pai lia os quadrinhos apresentando no rosto exatamente a mesma expressão atenta que eu. Se o estado do mundo me confundia, o estado do humor norte-americano o confundia ainda mais. Talvez Lucy roubando a bola de futebol de Charlie Brown espelhasse de modo muito próximo a história polonesa para ser engraçado, não sei. Certamente ele achou o dialeto de Zé do Boné indecifrável (eu também). Mas então você tem de entender que ler os quadrinhos para ele não era lazer. Minha mãe estava sempre se queixando de sua falta de humor, e ele queria lhe agradar. Para ele, aquilo era um estudo — um esforço orquestrado para quebrar o código do engraçado e talvez fazê-la rir. Dagwood Bumstead* era o Cyrano dele, seu tutor em romance.

Depois de algum tempo trocávamos as seções e não havia som algum além do *cling* das nossas colheres e o ruído enquanto comíamos cereais matinais amolecidos. Eu sempre começava com o *Family Circus*, que, embora fosse piegas, tendia a me acalmar e consolar. Sentia um tipo de encanto voyeurístico em espiar, pelo buraco da fechadura que suas bordas arredondadas me evocavam, a tranquila sociabilidade de uma família "normal" — as gracinhas de Jeffy, as palhaçadas idiotas do cachorro Barfy, a alegria desgastada do pai. Li em algum lugar, uma vez, que os estudiosos tinham concluído que as pinturas nas cavernas em Lascaux etc. não descrevem, como se pensava anteriormente, eventos reais, ou animais que os pintores tenham realmente visto — o que elas retratam, na verdade, eram animais que os pintores *queriam* ver, eventos que *esperavam* que acontecessem. É um pouco exagerado sugerir um elo estético entre desenhos pré-históricos em cavernas e o *Family Circus* de Bil Keane? O garoto mastigando flocos de milho diz não. *Family Circus* era meu mamute gordo, meu vislumbre de idílio.

De qualquer modo, 1963. Era uma sexta-feira, eu me lembro. Meu aniversário seria na segunda. Terminados os quadrinhos e os cereais, perguntei a meu pai a respeito do cavalo. O quintal não tinha sido adequadamente preparado, e eu estava preocupado com o trabalho que ainda precisava ser feito. Transformar uma garagem em cocheira parecia uma façanha nada pequena. Haveria tempo?

---

* Marido da personagem Blondie, na história em quadrinhos de mesmo nome. (N.T.)

"Você não pode ter cavalos em Nova Orleans", disse ele.

"Há cavalos nos parques de diversões", respondi.

"Aqueles são cavalos de corrida."

"Meu cavalo pode correr. Ele vai ser ligeiro."

"Você não pode ter cavalo nenhum em Nova Orleans," repetiu ele.

Na maior parte das manhãs a senhorita Willa tendia a dormir, deixando meu pai e eu nos vestirmos sozinhos para o trabalho e a escola, de modo que fiquei ligeiramente surpreso naquela manhã quando ela entrou cantarolando cozinha adentro. Não inteiramente surpreso, no entanto, já que ela andava em um de seus períodos jubilosos — o que eu mais tarde viria a entender como "episódios maníacos". Voltara a pintar e tinha se matriculado em um curso de arranjo de flores; o resultado era uma casa coberta de folhagens com paineira-do-brejo seca, vara-de-ouro, cristas-de-galo, linárias púrpuras, aroeira, plumbago, cravos-de-amor. Todos os cantos estavam espetados com flora seca. Três coroas de magnólias supervisionavam o banheiro do andar de cima, e até meu quarto de dormir tinha sido invadido — por alqueires de lavanda francesa que perfumavam o quarto de modo tão intenso que inverti o ventilador para soprar para fora da janela.

Meu pai sempre saía para o trabalho quinze minutos antes de eu sair para a escola, e nesse período eu assistia escondido a um pouco de televisão. Nesse dia, no entanto, depois de ele ter saído, minha mãe sentou-se à mesa comigo.

"Benjamim", disse ela. "Você gostaria de não ir à escola hoje?"

Já naquela época eu era esperto o suficiente para ser desconfiado. "Por quê?"

"*Por quê*? Que espécie de resposta é essa?" Ela parecia uma ranzinza de mentirinha. "Bem, eu estava pensando que a gente podia ir olhar alguns cavalos."

Você pode imaginar minha explosão de alegria, o modo como aquilo detonou minhas reservas — e também minha revoada de cuspidos sim-sim-sim. Meu próprio Cooch! Caramba, ia acontecer. Os cavaleiros do apocalipse não me encontrariam sem um corcel. Dirigi-me para a porta, mas ela me fez parar.

"Precisamos arrumar algumas roupas", disse ela. "E pegar alguns livros e brinquedos que você queira levar junto."

Naturalmente fiquei desconcertado com esses comentários, mas a última coisa que eu queria era jogar água fria na oportunidade fazendo perguntas. Eu deveria notar que ela já fugira comigo antes: duas vezes para a Flórida, uma vez para Nova York (chegamos até Atlanta). Mas as crianças são naturalmente otimistas, e, claro, transbordantes de cobiça. Para empregar uma metáfora equina: eu resolutamente pus meus antolhos enquanto arrumava pertences aleatórios e puxava minha mala para a garagem e para o assento traseiro do nosso Ford Fairlane de três anos de idade. Eu tinha conhecimentos suficientes para temer os planos de minha mãe e as decepções potenciais, mas, se eles me rendessem um cavalo como Cochise, que assim fosse. Olhos no prêmio, menino. Hi-ho Silver. Eu devo ter esperado no assento dianteiro durante mais de uma hora — mexendo no porta-luva, descendo e subindo o vidro, roendo os cantos das unhas. De vez em quando minha mãe trazia alguma coisa para dentro da mala do carro e alegremente me prometia "mais um minuto". Enquanto eu tentava ficar otimista a respeito de tudo, admito que meu coração afundou alguns centímetros quando a vi enfiar todas aquelas flores secas na mala do carro, junto com o cavalete e seus trabalhos em tela selecionados. Claramente íamos fazer mais do que ir a Jefferson Parish inspecionar cavalos. A mala não fechava, de modo que ela amarrou-a com barbante de cozinha.

"Aí está", disse ela, escorregando para trás do volante. "Você está pronto?"

"Aonde vamos?"

O carro estava saindo da garagem quando ela disse: "Novo México".

Durante um bom tempo processei isso em silêncio, até estarmos bem fora de Nova Orleans, pela Highway 61, em seu curso inteiramente reto até Bâton Rouge. A senhorita Willa tinha o hábito peculiar e desconcertante de falar comigo como se eu fosse da sua idade, e ela falava e falava enquanto atravessávamos aquelas cidadezinhas pantaneiras: a respeito da senhora Marge, na casa ao lado, cujo marido tinha dívidas com algum gângster; sobre Charlotte Deviney, que estava no hospital por motivo relacionado a seu "uterus", que, pelo que eu sabia, era um termo técnico para chifre de unicórnio; mas, principalmente, a respeito da pintora Geórgia O'Keeffe, que logo percebi ser a inspiração da nossa viagem. De acordo com minha mãe, O'Keeffe tinha esculpido para si mesma a existência perfeita para uma artista no Novo México, lugar que ela (e portanto minha mãe) chamava de "o Longínquo". O Novo México era desolado, melancólico e abençoado com "a mais incrível luz", o oposto da Louisiana, onde, alegava ela, "não havia céu". Isso para mim era desconcertante: o que era todo aquele azul no para-brisas? Nossas paisagens nativas, me disse ela, eram visualmente impenetráveis — monocromos nebulosos de musgo e estrume, desprovidas de ângulos, de cor e de luz. "Olhe para aquilo lá", disse ela. "É lama. Moramos na lama. Como se pode pintar lama? Como se pode morar na lama?" No "Longínquo", disse ela, era diferente. A luz do alvorecer inundando o deserto era um milagre que iria extrair lágrimas de alegria dos nossos olhos. O sol ali estava próximo o suficiente para que o tocássemos com o dedo.

Espreitei uma adivinha de beira de estrada — a Highway 61 costumava ser cheia delas — e implorei para que ela parasse. "Isso é ridículo, Benjamin", disse ela. (Para ela eu nunca fui "Bennie", sempre Benjamin — e, devo notar, só para ela.) "Essas pessoas são charlatãs, e, de qualquer modo, querido, você não precisa que alguém lhe diga sua sorte. Sabemos exatamente o que está à nossa frente. As coisas vão ser diferentes para você e para mim. Vão ser melhores."

"E o papai?", finalmente perguntei.

Ela suspirou: "Ah, ele". Houve um silêncio enquanto os braços dela ficavam tensos contra o volante. "Você ama o seu pai, Benjamin?"

Amava? A questão jamais me ocorrera antes. Claro que sim. Era possível não o amar? Ele era meu pai. Ele servia os meus cereais matinais, dividia o jornal comigo e à noite falava palavras malucas para mim, às quais eu me agarrava como se fossem salva-vidas balouçantes. "Amo", disse a ela.

Ela suspirou outra vez e pegou um Salem na bolsa. Publicamente, a senhorita Willa estava sempre deixando de fumar, ou prestes a deixar. Ela nos anunciava que tinha parado com os cigarros, mas imediatamente se retirava para o banheiro a fim de fumar um escondido. Sempre encontrávamos filtros boiando na privada, seguidos de uma mancha cor de chá. "Willa!", dizia meu pai. "O cigarro de alguém subiu outra vez pelo esgoto! Temos de chamar bombeiro."

"Seu pai é um homem bom", disse ela, virando o quebra-vento para expelir a fumaça. "Ele é. Ele é um homem gentil. Vou conceder isso a ele — não causaria dano a uma mosca. Mas não entende pessoas como você e eu. Não quer as mesmas coisas que queremos. Quer comida na mesa, um emprego onde ir e não se importa com o gosto da comida ou que emprego é. Você sabe que ele nunca pediu um aumento ao senhor Prejean? Nunca. Ele simplesmente é muito diferente de você e de mim. Talvez seja por causa de tudo por que passou durante a guerra — foi um tempo difícil, você sabe."

Ela deu uma tragada contemplativa no Salem. "Ele simplesmente não compreenderia o Longínquo", explicou ela. "Lá você poderá ter cavalos, e eu poderei pintar. Quantos cavalos você quiser. Essa é que é a vida para nós, Benjamin. É para isso que estamos indo."

Foi brutalmente astucioso, percebi mais tarde: ao tecer meus desejos aos dela, ao pintar meus cavalos em sua quimérica paisagem, ela fez de mim um cúmplice. Por que estávamos abandonando meu pai? Porque ele recusara o cavalo. Porque ele era diferente de nós. Durante 160 quilômetros ela detalhou o tema principal: um menino precisa de espaços abertos; uma mulher precisa de liberdade, romance e *vida*; nós dois éramos flores sedentas de sol, plantadas numa sombra úmida; "seu pai" não sentiria falta de nós, mal notaria a nossa ausência; ela deixara jantar para ele na geladeira e ainda havia sobras de costeletas de porco; Deus abençoe o Longínquo, Benjamin; o Longínquo é o nosso destino. Mil tabuletas anunciando LAGOSTINS VIVOS passaram zunindo. Mansões para turistas com piscinas e algas escumadas. Plantações de algodão indistintas com tenra vegetação verde que só dava para ver de determinados ângulos. Tatus esmagados, bicados por urubus que faziam *unk* sob nossos pneus. Garotinhos negros magros brincando perto demais da estrada, paralisados pela nossa passagem; durante alguns inescrutáveis segundos, os olhares duros deles se encontravam com o meu enquanto minha mãe acelerava em direção ao Oeste.

Fora de Opelousas paramos para pôr gasolina e almoçar. Lembro de ter pedido uma linguiça *boudin* que deu repulsa a ela. "Acho que há sangue de porco nelas", avisou. "De qualquer maneira, não é boa ideia confiar em comida fora de Nova Orleans." Ela me deixou comprar cigarros de chiclete de bola, e eu fumei um depois do outro Texas adentro, com uma fresta aberta na janela para expulsar a fumaça de açúcar em pó. Por duas vezes pensei em jogar o chiclete pela janela, imaginando se eram esses doces descartados que atraíam os tatus para a estrada. Então, em vez disso, embolei vários chicletes mastigados na mão e os embrulhei em jornal. À altura de Huntsville eu tinha um chumaço do tamanho de uma bola de beisebol.

"O Novo México é importante?", perguntei a ela.

"Importante?", disse ela. "Para nós? Acho que é terrivelmente importante."

"Não", falei. "Para os russos. Será que eles acham que é importante?"

"Não entendo o que você está dizendo."

"Bem, Nova Orleans é importante porque é uma cidade portuária, e é por isso que os russos vão bombardear a cidade. Será que eles vão bombardear o Novo México também?"

"Oh, querido, não. De onde você tirou isso tudo? Você não precisa ter medo. Os russos não vão bombardear o Novo México. É lindo demais, e não há ninguém lá, de todo modo. Você não precisa mais se preocupar."

Achei essa informação difícil de digerir — e estranhamente decepcionante, também. Apesar de todas as minhas ansiedades noturnas com relação aos ataques nucleares, havia também alguma coisa de hipnotizador e excitante a esse respeito, algo parecido com uma perigosa onda de lascívia que viria me atacar depois na vida — um amálgama de medo e desejo que fazia meu coração disparar, que injetava nas minhas veias o chiado da perdição. Eu *queria* me preocupar com isso.

Jantamos em um restaurante com tema do Velho Oeste, onde o garçom usava um chapéu de caubói, uma gravata de fio e me chamava de "cumpá". "Veja, querido", disse minha mãe. "Estamos no Oeste, agora. É diferente." Ela sugeriu que eu pedisse salsaparrilha, que alegou ser o refrigerante preferido dos caubóis, mas que para mim tinha mesmo gosto que *rootbeer*. Quando a vitrola automática tocou "El Paso", de Marty Robbins, minha mãe cantou junto até eu implorar para que ela parasse. Sua voz de soprano de igreja em *"wild as west Texas* [bravio como o oeste do Texas] *wiihhhhhh-nnnnn-d"* atraía olhares. "Ah, não seja tão sério", disse ela. "Pelo amor de Deus, você às vezes é igualzinho a seu pai." Para me manter ocupado, desenhei um descuidado retrato do garçom com crayon nas costas do menu infantil. "Ah, que lindo", disse minha mãe. "Deixe eu mostrar a ele." Eu protestei, lívido, mas ela mostrou assim mesmo. "Pô, que legal, cumpá", disse ele em um indisfarçável ar de "cascateiro". "Meu filho tem muito talento", falou minha mãe, agarrando minha mão. Quando o garçom estava fora do alcance das nossas vozes, ela me perguntou se eu não o achava bem-apanhado. Eu dei de ombros.

"Oh, você não sabe, você é um *menino*", disse ela. Depois de lançar olhares pelas mesas vizinhas, ela se inclinou para mim, falando baixo como uma conspiradora em tempo de guerra. "Benjamin", sussurrou, "deixe-me perguntar uma coisa. Incomodaria a você se houvesse outro homem conosco?"

"Que tipo de homem?"

"Mais baixo. Simplesmente alguém para levar sua mãe para dançar de vez em quando. E talvez brincar com você. Jogar bola, esse tipo de coisa. Ué, talvez um homem que saiba alguma coisa sobre cavalos."

"Não sei."

"Mas não lhe incomodaria?"

Passamos a noite em um quarto no pátio de um motel que minha mãe escolheu por causa dos enormes chifres brancos que coroavam as placas na estrada. "Que divertido", disse ela. Os cobertores nas camas eram decorados com os mesmos chifres. Havia uma TV preto e branco no quarto, mas a antena estava quebrada e não se conseguia sintonizar canal nenhum, de modo que mergulhei na Bíblia Giddeon que descobri na gaveta da mesa de cabeceira entre nossas camas. No meio do Livro das Revelações — sempre comecei os livros pelo final —, minha mãe mandou que eu apagasse a luz. Depois disso fiquei ali deitado, acordado, escutando o murmúrio do tráfego na estrada e observando o brilho da luz dos faróis passar pela parede do nosso quarto. "Isso é legal, não é?", disse minha mãe para o escuro. Não era óbvio que ela estivesse falando comigo. "Boa noite", foi o que eu disse em resposta. "Sim", continuou ela. "É bom que seja legal."

***

Perdoe-me a interrupção, mas adivinhe quem estava aqui neste momento? A Nanica! (Plagiando Alojzy e o *upgrade* dele de *niedźwiedź* para *Niedźwiedź*, promovi-a de nanica para Nanica.) Certamente você lembra: aquela da máquina caça-níqueis de mão, do marido comatoso e daquele pacote de Kleenex atualmente enfiado na minha mochila. Eu estava "escrevinhando" (para usar a expressão de Oshkosh Bob) o texto acima, à deriva no meu próprio Texas mental, quando senti um dedo cutucando o meu peito. E com bastante força, aliás: uma cutucada com a qualidade de uma briga de bar. "Ei, cara", disse ela, lançando-me um sorriso de pontes dentárias. "Eu estava indo tomar um pouco de ar e vi você sentado aqui."

"Eu também poderia tomar um pouco de ar", disse a ela.

Enquanto caminhávamos pelo terminal, ela me perguntou: "Já disseram a você quando vamos sair daqui?".

"Lá por abril, garantido", falei.

"Me poupe", disse ela. "Você está brincando."

"Estou."

"Bem, qualquer coisa é possível."

Na calçada, acendi o cigarro para ela. "Ah bom, o cavalheiro", observou. Então, com o cigarro aceso longe de si, examinando-o com desgosto, do modo como Stella costumava algumas vezes me avaliar pela manhã, ela disse: "Esses malditos. Fiquei 22 anos sem eles. E então recebi um telefonema da polícia estadual, dizendo que Ralph estava no acidente. Eu nem sequer cheguei ao hospital sem antes parar para comprar um maço. Tive de catar meu queixo do chão quando me disseram o preço. Acho que na época em que parei pela primeira vez eles custavam 65 centavos. Malditos."

"Eles mantêm minhas mãos ocupadas", disse eu. "De outro modo, eu me estrangularia."

"Agora sei que você está brincando", falou.

Eu estava. Mas qualquer coisa é possível.

Ela estivera em Vermont para visitar a filha e o neto. A filha era casada com um irritável assistente de político que, embora inteligente, trabalhava para "um socialista". A neta tinha 2 anos, contou ela, e, embora angelical, tinha "problemas para dormir". ("Distúrbios do sono, quero dizer", corrigiu-se, já tendo obviamente sido corrigida.) Os pais achavam melhor deixar a menina "se acabar de chorar", de modo que, depois de a porem no berço, inseriam tampões nos ouvidos e fingiam ler revistas no andar de baixo, enquanto rangiam os dentes entre explosões de briga. Desde a primeira noite, Vovó Nanica achou os gritos da menina insuportáveis, e se plantava ao lado do berço, cantando de boca fechada canções de ninar para a neta. Não funcionou, disse-me ela, mas era *alguma coisa*. Um psiquiatra poderia ter notado o paralelo entre isso e sua duradoura vigília ao lado da cama do marido, mas não sou psiquiatra. Sou fumante. Falei que devia ter sido bom ver a filha.

"Ah, claro", disse ela, dando ligeiramente de ombros como se para esconder um traço de tristeza. "Discutimos algumas vezes a respeito de Ralph. Ela acha que é tempo de deixá-lo partir. Não acho que isso caiba a nós. Quem sou eu para dizer o que não tem e o que tem esperanças? Deixe isso para os anjos."

Ela perguntou se eu tinha filhos. "Uma filha", falei, eu próprio encolhendo ligeiramente os ombros. Falei o mínimo a esse respeito: Speck se casa amanhã, eu tento chegar lá. O resumo feito com uma frase para a qual esta carta, e talvez minha vida, é uma longa e inflamada nota de rodapé. A conversa prosseguiu, nostalgicamente, enfumaçadamente, para os bons velhos dias de viagens aéreas — a era dos regulamentos, com seus voos noturnos e refeições pegajosas, mas fartas, viajantes elegantemente trajados e (lá vêm meus dois centavos) esbeltas e supostamente imorais aeromoças e seções de fumantes na parte traseira do avião — e então a Nanica disse *Que diabos*, e retirou outro cigarro do maço. Depois que o acendi, ela me estendeu a mão e disse: "Margaret".

"Bennie", falei, apertando a mão rechonchuda. "Margaret? Eu já fui casado com uma Margaret." Ha, ha, eu. Sempre fazendo o papel de patife. Alusão a um riso tipo tigela de gelatina* de Ed McMahon**.

"Bem, espero que você tenha sido bom para ela", disse ela, com o que parecia uma piscadela, mas que poderia ser também um tique estigmático.

Upa. Como responder a essa? Fixei os olhos durante um momento, piscando, observando um carregador de bagagens roer uma unha enquanto se apoiava em seu carrinho vazio. Achei que tinha sido bom. Tentei ser. Diabos, éramos pessoas solitárias, os dois. No dia seguinte ao do nosso frenético encontro no meu apartamento,

---

* Jellybowl - caricatura humorística de Natal de um urso polar notando que Papai Noel também tem gosto de uma tigela de gelatina, enquanto um Rudolf horrorizado observa.
** Comediante e apresentador de TV. (N.T.)

recebi um telegrama de Margaret de Varsóvia: MAIS, DIZIA ELA, MAIS. Quem pode deixar de rir vorazmente depois de abrir aquele telegrama? Mais tarde, naquela noite, compus um poema apressado para ela a respeito da nossa noite juntos, vista da perspectiva de um dos meus botões da camisa sacrificados. Para ser sincero, não me lembro assim tão bem daquela noite — minhas apagadas nunca eram inteiramente apagadas, pareciam carvões ardentes: algumas partes negras, outras partes cinzentas, algumas partes laranja e cheias de bolhas — mas me lembrava de detalhes carnosos o bastante para os propósitos de versos leves.

A carta que ela escreveu como resposta é tão deliciosamente indecente (ao contrário da minha afetada cantilena Donne-esca) que achei que deviam me cobrar por minuto para lê-la. E então relê-la, ufa. Antes de eu ter tempo de responder, recebi outra carta dela, esta encantadora e coloquial, e mais, porém não exclusivamente, tratando de questões acima da cintura. Grande parte da carta falava do pintor do século XIX cuja obra ela estava estudando na Polônia (Henryk Rodakowski) e como eu me parecia com um de seus modelos — menos, quer dizer, a barba rabínica, o físico em forma de pera, o nariz bulboso cor de cobre e a evidente penúria azarada. Os olhos, disse ela. Alguma coisa a respeito daqueles olhos de cachorro morrendo de fome. (Au-au, eu disse à carta.) Ela fizera uma cópia por decalque da pedra do túmulo de Rodakowski enquanto estava na Cracóvia, e anexou uma cópia para mim — um gesto adolescente, com certeza, como a sua namorada da faculdade que manda uma cópia em decalque da tumba de Jim Morrison, em Paris, mas então talvez fosse um caso adolescente mesmo. Um romance de "final de acampamento de verão". Ou não, risca isso: mais dois velhos trapalhões tateando desajeitadamente no escuro, fingindo que podiam começar de novo. Fingindo que aquela cama elástica com os lençóis cor de pergaminho era o assento traseiro de um Oldsmobile estacionado perto do lago, fingindo que o vaporoso odor de vodca na minha pele em decomposição era o cheiro de um galão de 75 centavos de gasolina ou uma áspera colônia de farmácia de um adolescente.

Perdoe-me: já despejei memórias demais na sua tigela. Mas permita-me mais uma colherada. (Sua melhor alternativa é colocar-me em um avião, mas posso ver que isso é pedir demais.) Eu não pensava na pobre Margaret há mais de uma década, quer dizer, nunca pensei nela sóbrio. E agora vem Margaret, a Nanica, Alta Comandante da Brigada Margaret, querendo averiguar se eu tinha sido bom para sua irmã em margaretice. Bem, defina bom. Venho tentando há anos, senhora, sem sucesso ou até sem progresso digno de nota, como algum palerma em sua terceira década de tentativa de resolver um cubo de Rubik.

Continuamos a nossa correspondência mesmo depois de ela ter voltado para os Estados Unidos, Margaret e eu. Se não nos escrevíamos todos os dias, então era quase todos os dias. Como eu adorava aquelas cartas! Como cada uma delas, ela se tornava alguma coisa nova na minha mente, transformada e retransformada na minha imaginação embriagada. Quando eu me sentia superficial e obtuso, eu lia suas cartas sobre Rodakowski e o trabalho dela, além de suas respostas aos meus velhos poemas (que ela afetuosamente catava por meio de uma busca de livros fora de catálogo), maravilhando-me com a firmeza dela e me sentindo de algum modo mais ajuizado pela minha associação, pelo fato de eu a fazer guinchar aquelas voluptuosas árias na minha cama e depois me telegrafar seus ecos no dia seguinte. Em minhas solitárias horas não amadas, eu lia suas cartas mais atrevidas, mergulhando no banho quente de seu afeto, com o sangue correndo para o centro do meu corpo. Na casa de diversões da minha mente, as imagens que tenho dela — raras e espalhadas, para começar — ficaram tortas e empenadas. Quem era aquela mulher? Será que aquela trilha de sardas entre os seios, de que eu me lembro, aquelas gotículas de sol cor de caramelo que eu não parava de seguir nos meus sonhos realmente pertenciam a ela? Ou eram de alguma outra mulher, ou de nenhuma outra mulher? Eu tinha apenas o fluxo contínuo de cartas dela e minha apagada lembrança daquela noite, que parecia cada vez menos confiável à medida que as semanas se passavam. Admito tê-la envolvido em esperanças. Aqui estava uma mulher que poderia me salvar, achei, que poderia me resgatar de mim mesmo. A velha fantasia de bêbado. Ou talvez: aqui estava uma mulher que eu poderia amar. Extasiado, comecei a fazer uma imagem mental da nossa vida juntos: eu escreveria ao lado de uma lareira em alguma casa de fazenda feita de troncos vedados de Frostian Connecticut (ela me escrevera a respeito da casa de fazenda, embora a vedação com troncos fossem meus detalhes imaginados), bebericando, mas não entornando, brandy (minha ambição ingênua era de nunca parar de beber, apenas moderar a bebida), enquanto algum tipo de cachorro de raça anglo-saxônica roncaria aos meus pés, com grandes flocos de neve feito marshmellow visíveis através de uma janela reticulada com gelo; ela beberia atenuadas misturas de chá em outro aposento, estudando os retratos de nariz carnudo de Rodakowski, até que um luxuriante desejo — que era principalmente o que eu conhecia dela, pelo menos pessoalmente — a dominava, com a força de uma rolha de champanhe que estoura. Ela resvalaria para o meu quarto, montaria na minha cadeira *et cetera et cetera*, até que o próprio fogo enrubescesse. Apagar e repetir. Eu afagava a ideia, como dizem. Talvez o fato de estar na Polônia na época tenha contribuído em alguma coisa para o meu fervor imaginativo: todo mundo ao meu redor estava sonhando grande. Tudo parecia possível. Além do mais, eu não era eu mesmo lá, ou pelo menos não sentia o velho peso encharcado de eu ser eu mesmo. Talvez, por cortesia de Margaret, eu pudesse prolongar esse não ser eu — especialmente porque meu visto polonês estava prestes a expirar. Minhas cartas ficaram cada vez mais ficcionais, em espírito, mais do que na exposição; eu queria, desesperadamente, representar essa vida ilusória que eu inventara, e precisava sugeri-la a ela.

Depois de dois meses e meio eu a pedi em casamento. Por carta, claro. Isso foi depois de uma noite especialmente horrível de bebedeira, durante a qual eu fora agredido por alguns estudantes depois que Grzegorz me abandonou em uma festa para a qual me arrastara mais cedo. Eu era o único ali com mais de 25 anos, e aparentemente meu flerte benigno às duas da madrugada com uma doce mocinha em Levi's falsificado irritou os rapazes. Suponho, não sem empatia, que eles estavam cansados de velhos estrangeiros ricos que tentavam dormir com as mulheres deles. Os russos já tinham sido bem ruins; agora eles tinham de entrar em disputa com esse poeta norte-americano bêbado, enrolando a língua em versos de Keats. Um deles me imobilizou, erguendo-me pelas axilas, enquanto outro nos levou porta afora até as escadas. Eles me arrastaram até metade do pavimento antes de me jogar pelo resto da escada abaixo. Alguma coisa — o corrimão, a vodca ou a combinação dos dois — me deixou inconsciente durante uma hora, talvez duas. Basta dizer que não foi um despertar agradável. Nós bêbados sempre falamos de "bater no fundo", mas em geral sem tanta precisão. Se minha alma tivesse podido largar o meu corpo naquele momento, talvez tivesse se levantado, sacudido a poeira e ido embora, deixando aquela casca corpórea amassada ao pé da escada... Bem, infelizmente eu não sabia como executar aquele truque de mágica em particular, de modo que a questão é puramente acadêmica. Pouco antes da madrugada, cambaleei até em casa repetindo *basta* em todas as línguas que sabia. Enquanto a aurora despontava pela Cracóvia, escrevi a Margaret para pedi-la em casamento, selei o envelope e engoli algum ibuprofeno. Depois dormi, vampirescamente, até o cair da noite.

    Ela me ligou para responder. Isso talvez fosse uma semana e meia depois. Eu não me lembrava do estranho rangido na voz dela, como se saísse de algum mecanismo, como se alguma dobradiça glótica estivesse enferrujada e talvez ela precisasse gargarejar com um pouco de WD-40. Perguntei se ela estava resfriada, o que negou. "A ligação deve estar ruim", falei. Ela aceitou o pedido ("sim", disse ela, "sim"), como você já sabe, e passamos a planejar nosso casamento. Ou melhor, ela começou a planejar: conhecia um "ministro interconfessional" que celebrava casamentos no estúdio dela. Eu disse que isso parecia simpático. Eu tinha quase 40 anos e nunca na minha vida dissera que qualquer coisa era simpática, nem mesmo um pêssego*. Isso, era um sinal muito simpático ou decididamente um mau agouro.

    Ela me apanhou em JFK. Felizmente segurava uma placa — MAIS, ELA AGUENTA, MAIS — muito encantadora, embora o tropo estivesse ficando gasto — porque não a reconheci. Em minha defesa tenho que ela estava usando um vestido diferente e cortara muito o cabelo. Além disso, eu notei que tinha pé chato. Minha noiva estava na terceira categoria. Ela queria transar no aeroporto, mas, do modo mais doce que consegui, sugeri que fôssemos embora, e não apenas porque aeroportos me parecem calamitosamente lugares pouco apropriados para a paixão. A casa de fazenda em Connecticut era realmente uma casa de fazenda, em algum lugar embaixo do revestimento externo de vinil, mas a fazenda já desaparecera havia décadas. Casas de dois andares dos anos 1970 rodeavam-na como ervas-daninhas arquitetônicas.

---

* Trocadilho, em inglês; em que *peachy*, significa "pêssego" e, em gíria, "simpático". (N.T.)

Havia um lago por perto, como ela escrevera, coberto com um anel de lentilhas-d'água cor de anticongelante; um prado aberto anteriormente separara a casa dela do lago, mas agora duas casas estavam em construção, amordaçando o último espaço respirável da vizinhança. Ela tinha um pedalinho amarrado no lago, falou ela. O azul. Sugeriu que eu desse uma volta.

Foi o que mais fiz, para ser sincero: dar voltas. Eu me dirigia para o lago pela manhã, algumas vezes com o jornal, mas em geral não, e pedalava o barco azul para o meio do lago cor de azinhavre onde ficava bebendo durante horas. Em pouco tempo todas as lentilhas-d'água regeneravam a brilhante trilha negra da minha esteira, e eu bebia até atingir uma imobilidade flutuante. Até no dia seguinte ao do meu casamento — uma troca de votos breve, decisivamente secular, testemunhada pela irmã de Margaret e a cátedra do departamento dela — eu estava no lago, e não com minha nova noiva. Para ser franco, eu tinha problemas com o quarto de dormir; seja lá por que motivo, meu corpo não estava muito interessado naquele lugar. Estender a mão por baixo dos lençóis inevitavelmente produzia um suspiro derrotado de Margaret. Ela puxava as cobertas por cima dos seios sem sardas, e juntos, em silêncio, contemplávamos as rachaduras no teto. O valor de entretenimento daquilo era nulo. Todas as noites, a mesma reprise.

Algumas vezes, quando estava no pedalinho, eu via crianças pescando de uma ponte de pedestres em uma extremidade do lago, mas nunca os vi apanhar nada. Eu admirava a fé deles. Vi hambúrgueres serem grelhados, gramas serem cortadas. Uma vez vi um cara de shorts de brim que, exaurido, puxava a corda de um recalcitrante cortador de grama, e depois pegou o raio da coisa, ergueu-o pelo gramado na direção do lago e ainda por cima lhe pregou em chute. De modo nada romântico isso me lembrou da noite em que fiz o pedido; porque eu era aquele cortador. Quando o cara olhou para cima e me viu olhando para ele, apontou para a máquina como para lhe atribuir a culpa. Eu não respondi. Algumas vezes também eu espiava Margaret, minha nova mulher, na beira do lago, lançando-me o mesmo olhar que eu dirigira ao assassino do cortador de grama. Algumas vezes ela acenava. Algumas vezes eu acenava de volta. Às vezes ela deixava um almoço de piquenique, frango ao limão, frios, ou qualquer outra coisa, a faca e o garfo amarrados com uma fita. A fita me partia o coração. Oh, que merda eu fizera dessa vez.

Margaret acabou com a coisa. Ou melhor, foi Margaret que falou do final em voz alta. Eu não tinha coragem. "Isso é estupidez", disse ela realisticamente uma noite. "Você não me ama."

"Eu quero amá-la", disse eu.

"A coisa não funciona assim", falou. "Não é uma questão de força de vontade."

Éramos notavelmente confiantes a esse respeito. Quer dizer, ela era. Eu era somente eu. Mais que qualquer outra coisa, ela se sentia tola, segundo me confessou. Tinha sido tão bom *conectar*, acrescentou. A *conexão* parecia tão boa, tão forte. Parte dela, admitiu, sentira-se enganada nesses poucos dias finais, como se tivesse caído no embuste de algum artista moreno trapaceiro. Mesmo assim resolveu que não fora ela a enganada — tinha sido eu. Eu tinha me enganado a mim mesmo. Fracamente, argumentei, mas só da boca para fora. Depois de algum tempo ela me passou o café, e quando me entregou a caneca, estava rindo, infeliz, e disse: "Nunca em um milhão de anos eu pensaria que ia terminar em um casamento caloteiro. Ai, ai. Bem, Lorna — era a irmã dela — sacou isso desde o início. Disse que você não pode basear um casamento em uma ficada de uma noite. Eu disse a ela para relaxar. Disse que não se pode virar as costas ao amor porque ele não toca a campainha usando um terno e trazendo rosas. Algumas vezes vem, não sei... pela janela".

"Como um mosquito", completei.

"Odeio quando ela tem razão."

"Podíamos tentar uma terapia", ofereci.

"Oh, Bennie", disse ela. "Cale a boca."

Corte agora para o presente, ou melhor, para o passado próximo.

"Não", respondi à Nanica. "Eu não fui assim tão bom para ela."

Ela arqueou as sobrancelhas. "Sempre há o amanhã", observou.

"Oh, Meu Deus, não a vejo desde..."

"Para ser bom", disse ela. "Há sempre um amanhã para ser bom. Agora, aqui", ela continuou, procurando alguma coisa na pochete até que a máquina caça-níqueis portátil apareceu em sua mão. "Tenho uma cama de campanha ali que alguém vai roubar, de modo que você tem de ser rápido. Mas dê uma girada. Vá em frente."

Por que não? Soltei o gordo botão oval na base. Duas barras e uma cereja. Próximo, mas nenhum charuto, ou nenhum cigarro para ser mais exato. "Mais uma tentativa", disse eu.

"É a única maneira de ganhar", falou ela.

Com razão, como acabou se demonstrando. Três setes! "Sorte grande!", berrei. Conte, menina! Mostrei a máquina para a Nanica e fiz uma dancinha tonta na calçada. O carregador de bagagens fez uma pausa na roedura de unha para me observar durante um momento, e se ele não tivesse retomado rapidamente as mordidas, eu teria tentado um gesto de aprovação batendo a mão esticada na dele. Aperte aqui, mermão! Veja e chore. Deve haver milhares de seres humanos empacados neste aeroporto, mas naquele estranho momento eu era o único que dançava. Vá entender.

"Vê?", disse a Nanica. "Muito bem, camarada."

"O que eu ganho?", perguntei a ela.

"Ganha?", disse ela, e pensou durante um momento. "Bem, não dinheiro, se é isso o que você está esperando. Você ganha pontos."

"Oh", exclamei desanimando. "O que eu ganho com os pontos?"

Ela olhou para mim como se eu fosse um idiota. "Felicidade", foi o que ela disse, pegando gentilmente de volta a máquina da minha mão.

***

Prezada American Airlines, ocorreu-me que essas impressionantes máquinas caça-níqueis de mão poderiam ser um bom investimento para você. Olhe só como funcionaria: os passageiros receberiam uma máquina com o cartão de embarque. No portão, trinta minutos antes da hora marcada para a partida, todo mundo teria de fazer uma jogada ao mesmo tempo. Se todo mundo ganhasse o grande prêmio simultaneamente, haveria um "viva" maciço, e o avião sairia no horário. Se não, eles esperariam uma hora e tentariam outra vez. A vantagem para você é que nós passageiros nos queixaríamos de nossa má sorte, em vez de condenar você. A culpa seria posta na sorte, e não nos pobres atendentes no portão de embarque, que, nesse cenário, iriam apenas dar de ombros, sorrir e nos desejar melhor sorte na próxima vez. Seus aviões decolariam mais ou menos no ritmo, mas a fúria popular seria desviada. Vê? Eu ofereço essa ideia *grátis* para você, embora você devesse se sentir encorajada a me citar no *press release*. Isso faria com que minha mãe ficasse muito orgulhosa ao ver meu nome nas páginas empresariais. De fato, aqui vai minha citação: "'Os norte-americanos adoram jogar, mas a forma principal de jogo para eles — ir para o aeroporto — tem sido flagrantemente manipulada há anos', disse Benjamin Ford, consultor de transportes que projetou o sistema para a companhia aérea com base no Texas. 'A Decolagem da Sorte®, da American Airlines, é um jogo de pura sorte, e retira a decolagem dos voos das mãos corporativas, colocando-as nas mãos do povo." Adapte como for necessário e seja bem-vindo.

Por falar em Texas: acredito que foi onde parei na minha história da aventura mãe-filho, minha viagem terrestre com Sally Paradise. Então, como eles costumavam dizer nos filmes de bangue-bangue: *Enquanto isso, lá no rancho...* Lembro que o Texas não acaba nunca — minha mãe me pediu para desenhar uma imagem, de modo que desenhei uma linha reta horizontal e dei o assunto por encerrado —, mas chegamos ao Novo México na segunda noite. Não acredito que minha mãe tivesse um destino claro em mente, fora o Novo México, isto é, "o Longínquo". Nós nos deslocamos para o norte, na direção de Santa Fé, que ficava perto do lugar onde ficava o Rancho Fantasma de O'Keeffe, mas a senhorita Willa estava irrequieta e ansiosa quando atravessamos a divisa do estado, como se ela esperasse que o Longínquo fosse um êxtase autoevidente — como se julgasse que o reconheceria numa das paisagens abstratas da *oeuvre* de O'Keeffe, e então só precisasse estacionar o carro. Subitamente invalidado, o mapa da Texaco que dobrávamos e desdobrávamos desde Nova Orleans afundou embaixo de uma pilha de papel de bala e outros detritos de viagem no chão do carro. "Estamos perto, Benjamin", disse ela. "Dá para eu sentir." O pôr do sol naquela tarde estava caracteristicamente carmesim, mas não era magnífico o bastante para ela. "Deve estar seco demais", falou. "O ar precisa de um pouco de umidade para um pôr do sol *realmente* abrasador. Você vai ver."

Estávamos em uma fatídica estrada secundária no deserto, depois do escurecer, sem uma única luzinha distante à vista, quando eu gritei. Senti de repente uma dor quente na pele do meu tornozelo — uma pontada forte, escaldante —, e instantaneamente, porque estávamos no Oeste, supus ter sido mordido por uma cascavel que, de algum modo, tivesse fixado residência no nosso carro. "O quê?", gritou a minha mãe, lançando um braço por cima do meu peito enquanto o Fairlane guinava pela estrada, produzindo rajadas laterais de cascalho. "Cobra!", berrei de volta, o que apenas aumentou as guinadas; parecia que estávamos dando voltas de 360° pela estrada. Escorreguei para cima do acento e agarrei meu tornozelo queimado, que, para minha surpresa confusa, encontrei molhado e quente, como se eu tivesse sido atacado por... sopa. "Estou coberto de veneno!", anunciei, segurando minha mão que gotejava. Quando minha mãe disse *espere, espere*, e freou o carro, houve uma tremenda explosão embaixo do capô, seguida por nuvens de vapor ou fumaça (não sabíamos bem qual) que rolavam pelo para-brisa. O carro cuspiu, pulou, e eu fui jogado para a frente, no chão, onde um líquido borbulhante choveu em cima de mim. Quando o carro se imobilizou na margem da estrada, pulamos ao mesmo tempo para fora e corremos, em pânico, em torno dele, em direções opostas, encontrando-nos na frente do carro, onde minha mãe me tomou nos braços para examinar minha ferida e emitir uma prece com cópia para Jesus, Maria e José. "Oh, Benjamin, não", disse ela, o que me convenceu de que eu já era, embora a dor já estivesse passando. "Não vejo mordida alguma", falou minha mãe, e levou um dedo molhado ao nariz para cheirá-lo. Franziu a testa. "Acho que é coisa de carro."

"Que tipo de coisa de carro?"

"Não sei. Não é gasolina. Tem cheiro..."

"De quê?"

"De pipi... um pouquinho. Embora mais doce..."

"O carro mijou em mim?", perguntei.

"Urinou", disse ela. "Dizemos 'urinou'."

Juntos, voltamos o olhar para o Ford Fairlane. Cascatas de vapor saíam de dentro do capô, e tufões que estranhamente cheiravam a xarope de milho nos engolfavam. Minha mãe avançou e cuidadosamente se aproximou do capô, pronta a pular para trás, como um cachorrinho que avalia se alguma coisa desconhecida para ele pode ou não estar viva e ser dotada de presas. Enquanto isso, eu caminhei em volta do carro, para a traseira, de modo a avaliar nossa localização. Estávamos na margem de uma estrada de duas pistas exatamente no meio do nada nauseante do Novo México. Uma daquelas "autoestradas azuis" que os norte-americanos se viram propensos a romantizar, agora que nossos carros não quebram mais a cada seiscentos quilômetros. Não havia qualquer placa, nem um único carro ou caminhão passou por nós nem demonstrava qualquer distante e tênue sinal de se aproximar. O silêncio era simplesmente impressionante, se você se distanciasse o suficiente do assobio final do motor. Nenhuma luz, nenhum som, nenhuma umidade: ausência de tudo. Lembro-me de ter pensado que assim devia ser o espaço — o céu noturno estava de tirar o fôlego com o excesso de estrelas —, ou qualquer coisa que restasse depois do Armagedom. Ou o Longínquo, pensei.

"Seu maldito pai", resmungava minha mãe quando voltei. "Ele passa a porra do dia inteiro mexendo em carros estrangeiros mas não cuida de seus próprios carros, desculpe-me a linguagem. Mas isso é bem ele. Bom, acho que é ele quem ri por último."

"Você disse que ele não ri."

"É uma expressão figurada, Benjamin", falou. "Agora o que faremos?"

Fui buscar o mapa rodoviário, mas ele estava encharcado em uma piscina de anticongelante, fonte da minha queimadura. Lembro-me de que o mapa tinha aconselhado que os viajantes que navegassem pelo deserto sempre levassem água para casos de emergência, mas não déramos bola para o conselho. Pela primeira vez notei como estava frio, o que me surpreendeu — eu achava que o deserto seria mais quente que Nova Orleans. Arrepios me dominaram.

"Acho que devíamos abrir o capô", disse eu para minha mãe.
"Você abre", falou.

Uma explosão quente de vapor me atacou, e não desagradavelmente, quando soltei e ergui a tampa do capô. Ficamos durante algum tempo observando as nuvens de vapor e escutando o motor enguiçado chacoalhar e sibilar até minha mãe sugerir que voltássemos para dentro do carro, para nos mantermos aquecidos. "Você deveria apagar as luzes", disse eu. "Senão a bateria vai descarregar."

"Então agora você é mecânico?", resmungou, ríspida. "Seu pai lhe ensinou isso?"

"Todo mundo sabe disso."

"Não me venha com 'todo mundo', Benjamin", disse ela.

"Bom, é verdade."

"Suponho que você queira consertar carros quando crescer, certo?"

"Não sei."

"Talvez você devesse ter ficado com seu pai, então. Vocês dois poderiam ser mecânicos juntos. Imagine só. Você poderia brincar com calhambeques sem nunca ter de lavar as mãos e adormecer na frente da porra da televisão, desculpe minha linguagem, e comer aquelas miseráveis pirogas todas as noites no jantar. Isso é que é vida."

"*Pierogies*", disse eu. "*Pirogas* são barcos."

"Eu sei o que é uma *piroga*! Eu disse errado! E você é atrevido em me corrigir, rapazinho. Honestamente. *Pirogas, pierogies*. Seu pai não saberia a diferença, desde que tivesse ketchup." Ela acendeu um cigarro, fumando-o com as tragadas vorazes de um viciado. "Oh, pelo amor de Deus, veja onde estamos agora. Maldito seja seu pai, de qualquer maneira."

Quando um carro passou, sem parar nem diminuir a velocidade, minha mãe disse: "Lá se foi a nossa chance. Lá se foi. Nossa última chance".

"Estou com frio", reclamei.

Essa frágil admissão pareceu acalmá-la ou estabilizá-la — tocou alguma corda maternal dentro dela, mesmo que desafinada. Delicadamente, ela disse: "Eu sei, querido. Eu também estou com frio. É o nosso sangue de Nova Orleans. Não fomos projetados para isso". Estendeu a mão e alisou meu cabelo. "Tudo vai dar certo, eu prometo."

Mais ou menos meia hora mais tarde o interior do carro encheu-se de uma luz branca ofuscante; uma picape tinha parado atrás de nós. Escutamos os rosnados cuspidos do motor e o crique-clanque das portas se fechando, com nossos olhos fixos nos espelhos retrovisores do carro para um vislumbre dos nossos salvadores. Cada um viu uma coisa: havia dois homens aproximando-se do nosso carro pelos dois lados. O homem do meu lado era jovem, lá pelos seus 20 anos, e usava um chapéu de palha à caubói, calças jeans, um colete de lã enfeitado com listas azuis, roxas e pretas. No momento em que o rosto dele apareceu na janela, pude ver que era um índio, ou o que hoje se chama um nativo norte-americano — tranças negras reluzentes penduradas ao lado do rosto acobreado. Quando nossos olhos se encontraram, ele sorriu, exibindo gengivas roxas molhadas, no lugar em que seus dois dentes da frente deveriam estar. Com os nós do dedo, ele bateu no vidro.

"Oh, meu Deus!", gritou minha mãe. "*Índios*! Tranque as portas, Benjamin, tranque-as *agora*!"

Olhei para o homem do outro lado da minha janela. "Precisam de ajuda?", articulou ele.

"Pelo amor do querido Deus todo-poderoso, eu não vou ser escalpelada", estava dizendo minha mãe.

"Acho que ele quer nos ajudar", falei.

"Eles querem os nossos escalpos, Benjamin! Eles vão arrancar fora a nossa testa!"

O homem do lado de fora da minha janela — franzindo docemente a testa, com as mãos nos joelhos — parecia muito intrigado. Ele levantou-se, olhando para o companheiro por cima do teto do carro, e deu de ombros. Eu ergui meu dedo indicador para ele, sinalizando, "por favor, espere". Ele franziu a testa e deu de ombros outra vez, mas não se afastou.

"Eles querem nos ajudar", eu disse à minha mãe.

As mãos da senhorita Willa estavam no volante, apertadas como as de um piloto de corridas, e eu podia ver seu peito arfar. Ela parecia prestes a vomitar, mas em um instante vi que eram soluços, não vômito. A força com que ela segurava o volante aumentou ainda mais à medida que as lágrimas escorriam pelo seu rosto. A cabeça balançava para cima e para baixo como se o pescoço não fosse aguentar o peso das lágrimas. Um grasnido ecoou, vindo dos pulmões.

"Eles querem nos matar", explodiu ela. "Eu vi isso num filme. Oh, Benjamin, o que foi que eu fiz?"

"Não, mãe", eu disse. "Nosso carro precisa ser consertado. Acho que eles querem nos ajudar."

"Por quê?", ela gritou, e depois gritou outra e outra vez, batendo no volante com a palma das mãos de modo tão violento que eu tive certeza de que o volante ia quebrar. "Por que isso acontece comigo? Por que nunca pode ser como devia? Diga-me, por quê?" Procurou freneticamente no carro alguma outra coisa em que bater, e durante um momento temi que fosse bater em mim. Em vez disso, socou a janela com o lado do punho seis ou sete vezes, e cada vez com um guincho crescente; vi o índio do lado dela dar um pulo para trás.

"Diga a eles para me matarem", falou. "Diga."

"Eles não vão nos matar."

"Como você sabe?" Ela sibilava para mim. "Você não sabe nada. Você tem alguma ideia do que seja um animal numa jaula?

Por que, em nome de Deus, eu ainda tento? Diga-me, senhor Sabe--Tudo. Diga-me! Tudo o que eu queria era dar a você uma vida melhor. Você! Você me arruinou, você e seu pai. Vocês sugaram a vida de mim. Não consigo nem dormir à noite. O que adianta sonhar? Com vocês dois, não adianta. É cruel, é isso. Tudo que eu queria era lhe dar um cavalo. Uma porra de um raio de cavalo. É por isso que estamos aqui, Benjamin", gritou ela, e com isso começou outra vez a soluçar, mal conseguindo pronunciar as palavras, "por causa da porra do raio do seu cavalo".

"Não quero mais um cavalo", disse eu. Minha voz falhava. "Estou com fome. Tudo o que quero é um *cheeseburger*."

Talvez tivesse sido a palavra *cheeseburger*: pode sua situação estar verdadeiramente desesperadora quando a palavra *cheeseburger* se insinua nela? Durante algo que pareceu um longo tempo ela chorou, com os olhos bem fechados, depois limpou as lágrimas, respirou profundamente para se recompor e passou a mão nas pregas do vestido. Quando ela disse que estava bem, eu saí do carro e falei com os índios, que não perguntaram sobre a mulher sentada sozinha lá dentro. Estava eu, então, consciente, naquela idade de um único dígito, de como buscar minha mãe em seu Longínquo mental? Será que eu sabia, conscientemente, que, apelando para qualquer farpinha de zelo materno que estivesse embebida nela — lamentando o frio, a fome ou o machucado —, algumas vezes eu a trazia de volta? As crianças são criaturas instintivas, inteiramente capazes de desenvolver estratégias. Eu devia estar patético, ali, uma criança de pernas finas, quase engolida pelo escuro banco do passageiro, implorando para que sua mãe pusesse de lado suas loucas e dissociadas visões — as fantasias púrpuras da independência idílica, da liberdade artística e da permissividade sexual que batia de frente com seus medos provincianos do desconhecido, seus pesadelos idiotas de homens selvagens de cinema cortando fora sua testa — para que pudesse encher sua pequena barriga com *cheeseburger*. Fazer papel de digno de pena era uma estratégia muito útil com minha mãe, enquanto eu era criança, mas decididamente não tão boa com outras pessoas, já como adulto. Eu lembro quando Stella quebrou aquele copo em cima de mim: simplesmente fiquei ali, sentado, tonto, mas não inteiramente, deixando o sangue escorrer pelo meu rosto e minha camisa, contorcendo a face com o jeito nobre de Rocky Balboa, bêbado e sujo de sangue, quando Mickey lhe implorava, no canto da lona, para deixar que ele parasse a luta, e evocando, além do mais, o detalhe mais pungente: que Stella tinha me batido com nosso único copo d'água. Como se a minha única preocupação fosse com a infraestrutura doméstica — foda-se a minha visão. Não xinguei nem corri para o espelho, para lavar minha ferida e retirar os cacos do olho. Não a empurrei. Simplesmente fiquei ali, sentado passivamente, usando a golfada de sangue como apelação para o sentimento de piedade dela, que não era tão diferente da pose que eu adotara em meus poemas "confessionais": o de uma criança ferida pelas presas da vida e confusa, suplicando por um *cheeseburger* quando tudo o que eu queria realmente era gritar "pare, pare que eu quero sair".

Voltamos à cidade na caminhonete dos índios. O motorista tinha um rosto bondoso, com maxilar proeminente, e sua barriga redonda era coroada por uma fivela de prata do tamanho de um disco de 45 rpm. O outro índio, cujo rosto aparecera na minha janela, era seu sobrinho e estava bêbado. Os olhos pareciam as famosas papoulas vermelhas que O'Keeffe gostava tanto de pintar. O tio tinha dado uma olhada no nosso motor, enquanto minha mãe permanecia sentada dentro do carro, e soltou um monte de ininteligíveis jargões automotivos que mesmo hoje eu provavelmente teria dificuldade em seguir, embora eu me lembre vagamente do diagnóstico: um furo no radiador, uma correia arrebentada, alguns sinistros *et cetera*. Perguntei-lhe se podia consertar aquilo tudo, e ele disse que não, mas me falou que tinha um primo que podia — mais adiante na estrada, na cidade. Ele o rebocaria pela manhã. Havia um "motel bonzinho" na cidade, também; o tio apontou para o caminhão dele e disse para subirmos. Minha mãe não disse uma palavra a eles; de vez em quando, na viagem para a cidade, um pequeno soluço escapava, e ela cobria a boca com a mão, como se tivesse arrotado. Um pregador no rádio preenchia o silêncio para nós com a história de um homem que perdera um dedo em uma colheitadeira, mas cujas preces fizeram um novo dedo crescer no coto do antigo. Quando o pregador no rádio gritou *Aleluia*, os índios repetiram, até o sobrinho bêbado, que detonou quatro latas de Coors durante o percurso até a cidade, enquanto olhava fixamente para fora da janela preta.

Eles nos deixaram em um motel que tinha um estacionamento sem pavimentação e nos disseram onde poderíamos encontrar nosso carro no dia seguinte. Em uma versão mais úmida e mais refinada de seu sotaque de Nova Orleans, minha mãe chamou-os de "santos" e "samaritanos", e enfiou uma nota de um dólar na mão do tio, nota que foi examinada e aceita sem comentários. Eu senti que deveria segui-los e dizer mais alguma coisa, mas não segui. A mão de minha mãe estava plantada no meu ombro enquanto ela alegremente acenava adeus com a outra mão.

Nunca me deram o meu *cheeseburger*, embora, para ser honesto, eu nem estivesse com aquela fome toda. Minha mãe entrou no quarto, que cheirava a gordura antiga de cozinha, e retomou o choro enquanto eu me sentava em uma cadeira de alumínio do lado de fora, enrolado em um cobertor fino de lã, observando a atividade da única esquina da cidade. Aquelas carretas faziam um barulho de trovão. Depois de algum tempo fui ao balcão de entrada e perguntei à velha que estava ali como fazer uma ligação interurbana, e ela me orientou sobre o procedimento de ligação a cobrar. Eram duas da madrugada em Nova Orleans, mas meu pai atendeu na primeira chamada.

Celebramos o meu aniversário em um restaurante de beira de estrada em frente ao motel. Minha mãe não estava a fim de cantar — ela não tinha dinheiro suficiente para pagar o motel e o conserto do carro, e morria de preocupação; não sabia que meu pai estava a caminho — mas a garçonete gorda e um caminhoneiro que bebia café fazendo barulho ao meu lado executaram uma serenata para acompanhar a entrega de uma tigela de sorvete na qual uma floresta de dez velas fora plantada. "Agora você é um homem", me disse o caminhoneiro. "Um homão." Ele retirou uma moeda de 25 centavos da minha orelha e me deixou ficar com ela. Além disso, me deu um boné da American Legion de beisebol, grande demais para minha cabeça. Minha mãe me fez perguntar o endereço dele para que eu pudesse lhe escrever um cartão de agradecimento. O caminhoneiro disse que o restaurante era tão próximo à casa dele quanto qualquer outro lugar, e a garçonete gorda confirmou com uma risadinha cáustica enquanto reabastecia a caneca de café dele. Para mim, aquela parecia uma situação a ser admirada.

Meu pai chegou cedo, na manhã seguinte — ainda estava escuro. Quando abrimos a porta ele estava lá, em pé, segurando um presente para mim, embrulhado na seção de quadrinhos do *Times-Picayune* de domingo, um lindo cavalo de brinquedo com pernas que se mexiam. De início minha mãe ficou brava e o acusou de caçá-la como a um cachorro perdido. Eles brigaram, e ela se trancou no banheiro, enquanto meu pai se sentava na beirada da cama com a cabeça entre as mãos. Ela amoleceu quando ele pagou a conta do motel e tirou o Fairlane do prego, na oficina. O plano era que o seguíssemos até Nova Orleans. Fora do restaurante, depois do café da manhã, meu pai sentou-se no Fairlane e acelerou o motor a fim de avaliar sua durabilidade para a longa viagem de volta. "Tudo bem, tudo bem", repetia ele. Ficamos juntos de pé, ao lado da porta do carro, minha mãe e eu, eu segurando meu cavalo de brinquedo, ela alisando meu cabelo. O ar estava empoeirado, cheio do som chiado-sibilado do freio das carretas e baforadas cinzentas à deriva da exaustão de diesel. As planícies a oeste não pareciam nada com as paisagens de O'Keeffe: eram apagadas e pardacentas, branqueadas pelo sol do final da manhã, todos os traços de vida queimados de seus flancos, com exceção de uma touceira de plantas de aspecto metálico. Era como eu imaginara que o mundo ficaria depois de uma guerra nuclear: os topos das montanhas explodidos, a terra despida de cor, o ar com traços de uma névoa tóxica. Mesmo assim, a evocação não me amedrontou. Deixe o mundo derreter em chamas, deixe-o arrancar minha testa fora. Deixe qualquer coisa acontecer. "É bom", disse meu pai no carro. "Se esse ponteiro começar a subir, pare no acostamento."

Lembro do sorriso de minha mãe: um meio sorriso, na verdade, mas afetuoso, do jeito dela. Já passáramos por isso antes: aquelas duas vezes para a Flórida, quando eu era pequeno demais para me lembrar, e a outra em Atlanta, quando a prima de minha mãe, Sylvia, ligou para meu pai enquanto o marido dela secretamente estragava o nosso carro (fiquei sabendo mais tarde) roubando a tampa do distribuidor. Ela fugia, e meu pai inevitavelmente a trazia de volta para casa. Talvez essa fosse sempre a questão: o casamento como um jogo horrível de esconde-esconde. Talvez minha mãe nunca esperasse, ou nem sequer tivesse a intenção de realmente fugir. Afinal, ela jamais terminava suas pinturas, e suas tentativas de suicídio eram quase sempre dramáticas meias medidas. De pé ao lado do carro, naquela nuvem quente de poeira da estrada e de vapores de escape, com o cabelo agitado pelo vento, ela sorriu para meu pai e disse: "Não sei por que você sempre faz isso."

"Não sabia", respondeu ele sem ternura ou amargura, "que eu tinha escolha".

***

Duas da manhã no O'Hare. O aeroporto parece um campo de refugiados que eu vira nas notícias vespertinas, com exceção das bagagens de melhor qualidade e os copos da Starbucks espalhados de qualquer jeito entre os refugiados. As pessoas estão até enroscadas em cima de caixas de papelão. Caixas de papelão! Onde eles encontraram essas caixas de eletrodomésticos em um *aeroporto*? Este mundo nunca deixa de esconder de mim seus segredos mais suculentos. Há uma hora, mais ou menos, eles emitiram uma severa última chamada para camas de lona que eram distribuídas no Portão K2. Ah, fodam-se, calculei: a Nanica merece amortecimento, eu não. Deixem as crianças dormirem enquanto este bobalhão vai explorando a caverna de sua vida, balançando a lanterna numa busca idiota da verdade. Então arrisquei um lugar aqui ao lado do balcão de passagens que não está tão cheio e de onde há acesso fácil para o esperto salão de fumantes na calçada. Encontrei um assento com um braço quebrado e, embora tivesse tentado retirar o braço para alargar a base, para alívio da minha coluna prejudicada, ele nem se mexeu. Cara, como este lugar é bem armado contra o conforto!

Eu deveria notar que seu gigantesco logotipo em néon, com os "As" alinhados e aquela águia *art déco* entre eles, no momento assoma sobre mim, banhando-me com sua alucinante luz azul. Quão acidamente apropriado (para plagiar a aliteração "aa"). E agora, pensando nela, como também é irônico: AA. Se você resolver trocar a logomarca por outra, conheço uma clínica de reabilitação que vai adorá-la. Aquela placa gigantesca pendurada na "sala de grupo" proporcionaria a mais refulgente das reuniões do AA.

Fecharam o portão do terminal — meu anjo da TSA, ai, me abandonou, fugiu para seu colchão em casa —, de modo que parece que isso é o que vai me restar esta noite. Meu local de descanso final, hahahahaha.

***

Duas da madrugada, sim. Não exatamente tão solitário como às três da madrugada, a agridoce hora que inspirou tantas canções de *blues*, mas quase. Até nesse aeroporto iluminado demais, embaixo de seus brilhantes "As" azuis, prezada American Airlines, pode-se escapar inteiramente da infiltração de escuro. É como óleo negro fluindo lentamente por baixo das portas automáticas. Quando as portas abrem, o brilho azul retrocede... Oh, pelo amor de Deus, prezada American Airlines, vocês ainda estão lendo isto? Bem, claro que ainda estão lendo isto se vocês estiverem lendo *isto* — esta frase, quero dizer. Simplesmente confunde e de algum modo estimula, neste momento, a imaginar *por quê*. Quem é você? Você aí, sozinho, zelosamente virando essas minhas páginas, em algum lugar... Sim, você. Suponho que você esteja em Fort Worth — é para onde esta carta está endereçada —, e, quanto mais eu penso a respeito, provavelmente você estará enfiado em um cubículo dentro de um prédio baixo, elegante, nos limites externos do complexo corporativo. Um desses prédios anônimos de condomínios de empresas, nos quais o único toque de cor é dado pela máquina de Coca no saguão. Ler isto é trabalho seu; neste momento, então, *eu* sou trabalho seu. Que estranho. Tenho meu próprio assistente social no Texas! Oi, cumpadi.

Suspeito que você seja jovem, ou quase; examinar a pilha de manuscritos não solicitados da empresa é uma tarefa para quem faz bico no nível inicial, nos degraus mais baixos da escada. Imagino que você pense em sua vida desse modo também: como uma escada a qual você acabou de começar a subir. Permita-me uma tentativa ousada, com pedidos de desculpas logo de saída por qualquer jogada errada. Você é um texano, ou, no máximo, de Oklahoma, porque o raio de sedução de Fort Worth é um tanto limitado. Como cidadão empresarial, suspeito que seja tradicionalista, um temente a Deus ocasional, talvez formado recentemente em uma das boas universidades do Texas. Talvez a Universidade de Dallas (eu dei uma palestra lá uma vez), ou talvez Midwestern State — uma escola sem frescura, um campus circunspecto, uma das incubadoras para o *pool* das grandes empresas. Mesmo assim, você gosta das virtudes concretas de trabalhar para uma grande companhia. A transparência do seu futuro, do modo como pode ser quantificado, é um conforto para você. Para ser franco, eu o invejo: você não é punido pelo seu sonho. Não quero dizer isso de modo condescendente, veja bem. Seus esforços são firmes, você tem um plano. Seus pés estão firmemente plantados no chão. Você tem controle absoluto do mundo etc.

E, no entanto, você está aí — que horas são aí, que dia? — lendo isso. Quando você rasgou o envelope e retirou esse maço maluco de papel, seu queixo deve ter caído e você deve ter rolado sua cadeira para o canto da divisória do cubículo, segurando estas páginas em uma mão, como se pesando-as, e dizendo para seu vizinho no cubículo adjacente: "Este aqui bateu o recorde". Talvez você tenha dito "é muito doido" — tudo bem. Talvez até uma referência ao Jack Nicholson em *O Iluminado*, com suas centenas de páginas da mesma sentença monótona. Isso está fora da linha, mas tudo bem, eu peguei impulso. Provavelmente há uma grande troca de risos pasmos entre vocês dois, e talvez você até tenha mostrado esta carta ao seu gerente, que sacudiu a cabeça tristemente divertido. Mesmo assim você está lendo. Você poderia ter parado há muito tempo. Talvez seu gerente tenha até mandado você parar. "Ei, (seu nome aqui)", ele pode ter dito. "Já chega desse lunático." Não que você precise de outros argumentos para acatar meu pedido de reembolso. Na sua cabeça, há muito tempo você me concedeu aquele cheque, exclusivamente com base nos meus esforços bunyanescos*. (Ou você só tem permissão de me dar um *voucher* para uma viagem de graça? Nesse caso, meu amigo, insisto para que você nem se dê a esse trabalho.) Não vamos esquecer que há outras cartas, mais enérgicas, para você ler, separar, responder. Prezado _____, segue seu mantra diário, *Obrigado por sua carta recente à American Airlines. Obrigado por sua carta recente à American Airlines.* Tantas cartas, tantos julgamentos, tantos nomes instantaneamente esquecidos, se é que chegaram a penetrar seu cérebro. Há tanta coisa mais para fazer na vida, ah, as horas não dão conta delas! Sua mãe está chamando. Seu óleo precisa ser trocado. O aniversário da sua tia é no sábado. O pessoal do trabalho quer se reunir na *happy hour* da sexta-feira outra vez — e por que não? São um grupo ótimo. Seus colegas da faculdade estão mandando e-mails — piadas encaminhadas e mensagens inspiradoras, de que você não dá conta. Mesmo assim você está comigo — por motivos que só você conhece, você está escutando.

Que sentimento estranho e caloroso subitamente me envolve! Como se finalmente eu pusesse um rosto em Deus — ou pelo menos no secretário de Deus. Não posso deixar de pensar que a cena no romance de Karol Szczepanski, *The Drummer of Gnojno* [O tambor de Gnojno] — infelizmente nunca traduzido para o inglês — no qual o herói está na rua, atirando maldições loucas de espumar para os vitrais da igreja (que nem é tão diferente, pensando bem, do seu gigantesco logotipo azul acima de mim), quando o

---

* Referência ao gigantesco lenhador do folclore norte-americano. (N.T.)

pastor idoso sai e, depois de cambalear pelos degraus da entrada com sua bengala, pede ao herói para, por favor, dirigir suas maldições para ele, e não para a igreja. O herói começa, hesitante, mas aí olha nos olhos do pastor, desaba a chorar nos braços dele e fala sem parar que lamenta muito. É tão mais fácil, afinal, amar do que odiar uma ideia. Talvez, então, eu devesse pedir desculpas pelas minhas fanfarronadas e arengas anteriores — pelas minhas próprias maldições loucas, espumantes. Quando eu o chamei de filho da puta miserável, entenda que minha intenção era coletiva, não pessoal. É óbvio que não foi você quem colocou um desvio na minha vida, nem mesmo no meu itinerário atual. Não, jovem amigo, devo mais a você. Você me escutou até aqui, de modo que é hora de começar a confessar tudo. Temo ter andado tratando de um cadáver, como sempre. Há muita coisa que eu não lhe contei.

***

Calma. Um camarada precisa fumar, está bem? Meu médico diz o contrário, mas ele é pago para isso. Durante a última consulta, ele me fez soprar dentro de um tubo de plástico cheio de bolas de pingue-pongue, que eu deveria erguer exalando no tubo. Suspeito que estivesse manipulado. Aquela bola de pingue-pongue me pareceu curiosamente pesada. Talvez uma bola de golfe bem disfarçada? "Você tem os pulmões de um homem de 150 anos", disse ele, sem preâmbulos. (Eu fiquei tentado a citar, em resposta, uma frase de Bukowski — "É tão fácil morrer muito antes da / realidade" —, mas reconsiderei. Citar poesia é o caminho mais rápido para um olhar perplexo, a não ser que você esteja na cama com uma senhora, e nesse caso é um lance perigoso. Por exemplo, uma vez eu ofeguei esses versos de Lorca (na excelente tradução de Merwin) para Stella: "Seu ventre é uma batalha de raízes / seus lábios são uma aurora indistinta. / Sob as rosas tépidas da cama / os mortos gemem, esperando sua vez". A inesperada reação dela foi me empurrar para fora da cama e me acusar de evocar para ela o estupro praticado por esqueletos. E ela era uma poeta! Ou tinha sido, de qualquer modo. Para lhe assegurar o contexto romântico adequado dos versos, tive de ir procurar o poema inteiro. "Vê-la nua é lembrar a terra", li em voz alta, "a macia terra limpa de cavalos". Como Stella adorava cavalos, esses versos também não deram certo.) Em vez de citar Buk para o médico, eu alegremente disse obrigado, embora ele evidentemente não tivesse feito a piada do velho de 150 anos com intenção de me elogiar. O doutor me olhou irritado, o que achei ofensivo, já que, na verdade, eu só tinha me igualado a ele, piada por piada. Aparentemente não é justo fazer piadas só com corpos que você não habita.

Quando cheguei em casa gabei-me para a senhorita Willa e Aneta, dizendo que o médico declarara que meus pulmões eram "*antebellum*", o que passou direto acima da cabeça de Aneta mas detonou uma enérgica nota em Post-it por parte de minha mãe: NÃO TEM A MENOR GRAÇA. Claro que não podíamos descontar a possibilidade de que minha ímpia referência aos dias "não esquecidos" em Dixie tivessem sido a causa da irritação dela, e não meu estado físico em decadência. A fidelidade emocional de Willa ao Velho Sul é infinita. Se ela tem algum prazer em morar em Nova York é por ter seus preconceitos em relação aos ianques confirmados a cada saída que dá quando o tempo está bom. Uma vez ela viu duas lésbicas tatuadas — sapatão da pesada, segundo a descrição de Aneta — fazendo sexo apaixonado fora de um bar na Bleeker Street, ao meio-dia. Isso a indignou e perturbou tanto — o elemento do "em público", quero dizer, da falta de decoro; a senhorita Willa não é inteiramente idiota — que ela não parou de falar no assunto durante dias, semanas. Então eu naturalmente não lhe contei os detalhes mais animados do casamento de Speck. QUE TIPO DE NOME É SYLVANA? Ela perguntou por Post-it. "Polonês", respondi, e ela arfou e rolou os olhos antes de lembrar da origem nacional da nossa cara Aneta. Pobre senhorita Willa. Perseguida por polacos a vida inteira.

Por falar em polacos: escrevi antes que a morte do meu pai tinha sido estranhamente desprovida de emoção para mim, uma declaração que podia ter o benefício de um esclarecimento. Para ser franco, para mim, ela pareceu mais um alívio. Às vezes fico pensando — menos agora do que eu costumava pensar antes — como ele chegou a conciliar o arco de sua vida, como ele esboçou aquela autonarrativa em sua cabeça. A história "de lá até aqui" que você rumina enquanto está deitado, acordado, às três da manhã, observando uma aranha atravessar o teto. Ou enquanto está imobilizado em algum aeroporto esquecido. Imagine só, no entanto, trabalhar como exterminador de insetos depois de sobreviver a Dachau, fabricando e descartando cadáveres das nove às cinco. Ligando o botão do gás, esse tipo de coisa. Que luta horrível deve ter sido para evitar conectar os pontos — não é de admirar que ele levasse sorrateiramente suas vítimas para o cais. E depois perder tudo, não vamos esquecer: o país, a família, a fé, mais ou menos nessa ordem. Como suas esperanças devem ter sido grandes — devem ter *precisado* ser — em relação aos Estados Unidos. Imagine aquela banda de metais recebendo-o no cais: *I want to beeee in dat numbaaaah*. O que ele achava que ia encontrar ali — aqui? Como seriam seus sonhos? Mas também é possível que não houvesse sonho algum. Simplesmente esperança em branco, uma lata vazia para ser enchida com os sonhos de segunda mão de um país novo e sem cicatrizes. O sonho que todos nós chamamos de americano: uma casa, uma esposa, filhos, uma grama verde imaculada, aquelas legiões de pessoas de pele escura cuja situação ainda pior existe para nos consolar de nossa própria condição. (Uma das ironias de meu pai era seu posicionamento racial — ele jogava a palavra NEE-*gar* para o ar como dobrões do alto de um carro alegórico de desfile e seguia diretrizes de partido a favor da segregação. A história, mesmo a cáustica história pessoal, nem sempre transmite as lições esperadas. A memória e o significado, descobri, muitas vezes ocupam lugares separados no cérebro.)

Mas não vamos nos enganar achando que o sonho americano era suficiente. Não, você não o via à noite, assistindo à televisão, mas olhando *através* dela. Eu tentava jogar bola com ele, e, em sua distração, a bola batia-lhe no peito. Algumas vezes cedo, de manhã — como um fazendeiro, ele sempre acordava às cinco horas —, eu o encontrava sozinho à mesa do café, envolvido no que pareciam ser profundas orações, mas que não eram. Na época em que ele era sacristão, e considerava a possibilidade de um futuro como padre, como os meninos católicos de 10 anos em Nova Orleans muitas vezes consideravam. Minha mãe me revelou que aquele meu pai que fazia corpo mole quanto à igreja, "logo quem", andara estudando para padre quando "a guerra começou". Chocante, já que a palavra preferida de meu pai em inglês era *goddamnit* (maldição). Quando o interroguei a esse respeito, ele me dispensou, dizendo apenas: "Eu tinha um encontro marcado com Deus, mas ele não apareceu". ("Henry!", agitava-se minha mãe, empurrando-me para fora do aposento. "Não ouse dizer essas coisas para ele.") Essa expressão voltou a mim cinco anos mais tarde, depois da morte dele — especificamente quando estávamos, minha mãe e eu, sentados no escritório do diretor do funeral, tentando resolver o que inscrever no túmulo de meu pai. Parecia um epitáfio adequado, mas guardei essa opinião para mim mesmo. O fato de a minha primeira reação ao vê-lo no caixão naquele dia — vestido em um terno que jamais usara, um terço enrolado em torno de dedos tão enegrecidos que maquiagem nenhuma conseguia esconder — ter sido um sorriso orgulhoso, em vez de lágrimas, provocou em mim sofrimento e culpa escaldantes durante vários anos. Mas não pude me conter — tudo o que conseguia pensar era que ele tinha conseguido *sair*. Vá, pai, vá. No velório, um dos companheiros de trabalho de meu pai na loja de importados, um *cajun* musculoso com antebraços iguais aos de Popeye, o marinheiro do desenho animado, pôs uma das mãos no meu ombro e disse: "Seu pai está num lugar melhor, garoto". O papo-padrão. Com um aceno, respondi que sim, eu sabia, obrigado. Mas duvido que ele estivesse pensando no mesmo lugar. Ele estava pensando em entrada, eu, em saída. A porta é a mesma, mas a sinalização faz toda a diferença.

Mas voltemos ao fumo: pela primeira vez desde a minha absurda chegada aqui me vejo sozinho na calçada. Só eu, o pavimento, meu cigarrinho de ponta alaranjada e um barril de lixo vermelho no qual há um alegre aviso: "Estamos contentes por você estar aqui", assinado pelo prefeito Richard Delay e endossado pela empresa Walgreens. Eu estava de pé ao lado do barril de lixo, meio mergulhado em velhos pensamentos como aqueles que já mencionei, quando as portas automáticas às minhas costas abriram, dando-me um bruto susto. Virei para ver quem era — esperando companhia, suponho, esperando alguma coisa —, mas não havia ninguém ali. Um pequeno defeito. Quando as portas fecharam, virei outra vez para retomar meu cigarro até que as portas abriram e fecharam outra vez. Depois disso fiquei olhando durante algum tempo, mas, observadas, as portas não abriam. Só quando voltei outra vez as costas para elas. Ao escutar o sizz do motor, girei, me atirei às portas e gritei *A-ha!* Mas nada, ninguém. Que sensação mais esquisita e solitária. Durante um momento pensei em como deveria ser maravilhoso viver naquele mundo patrulhado pelos anjos dos crentes, o mundo de mecânicos *cajun* com antebraços bulbosos, da Nanica com sua vigilância paciente, cheia de esperanças, do velho e cambaleante padre do *The Drummer of Gnojno* e do não idiota vestido com a camiseta do WORLDWIDE MINISTRIES, INC., que se ajoelhara a meu lado há várias horas e pusera sua mão úmida no meu próprio longo e esguio antebraço de Olívia Palito. Ver o abrir e fechar das portas como prova da guarda invisível de anjos, de suas suaves idas e vindas.

Como deve ser tão mais simples deitar a cabeça contra o peito de um anjo e sussurrar: "Agora".

***

Deixe para lá. Vamos dar uma olhada no nosso correspondente Walenty Mozelewski que está de prontidão em Trieste. Walenty, dá para me ouvir? Pode, por favor, a companhia aérea fazer uma atualização dos acontecimentos recentes aí?

O Urso estava evidentemente cansado com a impaciência de Walenty e desviou os olhos. "Estou convidando-o como meu amigo", disse ele, "e como meu companheiro de luta". Notando o estremecimento de Walenty, ele disse: "Mas não estou convidando você para lutar! Apenas para marchar ao nosso lado, para uma demonstração de força — não para usar força, garanto a você. Apenas sua voz! Claro que você pode me emprestar sua voz por um dia. Certamente você tem algum senso de responsabilidade com relação à justiça — à humanidade? Não recebemos esses ferimentos, eu e você, por mero esporte".

Embora, perdoe-me — é preciso algum contexto, não é? Esqueci que você não está aqui lendo comigo. É difícil pensar naqueles sobranceiros "As" azuis em cima de mim como se não tivessem relação com o Olho da Providência, aquele globo ocular divino que tudo vê e que adorna, entre outras coisas, nossa preciosa nota de um dólar — monitorando cada momento meu, cada lamentação ao ajustar o assento —, ou, mais sombriamente, o Olho de Sauron, de Tolkien*, mas então, risca isso, estou tentando ser mais legal. Cá estamos na página 192 do romance de Alojzy, e isso foi o que se desenrolou recentemente: Walenty e Franca, de modo nada surpreendente, passaram a ser amantes às escondidas. Ela se esgueira para o quarto dele na *pensione* de sua mãe nas horas antes do alvorecer, quando ternamente se unem sob a regência musical dos passarinhos de Trieste, que se tornaram, para Walenty, seu principal interesse, fora Franca. Ele deixa a janela aberta e espalha migalhas de pão pelo quarto para atrair os passarinhos, para grande consternação e fúria da mãe de Franca, que, sem saber dos motivos dele (e mais ignorante ainda dos encontros amorosos da filha com ele), o repreende pelo seu relaxamento. Algumas vezes à tarde ele se deita na cama e observa os passarinhos esvoaçarem pelo quarto. A vida dele parece um sonho enevoado de pele quente, de gorjeios açucarados dos passarinhos, do fresco ar à beira-mar, o café pós-coito e as cervejas à tarde com o Urso — o inatingível atingido. Ou algo desse tipo. É tudo um pouco hemingwayniano, mas isso é difícil evitar, quando você tem um ex-soldado ferido bebendo todas as tardes à beira do mar. Aliás, Hemingway teria feito Walenty matar e assar os pássaros.

    Verdade, o dinheiro de Walenty está acabando, e de vez em quando ele é visitado por pensamentos sobre a antiga existência — seus dois filhos, especialmente. Não tem notícias da família há anos, mas sente-se confiante quanto à sorte deles, uma vez que os deixou aos cuidados de um primo, um poderoso operador do

---

* Referência à saga *O Senhor dos Anéis*, de J. R. R. Tolkien. (N.T.)

mercado negro em Varsóvia. Ou seria menos confiança que indiferença? Os dois irmãos de Franca são rufiões clássicos — um deles passou uma rasteira em Walenty na hora do café, uma manhã, e embora os dois irmãos tivessem rido e não o tivessem ajudado a se levantar, Walenty convenceu-se de que fora um acidente e riu com eles. Mesmo assim, não pôde deixar de pensar se esse tipo de gangsterismo é o que a vida reserva para seus filhos, já que haviam sido escondidos com um bando de criminosos enquanto a guerra comia solta. Franca o avisou quanto aos irmãos — se eles descobrirem a nosso respeito, disse ela, eles... mas Walenty colocou um dedo sobre os lábios dela.

E agora lá está o Urso, que se revelou um agitador das massas comunistas e partidário de Tito. Tito, o encrenqueiro iugoslavo, quer reivindicar Trieste para si; os italianos, claro, têm sua própria posse demarcada. Os seguidores de Tito estão se reunindo para uma demonstração, a ter lugar dali a duas noites, e o Urso quer o apoio de Walenty. Walenty, por outro lado:

"Você não entende", disse ao Urso. Ele prometera acompanhar Franca até em casa quando ela saísse do trabalho, hoje, e já estava atrasado; então falou rapidamente. "Nem quero ouvir palavras como justiça, paz, unidade ou vitória outra vez — jamais. Já as ouvi o bastante. Dentro de mim, já foram esgotadas."

"Você não quer justiça?", disse o Urso, menos chocado que confuso.

"Claro que quero, mas quero que ela seja invisível", respondeu. "Não quero ser obrigado a ouvi-la, pensar ou falar sobre ela, ou, o pior de tudo, agir com respeito a ela. Só quero que exista, e que ela me deixe em paz."

"Meu Deus", disse o Urso. "Pelo que você lutou?"

"Por *isto*, você não entende?". Com um gesto de mão Walenty abrangeu o mar, o céu, os copos de cerveja sobre a mesa, o trajeto que ele faria para se encontrar com Franca. "Pela pele de uma mulher e pelo café da manhã.

Pelos pássaros. Eu lutei para parar de lutar."

"Por sexo e pássaros? Você está louco. Você está descrevendo uma vida de animal!"

"Sim!", disse Walenty. "É exatamente isso o que eu quero. Uma vida de animal — um animal pequeno, sem preocupação, algo humilde como um camundongo, ou mesmo um rato. Quero comer, beber, dormir ao lado de uma mulher e não pensar sobre ontem ou amanhã — na verdade, não quero nem pensar. Devo isso a mim mesmo. Quero apenas estar vivo."

O Urso ficou em silêncio durante um momento, tamborilando na mesa com os dedos. Aí ele se inclinou subitamente e falou, sério: "Você sabe como passei boa parte dos últimos cinco anos?"

Walenty ergueu as mãos. "Não quero falar sobre a..."

A voz do Urso ficou áspera, com uma raiva surda: "Você vai me escutar."

(O Urso nunca explicara seu serviço durante a guerra, se é que era mesmo serviço — apenas vagas referências a combates nas montanhas.)

"Eu os passei comendo ratos. Nós os apanhávamos em armadilhas que fazíamos com gravetos e pedras grandes, armadilhas mortais que os esmagavam, e, algumas vezes, como era muito perigoso acender fogo, nós os comíamos crus. Uma vez encontramos um ninho de ratos recém-nascidos, e foi uma alegria, porque, embora tivessem muito menos carne, a carne era mais suave. Arrancamos as cabecinhas com os dedos e os comemos inteiros. Então não venha me dizer que você deseja ter a vida de um rato. Eu já tirei ossos deles dos meus dentes, limpei o sangue dos meus lábios e me impedi de vomitar para não perder seu precioso valor nutritivo. Você não sabe nada de ratos."

Agora era a voz de Walenty que estava baixa. "Você não precisa me explicar o que é fome", disse ele.

"Pelo jeito, preciso!"

"Você não está entendendo o que estou dizendo", falou.

"Entendo que você é um homem e está cansado de ser homem", disse o Urso. "Mas olhe para você. Ainda assim você é um homem."

Walenty só abrandou com a arenga do Urso. (Ih, perdoem a escolha peluda de palavras*: o texugo não suportou a arenga do Urso.) Lá na *pensione* Walenty estudava italiano sozinho com a ajuda dos livros de escola de Franca, sobretudo uma tradução da pequena parábola de Tolstói, "As três perguntas", a respeito de um rei cuja preocupação com três questões — Quando é o momento certo de fazer as coisas? Quem é a pessoa mais importante? Qual é a coisa certa a se fazer? — é acalmada por um eremita e um camarada com um ferimento na barriga. O eremita e o cara ferido não são importantes para nós, mas isso é:

Lembre-se, então,

escreveu Tolstói (via Alojzy),

só existe um momento importante: agora. O presente é o único momento sobre o qual temos poder. A pessoa mais importante é aquela a seu lado, porque homem nenhum sabe se ele jamais vai ter contatos com outras pessoas. E a coisa mais importante a se fazer é tornar feliz aquele que está a seu lado. Só com esse objetivo o homem foi trazido à vida.

---

* Trocadilho em inglês; *badger* significa "arengar" e "texugo". (N.T.)

O que é, na verdade, uma versão apenas ligeiramente mais profunda do "Ame aquele com quem você está", de Stephen Stills.* Mas é o suficiente para convencer o Walenty de que ele devia conceder esse favor ao Urso: que devia marchar com os comunistas até a Piazza Unità, que devia pelo menos erguer um punho para o ar pelo seu novo amigo.

Quando eles se reúnem no final da tarde, Walenty leva um susto ao ver um caixão feito em casa à frente do desfile. "Estamos enterrando outra vez um dos nossos camaradas", explica o Urso. O grupo é muito menor do que o Urso prometera — menos de cem —, o que faz com que Walenty se sinta inquietamente exposto, mais como um solista do que como um membro do coro ao fundo, embora ele retire algum consolo da falta do lenço vermelho que todos os outros partidários usam. Uma extremidade de uma faixa é posta à força em sua mão — *Zivio Tito!* —, e embora ele tente protestar, é rapidamente abafado pelo movimento do grupo. Eles começam a descer uma colina, no início cantando solenemente, mas cada vez mais ruidosos e indisciplinados a cada policial militar aliado com capacete branco por que passavam. Se não fosse pela faixa em sua mão, pensa Walenty, ele se mandaria; mas a faixa iria desabar, e sua ausência seria notada. Tenta não dar bola para os triestinos que ladeiam as ruas para vê-los passar — velhos homens e mulheres que os avaliam em silêncio hostil, com os braços firmemente cruzados contra o peito. Crianças ao lado deles, com olhos que parecem projéteis duros. Pela primeira vez desde que chegou à cidade Walenty sente-se notado, *tangível*, um ator na história da cidade, e não um observador não visto e não sentido, não mais um fugitivo imperceptível de outra vida. Sua fuga, ocorreu-lhe, tinha sido descoberta; e um caixão o levava para casa.

---

* Cantor, guitarrista e compositor norte-americano que integrou as bandas Buffalo Springfield e Crosby, Stills, Nash & Young, nos anos 1960-70. (N.T.)

Na Piazza Unità, onde cintilações ofuscantes de sol ziguezagueiam os mosaicos dourados do Palazzo del Governo, a manifestação é interceptada por um grupo oponente de italianos, que também canta e carrega faixas: uma contrademonstração de tamanho e ânimo demonstravelmente maiores. Há muitos gritos e sacudidas de punhos que logo descambam, nas primeiras fileiras, para cuspes e empurrões. Assim que é dado o primeiro soco (no, ou pelo, Urso), um jipe norte-americano carregado de soldados neo-zelandeses com bastões acelera na direção dos grupos — de marcha à ré, por algum motivo. Enquanto os guerrilheiros lutam para evitar serem atropelados, o caixão cai com um estilhaçado clinque e um baque. Walenty nota que o homem que segura a outra extremidade da faixa puxa uma faca comprida de dentro de uma bainha escondida embaixo do casaco. Interpretando isso como sinal para fugir, Walenty joga no chão sua ponta de faixa e tenta atravessar a rígida fileira de espectadores italianos reunida no perímetro. Mas dão-lhe uma rasteira, depois ele é firmemente seguro no chão. Durante um momento seu rosto é amassado nas pedras, até que ele é virado de costas, revelando seu atacante. É o irmão mais velho de Franca, que ri. "*Schiava*", diz ele (*Eslavo*), e mira uma bola de cuspe na boca de Walenty. O cuspe tem cheiro de *grappa* e recobre as narinas e o lábio superior de Walenty. Com as pernas se debatendo, ele ouve seu próprio pé de madeira martelar as pedras, o som idêntico ao craque do caixão caído ao se chocar contra a terra.

***

Naquela noite final da minha vida com as Stellas, depois de eu cambalear de volta para casa, vindo do Exchange, e ter ficado na chuva embaixo da janela do nosso quarto, caminhei para um restaurante de beira de estrada que permanecia aberto a noite inteira na St.

Charles Avenue, que eu tenho certeza de que não existe mais. A secretaria de saúde da cidade estava sempre a ponto de fechá-lo — a famosa história era que uma telha tinha quebrado no teto, uma noite, e uma enorme família de ratos chovera biblicamente sobre as mesas — e sem dúvida algum inspetor tipo Javert* finalmente conseguira pôr-lhe um cadeado. O outro boato era que aqueles cozinheiros recobertos de tatuagens em excesso normalmente botavam LSD na omelete, porém isso era mais uma hipótese para explicar as sensações nauseantes e confusas que se sentiam, depois de uma refeição ali a altas horas da noite, do que uma alegação de boa-fé, embora qualquer coisa fosse possível. A vitrola automática só tocava uma seleção abrangente de canções de Ernie K-Doe, e a equipe de garçonetes era composta quase inteiramente de jovens russas que, olhando em retrospecto, bem poderiam ter sido escravas do sexo importadas. Elas tinham um ar carnal, mas melancólico, como se o sexo estivesse disponível, embora ninguém fosse curti-lo. Pedi café, mas minhas mãos tremiam tanto que depois pedi vodca para batizar o dito cujo. Como era meu costume ao beber, pedi um prato de comida, que mal toquei. Durante minha vida inteira os garçons sempre me perguntavam se havia alguma coisa errada.

No compartimento ao lado, eu me lembro, estava um garoto magrinho com uma camiseta preta, sentado com uma menina evidentemente enfeitiçada por ele. Fiquei escutando. O garoto era baterista e tentava impressionar a menina com a importância e sublimidade do ritmo de Nova Orleans. Ela balançava a cabeça e dizia, *mkay, mkay*, mas o garoto estava no maior embalo, e seu pomo de adão subia e descia como acontece com um pregador interiorano; em determinado momento, dolorosamente entediada

---

* Personagem de *Os miseráveis*, de Victor Hugo, incansável perseguidor do protagonista da obra, Jean Valjean. (N.T.)

com o tema, mas não com ele, a menina disse, com uma batida dos cílios: "Você é maluco, sabia?".

Virei-me para ficar de frente para eles. "Não, ele não é maluco", falei à menina. "Ele simplesmente não consegue amar duas coisas ao mesmo tempo."

Eu só estava tentando ajudar. Ou qualquer coisa assim. Em Nova York, teriam me dito para cuidar da porra da minha vida, ou pior, o garoto poderia me lançar um olhar frio. Mas isso era a requintada Nova Orleans, onde até bateristas chapados eram graciosos. "Obrigado", falou ele, com um sarcasmo apenas suficiente para dourar a pílula. Depois de me voltar outra vez para meu prato intacto, onde dois ovos estalados olhavam para mim com penetrantes olhos amarelos, escutei a menina me chamar de "detestável" e convencer o garoto que era "maluco" a se mudar para outro compartimento. Sacudi os dedos para ela e disse "tchauzinho".

O detestável ficou ali até a madrugada, mas não parou de tremer. A manhã poderia ter sido purificadora se eu tivesse parado de beber, mas não parei, e quando o sol me atingiu na calçada, parecia que eu estava caindo sobre cacos de vidro. Acabei no apartamento de Felix. Ele ficou aborrecido por ter sido acordado, mas de qualquer modo foi hospitaleiro, embora não o suficiente para pôr os dentes de volta. Estava usando o tipo de camiseta enorme, que os estudantes universitários vestem para dormir, e eu não pude deixar de imaginar onde um comprador conseguia localizar uma camiseta tão enormemente enorme, e que tipo de *sasquatch* [Abominável Homem das Neves] miticamente grande o trabalhador filipino na fábrica de têxteis que costurou a camisa deve ter imaginado que devia vestir. Era uma camiseta branca, só um pouquinho mais clara que a pele pastosa de Felix; ele parecia um boneco de neve semiderretido. Felix não perguntou nada e imediatamente me preparou um Orange Blossom — que hoje, em Nova

York, é chamado de "gim com suco" —, porque ele nunca tinha vodca. O apartamento era sabidamente repugnante (um ex-barman do Exchange dera um telefonema anônimo para a supracitada secretaria de saúde para fazer queixa), com um barril de óleo enferrujado cheio de lixo no centro da cozinha, sobre o qual três ou quatro gatos horrendos brigavam pelos restos, e pornografia espalhada por toda parte. Não havia um lugar em que você pudesse sentar sem uma reluzente vagina ou seio encarando-o sem expressão. Não me pareciam vaginas felizes, mas, de qualquer modo, eu não era um especialista.

Sempre na vanguarda da tecnologia, Felix, o Gordo, estava ansioso por exibir seu novo troféu, um "gravador de videocassete", e, para demonstrar o auge de sua utilidade, botou um vídeo que acabara de receber pelo correio, da Califórnia. Era uma compilação de cenas de homens ejaculando no rosto de mulheres. "Cem por cento de esporradas", disse Felix, puxando uma cadeira mais para perto da televisão, para, naquela época pré-controle remoto, controlar a ação. Indicou orgulhosamente a função "adiantar" e disse: "Olhe essa aqui. No cabelo dela! Cara, é genial." Notei a dentadura dele repousando sobre a mesa de centro; os dentes estavam mirados na direção da televisão, como se assistissem àquilo conosco, e temi que eles pudessem ganhar vida, batendo para enfatizar lance por lance os comentários coloridos de Felix. Algumas das esporradas faziam Felix rir, outras lhe pareciam trágicas ("Que mixaria. Olhe só. Ela está decepcionada."). Outras o irritavam, e outras o enchiam de reverência e admiração. "Sabe", disse eu finalmente, em um tom de voz apropriadamente reflexivo, "nunca *passou pela minha cabeça* fazer uma coisa dessas com uma mulher". Felix deu uma gargalhada e observou: "É por isso que você tem uma garota, e eu não", o que me pareceu a interpretação mais livre possível da diferença entre nós.

Estranhamente, encontrei algum alívio no vídeo. Comparado com os homens na fita, eu era quase um Lancelot. Mesmo depois que Felix saiu, à tarde, para abrir o Exchange, fiquei assistindo ao vídeo — inúmeras vezes, na realidade. Não do jeito ritmado de Felix, do modo que ele tinha sido feito para ser assistido — para mim, uma reprise de *Capitão Canguru* teria sido mais excitante. Ao contrário, o vídeo me dizia que eu era um grosso, um beberrão que não prestava para nada, narcisicamente correndo atrás de glórias vãs (o que esperava eu, enviando meus poemas para o mundo inteiro? Quem eu imaginava que os leria? Algum comitê ríspido de juízes de um prêmio debatendo se iriam pendurar uma medalha no meu pescoço? Não, eu imaginava uma mulher em pleno desfalecimento, uma morena, sei lá por que motivo, apertando meus poemas contra o peito e dominada pelo desejo sufocante de me salvar de mim mesmo), um homem permanentemente à caça do jeito mais fácil de se safar, com um olho sempre fixo na saída. Mas eu não era um animal, disse para mim mesmo, eu não era mau. Olhe para aqueles filhos da puta naquela fita, matutei, só *pense* neles. Para eles não havia esperança, mas, para mim, havia.

Algum tempo depois, na mesma tarde, voltei para nossa casa. Eu tinha tomado um banho e feito a barba, embora, infelizmente, ainda vestisse as roupas da noite anterior. Estava mais ou menos sóbrio, ou talvez, para ser mais exato, não bêbado. Eu tomara uma única dose de gim antes de sair, para acalmar os nervos. Ou talvez tivessem sido duas doses, para me convencer de que meu corpo era formado de mais de um nervo. A chave continuava desaparecida, de modo que modestamente bati à nossa porta. Eu pensara em flores, mas isso me pareceu uma manobra vil, à moda do Zé do Boné. No entanto, eu tinha na cabeça tudo o que iria dizer — o esboço de um Plano Marshall para minha própria reconstrução. Eu pegaria leve na bebida, mantendo-me apenas na cerveja. Sairia do Exchange e arranjaria um emprego melhor, *de verdade* — talvez uma livraria, isso parecia legal. Escreveria apenas durante os fins de semana, como se fosse um *hobby*. Stella uma vez sugerira que eu "consultasse alguém", assim como um psiquiatra —, que naquela época era chamado de *shrink* [psicanalista]. Claro, por que não? Eu precisava manter alguns demônios para os meus poemas, pensei, mas certamente tinha um número suficiente deles, de modo que não sentiria falta daqueles que o psicanalista pudesse cortar fora. Começaria até a correr, se fosse necessário. Eu, com uma faixa na cabeça, arfando pela Magazine Street. Eu faria qualquer coisa.

Nenhuma resposta. "Stella?", chamei. "Stella?"

Lá de baixo, da escada, ouvi chamarem meu nome. Era Robbie, nosso vizinho do andar de baixo. Ele era *chef* em um restaurante no Bairro Francês, um local que servia sopa de tartaruga, frequentado por turistas do Meio-Oeste, caras de olhos arregalados usando contas de Carnaval em agosto, aquele tipo de gente. Robbie era casado com uma pintora chamada Sally, uma mulher lânguida, delicada demais, com quem era difícil conversar porque a negatividade parecia causar-lhe contusões mentais. Se você se queixasse, digamos, da chuva, ela notaria como tudo fazia parte do maravilhoso ciclo ecológico. Não importa se você tivesse deixado as janelas do Caprice abertas — abençoava Gaia por tomar um banho. Ela na verdade adorava ler Thoreau — é, exatamente —, mas tenho certeza de que jamais entendeu as piadas dele. Stella adorava os dois, no entanto, e os apontava como o casal-modelo, como uma condição a ser almejada. "Você deveria conversar com Robbie de vez em quando", sugeriu ela uma vez. "Ele é um marido tão maravilhoso, você poderia aprender alguma coisa". Chamei a atenção dela para o fato de que, quando eu passava pela porta deles, quase sempre escutava Kenny Rogers no *hi-fi*. Caso fechado, no que dependia de mim.

"Estou com a chave para você", disse Robbie.

"Oh", falei eu, airoso, e desci a escada.

Ele desapareceu dentro do apartamento, deixando uma fresta da porta aberta suficiente para eu ouvir alguns dos versos de uma canção de Anne Murray. Esse não era o momento para eu revirar os olhos, mas revirei-os, de qualquer modo. Ao me entregar as chaves, ele disse: "Realmente, lamento tudo".

Tudo?

"Stella está indo para a Califórnia", falou. "Ela estava bastante, hum, perturbada, sabe, e aposto que isso é realmente difícil para você. Quero dizer, é claro que é. As mulheres, Jesus" — leve dissonância cognitiva, ele dizer "mulheres, Jesus" com a voz de Anne Murray ao fundo. "Mas olhe", disse, "essas coisas acontecem. Tenho certeza de que você vai dar um jeito".

Subi a escada num atordoamento. À primeira vista o apartamento parecia o mesmo. Robbie estava louco! Ou era um piadista doente. Lá estavam meus livros, ali estava nossa TV sobre seu trono de tijolos de concreto, ali estavam as fotografias emolduradas espalhadas pela sala de estar. Quase todas mostravam Stella e Speck — como fotógrafo, eu sempre era excluído das lembranças registradas. Durante um momento fiquei aliviado; já esperava a simbólica ressonância de um apartamento vazio, despido até de sua escassa mobília. Mas aí olhei mais de perto. Stella esvaziara o armário do quarto da maior parte de suas roupas, salvo as desprezadas roupas de gravidez. As gavetas de Speck estavam vazias, com exceção dos itens que não cabiam mais nela. Os livros de história dela ainda estavam ali, e os brinquedos encontravam-se espalhados pelo chão (havia aquela boneca de vodu, com a cara no chão feito uma vítima de tiroteio), mas o muito precioso, indispensável ursinho estava ausente do berço. Essa ausência foi como o ponto no final de uma sentença horrível, solidificando-se à vista: *elas se foram*. Stella deve ter arrumado tudo naquela noite, depois da nossa briga, enquanto eu estava no Exchange caído em cima de Mike B.B. com uma tiara na cabeça, e pegou um corujão para Los Angeles, para acampar com os pais. Talvez tivesse sido até um voo da American Airlines que ela reservou — um golpe incerto à coincidência sombria. Durante algum tempo perambulei pelo apartamento, fazendo um inventário estupefato do que ela levara e do que deixara, como para avaliar o grau de seriedade dela, a finalidade quantificável de tudo aquilo. Será que ela realmente tinha abandonado seu exemplar de *Ariel*, de Sylvia Plath? Ela adorava Plath. Suas anotaçõezinhas rabiscadas ornamentavam quase todas as páginas do livro. Será que a vida comigo era tão terrível que ela abandonou todos os sapatos? Levei um deles ao nariz, como para captar um último traço efêmero de Stella, mas só tinha cheiro de couro novo curtido. Além disso, eu não conseguia parar de imaginar o que eu estava fazendo: pés me repugnavam, até os dela. Então notei que, no quarto do bebê, havia uma pequena mancha de cocô na coberta do trocador de Speck, uma estreita marca de derrapagem cor de caramelo, e, sei lá por que motivo, a visão daquilo me quebrou, como um graveto, em dois. Agarrando as beiradas da coberta, eu sacudia em soluços — chorando sobre a merda endurecida de minha filha.

" Bennie?". Era Robbie.

"É", respondi. Limpei as lágrimas com a manga da camisa, que tinha um alarmante cheiro de vômito. Procurei manchas, mas não vi nada, e tudo o que pude presumir foi que tinha bebido tanto na noite anterior que até meus poros tinham vomitado. Pelo amor de Deus, será que isso tudo estava realmente acontecendo? "Estou indo", gritei.

Ele estava de pé ao lado da porta aberta, e tinha Sally a seu lado. Parecia preocupado; a expressão dela, por outro lado, era decididamente acusatória. Por causa dos trajes mãe-terra de Sally — um vestido disforme de algodão em batique e bordado; uma variedade mutante de calçado, algo entre chinelos caseiros e tamancos de jardim; uma faixa de cabeça, listrada em cores do arco-íris —, lembrei daquele velho slogan dos comerciais da margarina Chiffon: "Não é bonito enganar a Mãe Natureza". A Mãe Natureza parecia muito puta. Não acho que ela jamais tivesse me perdoado por eu apagar uma vez sobre seus arbustos e amassar alguns dos seus amores-perfeitos. A perturbação no semblante dela, naquele momento, me fez pensar se não tinha ajudado Stella a fazer as malas. "Só queríamos ter certeza... Só queríamos ver se você estava bem", disse Robbie.

"Estou", respondi.

"Essas coisas acontecem", repetiu ele. "As coisas vão se resolver."

"Claro", disse eu.

As coisas não se resolveram.

***

Nem pensar. Imediatamente liguei para a Califórnia. O pai de Stella, Frank, que era um tipo de juiz estadual de nível médio e ensinava ciência política por fora, atendeu ao telefonema. "Ben", disse-me ele, cheio de suspiros, "minha filha passou por muita coisa e não pode falar com você neste momento. Para ser realista, acho que vai levar um tempo. Entendo que há uma criança em jogo, de modo que essa não é uma questão simples, mas posso garantir a você que Stellinha está recebendo os melhores cuidados. Você vai ter de aceitar a responsabilidade por isso e dar a Stella o tempo de que ela necessita para ajeitar a vida dela. Por acaso eu *amo* minha filha" — a implicação compare/contraste se tornou vívida pela ênfase dele —, "e não tenho a intenção de vê-la sofrer nem um pouco mais".

O que eu queria dizer em resposta era: você *ama* sua filha? Bom, pois é, Frank — ela o *odeia*, ela o *abomina*, porra. Olhe aqui, você quer uma prova? Olhe, bem aqui, *Ariel*, de Sylvia Plath. (Cristo, como poderia Stella ter deixado este livro? E a mim também?) Bem aqui, na página 42: "Papai". O melhor poema de Sylvia Plath, na minha opinião. Vê como a página está marcada? Com três tons de tinta, *três*. E aqui, dê uma olhada no que foi sublinhado: <u>Há uma estaca* no seu enorme coração negro</u>. (Você não disse que havia uma criança "em jogo", Frank? Trágica escolha de palavras.) <u>Oh, papai, seu velho filho da puta</u>. Vamos, Frank, vamos falar sobre o seu caso, ah tão terno com sua assistente de pós-graduação. Quem apanhou você, Frank? Isso mesmo, Stella, e ela tinha 11 anos, e a aluna de pós-graduação estava *lhe fazendo um boquete*, Frank, chupando-o dentro do sedã da família. Lá vem o juiz, que bonitinho. Stella apenas procurava a bicicleta dela na garagem, aquela delicada Schwinn cor-de-rosa com os pompons no guidão, você lembra? Claro que ela devia estar na casa de uma amiga. Sei tudo o que você disse naquele dia, Frank, tudo o que você prometeu a ela, toda a enrolação que você fez implorando a ela que nada contasse para a mamãe, depois que você fechou a braguilha e disse à aluna de pós-graduação — o quê? Para "ficar quieta", para "aguentar", para lhe "dar um minuto"? É, ela me contou a história inteira, Frank, e você provavelmente não quer ouvir por que e como. Mas foi uma noite na cama, no início, em que a relutância dela em fazer sexo oral tinha atingido o ponto de falta de jeito digno de nota, e acendemos um baseado com as costas apoiadas na cabeceira da cama, e tudo saiu num jorro, uma história triste, mas contada de modo tão frio, tão frio. Gostei do detalhe em que a aluna de pós-graduação retoca o batom no espelho retrovisor enquanto você

---

* Trocadilho em inglês; *stake* significa tanto "estaca" como "aposta". (N.T.)

suplicava à sua própria Stellinha. Leeegal, Frank. Uma puta de classe. Qual era aquele verso de Sylvia Plath? Alguma coisa a respeito de onde Papai põe sua "raiz". Bem, sabemos onde você põe sua maldita raiz, Frank, bem dentro daquela entrada poluída, pintada de batom, naquela boca barata que <u>mordeu meu lindo coração vermelho em dois pedaços</u>.

Foi isso o que eu quis dizer. Mas não disse. Em vez disso, falei: "Por acaso eu também amo sua filha".

Frank disse: "Bem...", e desligou.

Foi daí que passei das garrafas de 750 ml de vodca para as garrafas de um litro, o que é na verdade apenas uma questão de eficiência, mas não vamos fingir que não é simbólico. Meu padrinho no AA, Dirk (seu nome verdadeiro, acredite ou não), caracterizou aquele como o dia em que eu *justifiquei* meu alcoolismo. Dirk era um ambicioso jornalista enólogo antes de acabar, numa aterrissagem forçada, no programa, e alegou saber tudo sobre justificativas — beber era o trabalho dele, e um homem tinha de executar suas tarefas etc. Sorte dele ter mudado de negócio do vinho para negócio dos santos: atualmente administra uma cozinha de sopas em Chelsea e perambula pela cidade embrulhando sem-tetos em cobertores.

Naturalmente meu Plano Marshall inteiro se desintegrou quando Stella foi embora. Dois dias mais tarde eu estava atrás do bar no Exchange, entornando meus famosos tragos "dois por um": um para você, dois para mim. Tentei ligar para Stella alguns dias mais tarde, esperando que o período de esfriamento pudesse ter terminado. Desta vez foi a mãe dela quem atendeu, e você pode muito bem imaginar *como* foi. Tive de largar o fone no meio da conversa porque eu já estava explodindo em chamas. Escrevi algumas longas cartas a Stella — bem, não *tão* longas quanto esta —, mas não foram respondidas. Aí, uma noite, mais ou menos às três da madrugada — aquela temível hora, outra vez; Meu Deus, o sangue e o desespero que jorram quando o cuco bate três vezes —, liguei para a Califórnia e, em um extremo estupor feio e choroso, disse ao pai dela que eu tinha *direitos*, podia ver a minha filha, Stella tinha *raptado* Speck, *roubado a menina*, que eu ia arfar, bufar e soprar até a casa dela desabar. "Bem", disse ele calmamente, "você é o seu pior inimigo. Você deveria ir para a cama".

"Sei tudo a seu respeito, Frank", falei, ameaçadoramente, grrr.

Ele não pareceu entender o que eu estava dizendo. Ou então era um camarada mais frio do que eu esperava. (Acho que pensei que iria instantaneamente sucumbir, cobrindo o fone com a mão e sussurrando em falsete, "Quê? *O quê?* Oh, meu Deus, o que você *sabe?*") "Não se preocupe", foi o que ele me disse de volta, "o prazer é recíproco".

No meu estado mental embriagado, tudo o que consegui dizer foi: "*Vice* versa", o que não fazia nenhum sentido, nem sequer como trocadilho. Frank suspirou e desligou, de modo que gritei para o ruído de discagem até que aquele toque cada vez mais alto soou, e aquela voz feminina anasalada me aconselhou que, se eu quisesse fazer uma chamada, por favor, desligasse etc. Aquele telefonema foi o suficiente para irritar Stella, já que, mais ou menos uma semana mais tarde, recebi uma carta dela. Escrita à mão, datada, perturbadoramente formal. As Notas Cliff seguem assim: tinha terminado. Não adiantava tentar consertar, e a única coisa que eu estava sentindo naquele momento era culpa, o que sugeria que eu não era completamente desumano. Mas a culpa ainda era, afinal, um sentimento egoísta, e portanto, novamente a mesma coisa. Eu só poderia ver Speck depois de terminar um tratamento completo em uma instituição para alcoólatras e de outras penitências sortidas, e Frank — "meu pai", como ela o chamou, não "papai" — tinha uma equipe de advogados preparados para fazer com que isso tudo fosse cumprido. Cortesmente, suponho, admitiu que eu não era o único culpado de tudo, mas disse que, "muito simplesmente", precisava continuar com a vida dela, e eu precisava continuar com a minha. Assinado: tristemente, Stella.

***

Então foi isso o que fizemos. Mais ou menos. Stella continuou a vida dela, de qualquer maneira. Ela terminou seu doutorado em Pepperdine e conseguiu uma posição de professora na UCLA, que manteve durante vários anos antes de conhecer e se casar com John, um administrador de escolas públicas com dois filhos de um casamento anterior. Então abriu uma butique de plantas em Pasadena que aparentemente é muito bem-sucedida. (website charmoso, de qualquer modo. Cem espécies diferentes de camélias em estoque.) Sei disso tudo porque, durante alguns anos, ao longo dos anos 1990, eu estava na lista de correio de Natal deles — um erro, tenho certeza. Graças àquelas cartas, sei que John — o último nome é Kale, como a couve; daí, sempre o imagino como um cruzamento de John Cale, do jogo Velvet Underground, e Jolly Green Giant — gosta de pescar de anzol e fazer montanhismo, embora uma lesão no joelho, em 1996 ou 1997, tenha posto fim ao último esporte. Além disso, ele é um colecionador de vinhos amador, de modo que as férias da família tendiam a seguir a rota proclamada pelo meu padrinho no AA, Dirk, quando ele bebericava feito um bobo ao redor do globo: Chile, França, Portugal, Nova Zelândia. Uma carta de Natal mencionava — ostentatoriamente, achei — que "a rolha em anexo" era uma lembrança feliz das viagens daquele ano, mas minha carta não veio com rolha. Cheguei a pegar o envelope de novo da cesta de papéis para ter certeza. Onde estava a porra da minha rolha? Então talvez a minha presença na lista não fosse um engano, afinal. Imaginei os dois debatendo se punham ou não a rolha na minha carta. "Não", podia ouvir Stella dizer, "ele provavelmente irá comê-la".

E eu? A essa altura você conhece a essência dessa história. A parte mais difícil tinha a ver com as fraldas descartáveis de Speck, as que Stella deixara. Devia haver umas cinquenta fraldas, empilhadas num recipiente de vime embaixo do trocador. O Charity Hospital nem se incomodava com uma doação tão pífia. Eu tinha certeza de que ainda existiam orfanatos, mas, como já não se chamavam orfanatos, não sabia como procurá-los no catálogo telefônico. O abrigo para mulheres espancadas local pareceu desconfiado de minha oferta, como se minhas cinquenta Pampers fossem um cavalo de Troia que me concederia entrada no abrigo para que eu pudesse socar algumas mulheres. Demorou um ano até eu conseguir ter forças de colocá-las no lixo.

Exatamente como Stella exigira, fui fazer tratamento em uma clínica para alcoólatras: um lugar deteriorado, mas docemente bucólico, no norte do estado, onde havia imensos rebanhos de veados nos gramados e onde uma vez vi um urso, embora ninguém tivesse acreditado em mim. A essa altura, no entanto, Speck já tinha saído da faculdade. No longo interregno, eu fizera uma angustiante bagunça da minha vida e resolvera, sem realmente resolver, agir como o monstro que, bem no fundo, eu supunha ser. Ou que Stella achava que eu era, a diferença é nenhuma. Logo depois que deixei Nova Orleans, eu estava saindo com uma alcoólatra divorciada chamada Sandra ("*Sahn*-dra"). Ela afirmava ter sido modelo, mas isso parecia duvidoso, sob o aspecto visual. Afirmava também, repetidamente, ter feito boquete em Mick Jagger durante o "Tour of the Americas" dos Rolling Stones, em 1975, mas, sabe, as dúvidas são as mesmas. Íamos de bar em bar brigando e perdendo os sapatos, como em uma daquelas histórias de amor de

Bukowski. Uma noite, enquanto ela me fazia o que alegava ter feito em Mick, retirei no último segundo para fazer exatamente o que eu vira aqueles cacarejantes neandertais fazerem naquele vídeo de Felix, o Gordo. Tive de segurar a Sandra pelo cabelo durante um momento. "Seu... porco... filho da puta!", gritou ela, limpando o rosto com uma camisa minha que pegara no chão. Suponho que eu achava que ia me sentir melhor, selar meu destino daquele modo. Ao contrário, me senti pior. Ainda por cima, não foi uma performance assim tão grandiosa — Felix teria me reprovado. Mesmo como monstro eu não tinha jeito. Pedi desculpas a Sandra e entornei algumas vodcas enquanto ela, para se sentir melhor, me contou outra vez a história de Mick Jagger. Parece um cara encantador, aquele Mick. Dá uma risadinha de duende quando você faz cócegas nas bolas dele.

***

Olhe aqui, prezada American Airlines. Está amanhecendo. Como um velho companheiro saxofonista em Nova Orleans costumava dizer, quando a aurora o encontrava com uma bebida nas mãos: o sol pegou o meu rabo outra vez. O nome dele era Charley, e ele morreu de uma overdose de heroína faz dez anos. Eu dei uma festa surpresa de aniversário para Stella, uma vez, e Charley, tocou escondido no banheiro, uma versão de "Parabéns a você" no saxofone. Um momento lindo que me fez sentir como um rei, embora Stella não tenha se sentido como uma rainha como eu esperava. Ela acabou chorando, no final, porque alegou que os convidados eram todos meus amigos, não dela. Eu poderia ter chamado atenção para o fato de que ela não tinha muitos amigos, mas eu não era tão burro assim. Stella era muito severa em julgar os caracteres, e poucas pessoas estavam à altura de suas exigências. O punhado de amigos que ela tinha estava sempre sob análise cáustica, a maior parte por transgressões morais. Enquanto isso, eu sempre fui um coletor indiscriminado de pessoas que tendem a fluir para dentro e para fora da minha vida sem grande controle de passaporte. Um cliente regular do Exchange, um cara lá pelos seus 60 anos que tinha sido um bem-sucedido financista, antes de alguma desgraça misteriosa derrubá-lo, costumava dizer: "Eu falo com qualquer pessoa, com três condições. Você tem de me fazer rir, ou me fazer pensar, ou me fazer ficar de pau duro". Depois de escutá-lo dizer isso pela quinta ou sexta vez, perguntei-lhe o que aconteceria se ele encontrasse esse raro espécime humano que conseguiria alcançar as três condições. "Peço em casamento", respondeu ele. Bom, ele jamais conseguiu se pôr a par de todas as esposas que teve. A última era uma filipina; o boato maldoso no bar era que ela fora encomendada pelo correio.

A maior parte das pessoas ao meu redor ainda dorme, mas de modo miserável — enroscadas em finas camas brancas de lona, em colchões de papelão ou no duro carpete azul, contorcidas em cadeiras, apoiadas contra as paredes ou as janelas, com a seca boca aberta, como cadáveres depois de um violento tiroteio. Uma luz cor-de-rosa cafona esgueira-se pelas janelas, transformando ciscos de poeira em purpurina flutuante. Como pequenas criaturas marinhas suspensas na água, ou seja lá que outra analogia bolorenta possa servir. Os lavadores de janelas já chegaram — que duro horário matinal eles têm, embora alguns devam ser gratos por evitar o tráfego na hora do rush. Os otimistas, pelo menos. Esse aqui perto de mim parece bastante contente. É um mexicano baixo com um rosto chato, maia, que dá brilho na janela com um esfregão amarrado numa vara de três metros. Já ouvi dizer que pintores de parede apresentam uma altíssima taxa de alcoolismo, e a teoria para isso é que o fato de ficarem olhando para diversos tons de quase branco durante períodos diários de oito horas leva-os a beber. Imagino o que acontece com os lavadores de janelas, sempre olhando para dentro ou para fora — para mundos atrás de vidros, imunes ao toque deles. Oito horas de brilho intermitente marfim-gelo-nácar-casca-de-ovo-alabastro-prata-pérola, o selo hermético do vidro, a culpa por abandonar o filho para escrever versos ridiculamente mortais: suponho que todos temos nossas desculpas, nossas *justificativas*, como diria Dirk — nossos motivos para querer escapar da vida durante algum tempo, algumas vezes durante muito tempo. Alguns simplesmente melhores que outros. Ah, o celular do lavador de janelas acaba de tocar. Alguém deve ter ligado para contar uma piada, porque ele está rindo como doido, quase às lágrimas. Não consigo entender bem; eu costumava ter um domínio bastante bom do espanhol, mas ao longo do caminho perdi isso também. Ele está dobrado em dois, numa alegria furiosa, e gargalha tanto que alguns dos sonolentos refugiados ali por perto bocejam de volta à vida e lançam olhares aborrecidos para os lados do México. Levante-se e brilhe. É manhã nos Estados Unidos.

No início desta carta mencionei que fizera minha única chamada telefônica ontem, e que ela não funcionara muito bem. Digamos que não foi tão boa como a ligação para o lavador de janelas. Eu tinha acabado de chegar de Peoria, de ônibus. Ninguém me dizia bulhufas, como diria a senhorita Willa. Do telefone pago em frente ao Portão K7, liguei para o celular de Speck. "É Bennie", eu disse. ("Bennie!", ela cantou de volta.) "Estou preso em Chicago", expliquei. "Cenário de pesadelo total — meu voo nem sequer chegou aqui. Aterrissamos em Peoria, e nos fizeram caminhar até O'Hare. Bem, não exatamente, mas quase. De qualquer modo, está tudo cancelado. É uma m... bagunça completa." (Viu isso? Eu cuidando da minha linguagem quando falo com minha filha.) "Eles não dizem quando estaremos a caminho, mas não parece promissora esta noite..."

"*Merda*, Bennie", disse ela. A voz estava diferente, áspera, tensa, impaciente. Esperei que fosse apenas agitação pré-nupcial, ou algum emaranhado cheio de nós em um detalhe do casamento com que ela tivesse de lidar, ou talvez meus ouvidos estivessem superafinados, as antenas, sensíveis demais.

Nada. "Nós combinamos", disse ela.

"Estou fazendo tudo, exceto sequestrar um avião, para manter o combinado", disse eu. "Se você precisar que eu sequestre um, eu sequestro." Como? Pensei em Woody Allen em *Um assaltante bem trapalhão*, tentando fugir da cadeia esculpindo uma arma numa barra de sabonete. Uma tática decente, a não ser pela chuva, que reduziu o revólver a bolhas.

"Sinto muito, mamãe está sendo um pesadelo total a respeito de *tudo*" — "pesadelo total" lá, "pesadelo total" aqui. "Uma das amigas da faculdade de direito de Syl também está presa em O'Hare", continuou ela. "Vocês dois podiam se reunir para se solidarizar ou qualquer outra coisa. Meu Deus, Bennie, eu não sei... Isso tudo está ficando um tanto estranho e desconfortável. Talvez pudéssemos pular toda a parte de caminhar pela nave e tocar tudo de ouvido amanhã, está bem? Simplesmente dizer alô e começar daqui? Talvez não acelerar tanto o motor logo no início?" Outra metáfora automotiva, observei: talvez um pouco da sujeira que costumava cobrir a mão de mecânico de meu pai tivesse encontrado um jeito de entrar no DNA. "Só chegue aqui assim que puder, está bem? Oh, uau, acho que o irmão de Syl acaba de entrar. (É o Wyatt? Ómeudeus, só um segundo.) Bennie, tenho de ir. Faça com que esses aviões se mexam, tá bom? Chop-chop."

Transcrito assim não parece tão ruim, não é? Sincero, mas afável, até um pouco amalucado: essa é a minha menina. Não, você tinha de ouvir o tom cerrado da voz, o jeito como as palavras gemeram até parar — eu não passava de mais uma dor de cabeça no casamento (uma casa-dor?), outra abrasão na vida dela. O que mais eu esperava? Há muito tempo eu me recusara a fazer parte daquela vida, confiante de que ela ficaria melhor sem mim — ou será que eu era como suspeitei de Walenty, simplesmente *indiferente* à existência dela? Ao longo dos anos, em raros momentos semissóbrios, escrevi-lhe cartas que tentavam explicar minha ausência, mas inevitavelmente eu me embebedava e as amarrotava, jogava na cesta de papéis. Mas, Deus, ouça-me — como eu odeio aquele refrão monótono e vazio: *eu ishshstava beeeêbado*. É muito fácil enfiar a história da minha vida dentro de uma garrafa, como algum navio de brinquedo barato. Uma dessas coisas que você vê nas lojas de souvenirs e diz, puxa, como conseguiram botar essa coisa ali *dentro*? É um artifício, um velho truque, não compre. Acho que foi Sêneca quem disse que o álcool não cria o vício — ele simplesmente o traz à tona. Uma dessas delicadas pérolas de sabedoria que encontrei na biblioteca da clínica de reabilitação. Já tenho o suficiente para um colar elegante.

Depois que ela desligou, bati com o receptor contra o telefone três ou quatro vezes — lentamente, depois cada vez com mais força, com os olhos fechados, tão apertados que não poderia ter percebido o lampejo de uma explosão nuclear sacudindo Chicago. *Tínhamos combinado*. Sem dúvida eu teria batido ainda mais com o telefone se um aposentado no boxe ao lado, usando uma camiseta que dizia VICIADO E ALTIVO, não exclamasse: "Epa, cara, epa aí, qual é?". Naquele momento eu queria tão desesperadamente chutar alguma coisa que pulei numa perna só, com a outra pronta para o ataque. Mas a única coisa a chutar eram a parede e o Altivo Viciado. Como os dois pareciam inocentes, baixei a perna. Foi quando senti os olhares perplexos dos meus colegas passageiros no

K7, divertidos e ligeiramente alarmados, focalizados em mim. "Você está com algum problema, camarada?", disse o Viciado que era Altivo. Uma excelente pergunta, que eu poderia ter respondido integralmente, mas preferi não responder.

Em vez disso, caí na O'Chair mais próxima que pude encontrar, assustando uma mulher e o filhinho pequeno dela sentados nos assentos à minha frente. Tudo bem, vão embora — sou contagioso. Ou sou o bicho-papão. Mas não um terrorista. Oh, pelamordedeus, vocês todos parem de olhar para mim. Lou Dobbos, da CNN, está na tela da TV acusando os imigrantes mexicanos de espalharem a lepra — vocês querem maluquice, olhem para ele. Com as mãos tremendo, peguei um bloco de rascunho da minha mochila e comecei a escrever: *Prezada American Airlines*, e daí por diante etc.

***

Puta que pariu, vocês querem ver mãos tremendo? Olhem para isso, parecem os trêmulos rabiscos de derrame da minha mãe, nem sequer consigo entender a porra das palavras — prezada American Airlines, seus porcos, seus *porcos*, seus gananciosos porcos de merda! Há apenas poucos minutos — puta que pariu, o *sol* mal acabou de nascer — membros do Departamento de Polícia de Chicago começaram a perambular pelo aeroporto, gritando que todo mundo acordasse e devolvesse as camas de lona porque, como explicaram estrondosamente, "a companhia aérea precisa dos portões de embarque". Fodam-se os portões de embarque! Pensar naquela pobre Nanica do marido vegetativo acordada de seu sono pelos tiras! Como ousam?

Foi exatamente essa a pergunta que fiz a um dos guardas, mas não deu nem um pouco certo. Era um cara jovem, de cabelo à escovinha, com um rosto severamente marcado de acne, sugerindo que seu físico musculoso era derivado de suplementos químicos, com rasos olhos azuis muito separados um do outro na cara, a pele parecendo uma linguiça *bratwurst* crua. "Ei, tenha modos, aí", disse para ele. "Essas pessoas estão apenas dormindo. Elas tiveram uma noite difícil. Você não precisa gritar com elas." Falado sem um toque de ameaça ou histeria, posso garantir a você. Eu sei que não dormi durante as últimas trinta e qualquer coisa horas, mas não estou inteiramente irracional.

"Para trás, senhor", o policial rosnou para mim. Eu estava a uma boa distância dele. Mais para trás, e eu teria precisado mandar um e-mail para ele.

"Como ousa tratar essas pessoas assim?", perguntei. "Não é culpa delas. É culpa da companhia aérea. Se a companhia aérea quer seus portões de embarque, ela pode nos pôr dentro dos aviões." O guarda sussurrou alguma coisa no rádio-microfone em miniatura em seu ombro e depois me disse, num estrondo: "Senhor, estou *mandando* que recue, e não me encha o saco". "Não estou enchendo seu saco", disse eu. "E você também não precisa gritar comigo." Está bom, para ser exato, provavelmente eu deveria colocar um ponto de exclamação no final dessa última frase; a essa altura eu estava reconhecidamente perturbado. "Para trás, AGORA!", rugiu ele, e na minha visão periférica vi nitidamente mais dois ou três policiais vindo em nossa direção.

Olhei para a arma dele. Era uma pistola robusta, de cabo quadrado, cujo calibre eu não poderia dizer. O coldre era feito de couro preto macio, parecendo mais um enorme estojo de telefone celular do que os coldres de caubóis, alongados, com feitio de perna de calça, que eu afivelava ao meu cinto quando criança, o tipo marcado com cenas de cavalos e que eu teria usado ao cavalgar o meu próprio Cooch por Nova Orleans. Não parecia haver a esperada tira por cima do cabo da arma; procurei um fecho indicador ou coisa parecida, mas a arma parecia temerariamente insegura, como uma mão dentro de uma luva muito larga. Desse modo, não seria difícil, pensei. É só ir lá agarrá-la. Distrair o babaca do guarda realmente enchendo o saco dele e simplesmente... agarre-a. Ele cairia para trás assim que a pistola estivesse comigo, berrando no microfone de ombro, enquanto os outros policiais correriam para a frente com as armas na mão, gritando comandos; em um momento eles teriam me cercado em um semicírculo. *Largue-a AGORA, LARGUE-A.* E aí tudo o que eu teria a fazer — como seria simples, absurdamente simples — seria levantar a arma para o ar — não diretamente para cima, não mirando diretamente o teto; mais num ângulo de 45 graus, alto o suficiente para a bala zunir por cima da cabeça de todo mundo, mas baixo o suficiente para fazer todo mundo se abaixar — e atirar. Bang. Uma vez, duas no máximo. Era tudo o que eu precisava fazer para produzir uma chuva de balas em cima de mim. Era tão fácil imaginar: micronévoa de sangue pulando da frente da minha camisa enquanto meu corpo se enchia de buracos, aquela linda luz matinal cor-de-rosa fluindo como lasers brilhantes através de meu torso perfurado, eu balançando lentamente, balançando como dançarino chorão, bêbado sobre uma pista de dança abandonada, aquela mesma luz oblíqua pegando as rajadas de fumaça de todo aquele tiroteio, cada nuvenzinha enovelando-se do cano e se deslocando para a próxima nuvem enquanto se espiralam na direção do teto. Nada poderia ser mais simples. Só seria necessário um movimento rápido, dificilmente um movimento de ginasta. Mordi o lábio e olhei fixamente.

    Durante tempo demais, no entanto. Ao terminar de imaginar isso tudo, eu tinha policiais perto de mim por todos os lados. Um deles era uma latino-americana baixa, quase uma anã, que pousou a mão delicada no meu bíceps e disse: "O senhor precisa sentar, senhor".

"Essas pessoas não fizeram nada de errado", falei, assustado, ao escutar a minha voz falhar.

"Simplesmente vá se sentar", ela disse.

***

Bem, parece que contei tudo daquele episódio. Ou "confessei", como acredito que tenha expressado antes. Talvez você já tenha deduzido, não sei. Apesar de mim mesmo, pareço estar espalhando indícios, assim como meu pai costumava semear grama no nosso pequeno gramado esturricado. A verdade é que já venho ponderando isso há muito tempo — durante os últimos dois anos, pelo menos. Elaborando a minha saída, quero dizer, a grande escapada de Bennie. Quando eu tinha uns 20 anos, brincava com a ideia de suicídio, mas em retrospectiva, nunca muito seriamente. Eram apenas calmarias dos hormônios, suspeito eu — suores de romantismo equivocado, overdoses de Hart Crane *et al*. A despreocupação da merda da juventude. Imagino que todos nós já passamos por esses momentos em que estamos no carro, nos aproximando de uma curva a 90 km/h, e o pensamento ocorre: se eu simplesmente não virar o volante, não fizer a curva — upa, o fim. No entanto, há uma vasta diferença entre querer morrer e não se importar de morrer. Agora já tive as duas experiências — a última durante grande parte da minha vida —, e, para ser franco, prefiro a primeira. O desejo por ação — até mesmo ação final, irrevogável — parece tão melhor do que a falta total de desejo. O frêmito da ambição ainda é um frêmito, mesmo que a ambição seja simplesmente de desistir. Engraçado: eu fiquei surpreso, uma vez que tomei a decisão, de como a ideia me parecia *confortadora*, de como ela retirava as teias de aranha da minha cabeça. Uma vez decidido — isso foi mais ou menos quatro ou cinco meses atrás —, me vi *assobiando* enquanto caminhava pela rua, a imagem do contentamento imbecil. Eu dormia menos, trabalhava com maior eficiência. Às vezes tocava um violão imaginário com os solos abafados pelo chão de Minideth. Cheguei a me envolver naquela prática de livro-texto de clínica, de me desfazer dos meus pertences. Para Aneta, principalmente: fileiras e fileiras de livros poloneses e um monte de belas caixas de madeira de tília das montanhas Tatra* que eu trouxera da Polônia.

Nunca cheguei a descobrir o que pôr dentro das caixas, além de cigarros e moedas, de modo que não se tratava de nenhuma liquidação dramática. Mas a senhorita Willa notou, de qualquer modo. Não somos pessoas generosas, minha mãe e eu, e ainda por cima somos colecionadores de velharias. Surtos de dar presente preocupam. Claro que você tem de lembrar dos flertes com o suicídio de minha mãe; se alguém conhecesse a rotina, esse alguém era ela. Lembro de meu pai pirar ao descobrir que minha mãe tinha dado seu conjunto novinho de Tupperware para a senhora Marge, na casa ao lado. Ela alegou ter desenvolvido um desgosto pela cor, mas meu pai, não convencido, começou uma investigação. Ignorante do subtexto, achei que meu pai estava sendo avarento. Mas ele conhecia o terreno. Naqueles dias, ela se deitava na banheira e cortava os pulsos com uma faquinha de cozinha, mas nunca profundamente o bastante para passar para o outro lado. Lembro de meu pai carregando-a para o carro numa noite de verão, envolvida num lençol sujo de sangue. Isso foi alguns anos antes do incidente do Tupperware — eu devia ter uns 6 ou 7 anos. Anoitecia, eu me lembro, e ela me mandara para a cama cedo sem qualquer motivo que eu pudesse discernir. Isso me chateou, porque ir para a cama cedo em geral era uma punição por alguma transgressão, e,

---

* As montanhas Tatra formam uma cordilheira na fronteira da Polônia e da Eslováquia. (N.T.)

que eu soubesse, não tinha feito nada de errado. Eu tinha até comido os siris-moles fritos que ela servira no jantar, o que era notável, já que eu estava convencido de que eles eram na realidade aranhas esmagadas.

Minha cama ficava ao lado da parede com janela que dava para o jardim da frente, e eu estava sentado à janela aberta vendo alguns meninos jogarem beisebol na rua, embaixo dos velhos carvalhos verdes. As mães da vizinhança se intrometiam no jogo, chamando os filhos para casa, e, quando o corredor da terceira base foi chamado — "Willie!", gritou a mãe dele. "Feijão vermelho!" —, os outros meninos o vaiaram durante algum tempo ("Feijão vermelho", implicaram eles, "feijão veeermeeelho!", e Willie acenava para eles com a luva de beisebol, calaboca). Depois voltaram a atenção para o jogo outra vez. "Está bem", disse um. "Ghostman na terceira." E lembro ter pensado como isso me parecera mágico, um *ghostman* [homem-fantasma] na base, e então, à medida que outras mães chamavam seus filhos, mais fantasmas entravam no jogo, até que finalmente o menino com o bastão foi chamado para dentro, e só havia fantasmas embaixo dos carvalhos salpicados de vaga-lumes — fantasmas que só eu conseguia ver, observando-os circundar as bases no asfalto, do alto do meu posto, com o rosto apertado ligeiramente contra a moldura da janela.

Escutei o clump-clump frenético de meu pai na escada, mas, encantado pelos vapores do jogo de beisebol, não me mexi. Então escutei a porta da frente bater e vi meu pai lá embaixo, carregando minha mãe como as jovens noivas são carregadas na soleira das portas em filmes antigos, e escutei os fracos soluços de minha mãe quando ele a largou no assento traseiro do automóvel e depois saiu na disparada. Rasgado ao meio pelo medo e pela apreensão, gritei para eles — *gemi* para fora da janela, agarrado à tela. Não sei se entendi que ela iria morrer, embora nessa época meu avô já tivesse morrido, de modo que eu estava familiarizado com a mecânica da coisa — o que eu sabia era que ela sofrera outro "acidente", e levava um tempo horrivelmente longo para se recuperar desses acidentes. Longos períodos caóticos durante os quais minha avó se mudava para a nossa casa e meu pai me levava ao hospital todos os sábados, para visitar minha mãe, que me fazia perguntas sobre os caminhões de brinquedo ou os soldados de plástico que eu trouxera comigo, mas que rompia em soluços inexplicáveis quando eu tentava responder. Lembro de retirar meu travesseiro da fronha naquela noite, depois que parei de gritar, e colocá-la na cabeça. Não era uma tentativa de me sufocar, porém, mais um esforço para deixar o mundo de fora o máximo que eu pudesse — para garantir que, quando eu abrisse os olhos, não veria nada, nem mesmo um fantasma. Esse era o meu analgésico: pura escuridão.

O de minha mãe também, suponho. Na época em que estive hospitalizado, ela veio de Nova Orleans e sentou ao lado da minha cama, deixando todas as histórias saírem, sua longa e melancólica folha-corrida. Não sei ao certo qual era exatamente a intenção dela — eu já tinha muita coisa na cabeça, obrigado —, mas acho que ela se culpava pela minha morte, pelo menos em parte, e calculou que era hora da confissão. Ela chegou a me contar — e isso chamou minha atenção — que tentara me levar consigo uma vez. Eu tinha apenas 2 anos no dia em que ela nos sentou nos trilhos do bonde St. Charles — "Estávamos vestidos para ir às compras", disse ela, lembrando até os sapatos que eu usava (Buster Browns) — e me ninava delicadamente nos braços enquanto esperava o bonde que vinha nos destruir. Burramente, claro, porque os bondes têm freios, mas também ela não pensava logicamente. Depois de apenas alguns minutos, um policial a viu, o que resultou em um ano em uma instituição, mas sem acusações de crime. Não me lembro disso, e me pareceu, na época, impossível imaginar: um menininho apontando para os trilhos e dizendo: "Trem? Trem?", e a mãe — minha mãe — sussurrando: "É, querido, trem", com a maquiagem escorrendo pelo rosto molhado. "Sim, querido, o trem está vindo." Durante um momento muito curto, depois que ela terminou, fiquei enraivecido com a história — depois de todos aqueles anos de besteirol deturpado, carregando-me para a Flórida, Atlanta e Novo México, então, finalmente, quando eu tinha 14 anos, me levou para Saskatchewan (o que realmente emputeceu meu pai, porque ele nunca conseguiu pronunciar Saskatchewan; ele desistiu e dizia Alaska), envenenando-me contra meu pobre pai, envenenando-me contra tudo, na verdade, com exceção de alguma visão fantasiosa de realização artística/romântica plageada de uma flagrante leitura errônea de *Madame Bovary* —, agora que fico sabendo que ela uma vez tentou *me* matar. Mas, ao olhar para ela da minha cama de hospital, sentada na ponta daquela cadeira dobrável de alumínio, os anéis tilintando quando torcia as mãos de dentro para fora, senti apenas uma terrível e esmagadora piedade. Estendi o braço para ela, que o usou para secar as lágrimas durante pelo menos meia hora sem dizer nada. "É uma doença", disse ela então, "e não sei por que a temos. Por que não podíamos ter câncer, em vez disso?" Lembro-me de olhar em torno do quarto do hospital, tão azul-cinza e estéril quanto este aeroporto, e dizer em voz baixa: "É, câncer seria legal". Nós dois, duas baleias incapazes de encontrar uma praia onde encalhar.

Então eu já devia saber, certo? Talvez. Como eu disse sobre a estranha veia de racismo de meu pai: a história nem sempre é o melhor professor. E por mais absurdo que isso pareça, não consigo deixar de sentir que a longa mágoa de minha mãe vem de seus *fracassos*: sua incapacidade de ir até o fim, de alcançar a negridão pura daquele ainda mais distante Longínquo. Como aquele sentimento que tive quando, depois de três dias em coma, acordei com um tubo enfiado na garganta: Ai, merda. *Agora* o quê? Obrigado, mas não, obrigado, como diria Stella. Fechei os olhos, mas ele ainda estava lá. Estou fazendo tudo o que posso para não descambar para o sentimentalismo aqui, mas, realmente, para quê? Por favor. Você aí, no Texas, com seu futuro luminoso e brilhante como um reluzente níquel novo, você com o plano de aposentadoria pago pelo patrão. Diga-me o que fazer e por quê. Concentrar-me no trabalho? Em decifrar literatura polonesa de segunda para os duzentos e poucos leitores que a demandam sem muito entusiasmo? (Fixar-me no meu trabalho era o que um terapeuta aconselhava. Perguntei se ele às vezes lia poesia. "Bem, não como divertimento", foi sua resposta. Bem, ajudou.) Então, o quê — adotar um *hobby*, comprar um cachorrinho, jogar cartas com minha mãe semiprostrada? Em *Darkness Visible* [Escuridão visível], William Styron escreveu que ouvir a Rapsódia para Alto (Op.53), de Brahms, era o que firmava sua própria mão trêmula, fomentava sua própria mudança de tom, de menor para maior. Naturalmente eu saí e comprei o CD. No meio do caminho, fiquei entediado e fui para a cozinha, para tomar um copo de leite desnatado, hum. Ao escutar a música sair pela porta aberta do meu escritório, Aneta aventurou-se a dizer que ela era "bounita". Mandei o CD para casa com ela, e Styron morreu, de qualquer maneira.

A coisa é: meus planos estavam todos traçados — vagamente, de qualquer modo; eu ainda não decidira como eu iria sair — até que chegou o convite de Speck, propiciando uma angústia inesperada. Quanto mais eu pensava a esse respeito, no entanto, mais eu apreciava o modo como se encaixava no meu esquema — minha "estratégia de saída", como dizem os estudiosos a respeito das guerras. De início, achei que simplesmente compareceria à cerimônia. Calculei que isso de algum modo encerraria a questão para mim, ver a prova de minha dissipação — confirmar minha própria falta de significado, graças à minha presença na qualidade de uma nota de rodapé (A), e (B), para me afligir com a visão dos caminhos não adotados. Assim como quando uma concorrente no velho programa *Let's Make a Deal* escolheu a Porta número 1, atrás da qual havia uma bobagem sem valor, e aí Monty Hall revelou o prêmio de cair o queixo atrás da Porta número 3, inspirando a supracitada concorrente a arrancar os olhos com um espeto de gelo de hotel. De um modo menos egoísta, no entanto, achei que isso me daria a oportunidade de falar a Speck que eu lamentava, e dizer adeus. E já que tinha feito o esforço, Stella também. Parte de mim achava que isso era cruel — como ousava eu entrar outra vez na vida de Speck, nos últimos dias da minha própria vida? —, mas outra parte de mim replicou: pelo menos você terá feito as pazes com ela. É melhor que ela se lembre de um ser humano do que um amargo mistério — um fantasma em intervalo de terça. Mas então me lembrei daquela velha promessa que eu fizera a ela, quando ela era realmente apenas um cisco, aquele refrão a respeito de acompanhá-la ao altar um dia, e pensei: Ponto. Não seria ótimo satisfazer *uma* promessa na vida, alcançar pelo menos um destino nesse emaranhado trajeto? Meio como sair numa nota alta. Fazer *alguma coisa* — mesmo que pequena, talvez para todo mundo menos para mim, mesmo que vazia — antes de sair do jogo. Antevendo isso, senti essa doce paz quente passando por mim, um sentimento pouco conhecido de compostura. Nada assim como felicidade, veja bem — mas a satisfação que você tem quando arruma sua mesa e limpa o caminho para o dia. Nas semanas que se seguiram, dei cada vez mais meus pertences, até o sofisticado aparelho de som do meu escritório que, apesar da transmissão cristalina da Rapsódia para Alto de Brahms, falhara em me jogar um salva-vidas. Deixei-o no corredor do andar de baixo com um aviso LIBERADO PARA UM BOM LAR. (Arrependi-me quase imediatamente, no entanto, porque achei terrivelmente difícil trabalhar sem música. Criatura de hábitos, suponho. Passei meu rádio-relógio para o escritório, mas o som ficava horrível, a não ser que eu ficasse segurando a antena na janela.

Para ser honesto, estou pensando em fazer isso aqui. Não na verdade, *na* Califórnia, veja bem; ainda por cima, isso me parece simplesmente falta de educação. Não, estou pensando em Nevada. Não há período de espera para comprar armas, nem restrições para licenças/autorizações tampouco, e, além do mais, há aquele maravilhoso deserto. Pode imaginar? Você segue uma estrada de cascalho até onde ela termina, a quilômetros e quilômetros de lugar nenhum — além do além, como dizem, o verdadeiro Longínquo. Deixa as chaves no carro e começa a caminhar. Só escolhe uma direção e caminha. O lugar onde parar ficará evidente. Penso no topo de um penhasco, algum local com uma vista vasta e emocionante do deserto, todo aquele nada bege estendido à minha frente. Estou pensando que um drinque também seria legal — uma última vodca-tônica para acompanhar o pôr do sol. Nada de dedo em riste. Vou pegar uma dessas garrafas de avião do tamanho de conta-gotas de remédio — talvez eu consiga uma no avião. Mas nada maior, não: você quer ter a cabeça clara num momento desses. E uma vez que o sol se ponha, eu me deitaria nas pedras e examinaria as estrelas durante algum tempo. Imagino que sejam um belo espetáculo, lá, como no Novo México. Não vou assombrá-lo com o resto. Só imagine as estrelas — é isso o que estou fazendo.

"A saída fácil", dizem sempre as pessoas com desprezo. Que besteira. Minha mãe tinha acabado de se levantar quando eu me arrumava para sair para o aeroporto ontem de manhã. Ela está sentada na cadeira de rodas enquanto Aneta lhe penteia o cabelo. Aneta canta para ela, levemente, enquanto executa essa tarefa — versões adocicadas, em câmera lenta, de clássicas canções de rock, em geral. Ela consegue fazer com que "Slow Ride", de Foghat, pareça uma canção de ninar polonesa do século XIX. Pedi a Aneta que nos concedesse um minuto, o que deixou as duas intrigadas.

"Então, estou indo para o casamento", eu disse, e a senhorita Willa assentiu com a cabeça. Os olhos dela estavam sobre Aneta, que arrumava as fotos na parede para se ocupar enquanto esperava do lado de fora, no corredor. Nunca busquei privacidade com relação a Aneta; minha mãe percebeu que havia alguma coisa de errado. "O carro deve chegar a qualquer minuto", falei.

A senhorita Willa parece tão velha e frágil com o cabelo solto assim — tão batida pela idade, com todos aqueles cachos grosseiros, da cor de ossos, emoldurando-lhe o rosto. Tão indefesa, é isso que quero dizer. Mas ela vai ficar bem: fizemos um belo pé-de-meia com a venda da casa ancestral antes do Katrina. Fiz os cálculos. Acrescentei o nome dela à escritura. Cheguei até a acrescentá-la à minha conta bancária, para que ela pudesse retirar qualquer cheque em meu nome depois do você-sabe-o-quê (nota: isso significa meu cheque de reembolso mandado por vocês). E ela entenderá — filho de peixe, tudo isso. "Então está bom", eu disse, e, para minha surpresa, meus olhos começaram a encher de lágrimas. Bem, merda. Eu não queria que ela visse isso, de modo que peguei a cabeça dela entre as mãos, jogando o olhar dela para baixo, e inclinei-me para beijar-lhe a testa. Eu disse: "Eu a amo, não importa o que...". Depois plantei meus lábios na testa dela durante muito mais tempo do que intencionava, porque eu parecia não conseguir me soltar. Não somos dados a ternos momentos como este, e não posso negar que uma pequena parte de mim queria mordê-la — não para machucá-la, necessariamente, mas para chupar fora aquele cérebro envenenado, como os desbravadores chupavam o veneno de uma mordida de cascavel. Ou talvez para feri-la, vamos ser honestos. Durante um momento, o perfume de seu cabelo recém-

-lavado me lembrou do arbusto de glicínias que se espalhava ao lado da nossa garagem em Nova Orleans, e sugeriu um ar de primavera, mas isso era apenas mais uma ilusão olfativa, um pesaroso engodo da mente. Não passava de um xampu da velha prateleira de ofertas da Duane Reade. Não tinha nada a ver com minha vida.

Finalmente, ao me levantar, dava para ver que o meu blefe tinha fracassado — vi confusão e medo enchendo-lhe os olhos. Ela pegou seu bloco de Post-it e a caneta no bolso lateral da cadeira de rodas e escreveu-me uma curta nota frenética, que eu dobrei e pus no bolso interno do paletó. "O táxi está aqui", eu disse, embora não estivesse, e com sua mão ossuda na minha, beijei-lhe a testa outra vez, agora de maneira decisiva, com a suavidade e a brevidade do pouso de uma mosca caseira, antes de descer para a rua, onde me sentei sobre minha mala com a cabeça entre as mãos. Meu motorista era de Bangladesh, disse que tinha parentes na Califórnia. No meio do caminho na FDR Drive, desdobrei a nota da minha mãe. Não, dizia. Era tudo. Fiquei olhando para ela durante muito tempo, vendo-a escurecer quando o carro mergulhava em túneis por baixo de prédios, e depois vendo o sol inflamá-la na minha mão quando saíamos da sombra. Não. No início o motorista não se incomodou de eu fumar, mas finalmente, na Triborough Bridge, ele disse que bastava: "Por favor, senhor", implorou ele. "Por favor, chega."

***

Acabo de saber:

"O voo mais próximo que podemos conseguir para o senhor é o de 11h15", disse uma funcionária, chamada Keisha.

"Chega a que horas?"

"Deixe-me ver" — click, tap, click no teclado — "13h35".

"Não, não, é muito tarde", disse eu. "Tenho um casamento às duas. Não tem como eu chegar a tempo."

"Sinto muito, senhor, mas é o melhor que podemos fazer."

"Não, não, não é. Olhe, estou aqui desde ontem de manhã. Nem sequer *voei* até aqui — fui mandado de ônibus de Peoria em sua linha de ônibus supersecreta. Não durmo desde quinta-feira. Meu nervo ciático está tão corroído de sentar nessas cadeiras que vou precisar substituir toda a parte do meio do meu corpo. Meu jantar foi um cocô de hipopótamo. Fui quase envenenado por gás lacrimogêneo pelo Departamento de Polícia de Chicago. Tudo porque minha filha se casa esta tarde e eu tenho de estar lá — eu *vou* estar lá. Muito francamente, é uma questão de vida ou morte."

"O primeiro voo é às 9h50 e está" — clip, tap, click — "já *overbooked*. Terei todo o prazer em colocá-lo em lista de espera para esse voo, mas suas chances são praticamente zero. Estou apenas sendo sincera. Como sabe, tivemos uma situação de condições meteorológicas ontem e estamos fazendo tudo o que podemos para pôr as coisas em dia. Todo mundo aqui está no mesmo barco."

"Um barco!", disse eu. "Com um barco a remo — seria mais rápido. Pode me colocar num barco a remo? Eu remo."

"Pedimos desculpas outra vez, senhor. O senhor está na lista de espera para o voo de 9h50, e aqui está seu cartão de embarque para o de 11h15. Portão H4, o embarque começa às 10h45."

"Acho que você não está entendendo..."

"Senhor, há uma fila enorme atrás do senhor, e se eu pudesse conseguir um voo mais cedo para o senhor eu juro que o poria nele. Portão H4 e obrigado por voar com a American."

Esquivando-me de volta para meu assento, observei um carrinho "Premium Services" da American Airlines vindo na minha direção. Pensei e daí, fiz sinal para ele. Se alguém merecia serviços especiais, pensei, esse alguém era eu. Devo notar, no entanto, que essa percepção de merecimento era atípica em mim. Há muitos anos eu recebia em visita um poeta polonês de limitada fama internacional, que gostava de clubes de streaptease norte-americanos. "Para *pole dancing*"*, disse o polaco. Fomos abrigados em um local "sofisticado" no Midtown, onde eram proibidos blue jeans — por acaso eu estava de jeans, mas, sem se deixar intimidar, meu convidado me arrastou quatro quarteirões para o leste até encontrar uma lojinha mínima onde me comprou uma berrante calça de poliéster do tipo usado por manifestantes no desfile do Dia do Porto-Riquenho — e onde se esperava que você pedisse Dom Perignon às dúzias enquanto comia com os olhos as artistas. Não demorou muito para o citado poeta aninhar uma garota chamada Cookie que perguntou se queríamos visitar a "sala VIP". Agora, eu sei que o acesso à sala VIP estava aberto a qualquer panaca com uma nota de cem dólares, mas ainda assim eu não consegui segui-los até lá. Simplesmente não sou VIP, para que fingir? Mandei-os ir em frente. Depois de algum tempo meu poeta voltou parecendo chateado. Cookie tinha mastigado um Slim Jim enquanto se escarrapachava no colo dele (lutando com o inglês, que teimava em praticar quando estava nos Estados Unidos, ele chamou a coisa de "varinha de carne", o que achei maravilhosamente poético e preciso), e ainda por cima ele perdera uma lente de contato entre os peitos dela. Como homem do povo, senti-me vingado. Eu não era *muito importante*, mas ainda conseguia enxergar.

De qualquer modo. Premium Services. Uma mulher gordinha mais ou menos da minha idade estava atrás do volante. Ela parecia bastante gentil, achei, com a doce fisionomia de uma fabricante de biscoitos**. Não Cookie. Uma fazedora de biscoitos. Diferença *muito importante*.

---

* Trocadilho em inglês: *pole* pode ser "poste" e também "polaco". (N.T.)
** Trocadilho em inglês: *cookie* é "biscoito". (N.T.)

"Pode me dar uma carona?", perguntei.

"Depende, bonitão", falou. "Para onde você está indo?"

"Los Angeles", respondi. Notando sua expressão, me ofereci para dividir a direção.

"Sinto muito, querido", disse ela, no que me pareceu ser uma sincera reflexão e um pesar. Tive a impressão de que, se eu tivesse dito Cleveland, ela poderia ter aceito. Tocou a buzina para atravessar a multidão, mas não tinha som de buzina — era mais aquele gorjeio digitalizado outra vez. A andorinha motorizada correu pela passagem e desapareceu. Meu amigo Walenty, pensei, ia gostar disso. O carro dos sonhos dele. A ideia de ir para cima e para baixo em Trieste com aquele pequeno *buggy*, com um braço no volante e outro envolvendo Franca, abrindo caminho através das multidões com aquela buzina aviária — agora havia um motivo raro para um sorriso.

***

De vida curta, temo. O irmão de Franca morreu. O parceiro de Walenty em carregar a faixa, o cara com a faca de lâmina comprida, viu Walenty sendo imobilizado e cuspido, e fez uma investida demoníaca. Ele agarrou o cabelo do irmão e, depois de erguê-lo, mergulhou a faca entre suas escápulas. O olhar de Walenty corria entre os dois homens acima dele: o irmão de Franca, confuso e dolorido, dobrando os braços para o lado, como se imitasse uma galinha, como se estivesse espremendo a faca, depois uma fita de sangue desenrolando-se de sua boca enquanto ele caía para a frente; e, atrás dele, seu assassino, o defensor de Walenty, por um momento tão impassível e contente quanto um açougueiro trinchando um presunto, sem sequer respirar muito forte, até ser puxado para cima, para a multidão delirante. Walenty teve a impressão de que ele ascendera como os santos, impressão vinda da expressão do homem: suas pupilas de repente se arredondaram, como se a súbita perda da gravidade estivesse além da compreensão, e depois sumiu, mastigado e engolido pela multidão. Preso no chão embaixo do irmão de Franca, Walenty visualizou as badernas subsequentes como uma torrente de botas e pernas — chutando-o, esmagando-o, pulando por cima dele. Durante tanto tempo ele sonhara aquele sonho agriamargo da perna perdida que voltava para ele, e agora, aqui, era o pesadelo reverso: uma chuva de pernas inúteis.

Não fosse o cadáver do irmão de Franca, protegendo-o, ele teria sufocado na debandada. As tropas neo-zelandesas esmagaram o distúrbio com um pouco de gás lacrimogêneo e muita pancada na cabeça das pessoas com os cassetetes; aí chegaram os paramédicos. Por causa do torso ensanguentado, os paramédicos supuseram que Walenty fosse uma vítima do distúrbio e o levaram para um hospital de campanha ali ao lado do rio. É aí que o encontramos agora. Ele chamou a atenção do homem que supervisionava a força policial local, um coronel kiwi intrigado com esse polonês de uma perna só escondido embaixo de um cadáver.

"Seu nome, outra vez?"
"Walenty Mozelewski. *Starszy kapral, Drugi Korpus Wojska Polskiego.*"
"Em italiano, por favor. Ou inglês? Ahn? Um pouquinho?"
"Eu era cabo. No Corpo Polonês II. Você lembra de Monte Cassino?"
"Eu estava lá."
"Eu também." Walenty bateu na perna. "Parte de mim ainda está."
"E agora você está aqui."
"Foi um acidente."
"Perder a perna, você quer dizer?"

"Não, vir para cá. Para Trieste."
"Por favor", disse o coronel. "Explique."

E assim fez Walenty. Ao chegar no detalhe de Franca, o coronel joga os braços para cima e diz: "Claro! Uma garota. É sempre uma garota. Cave fundo o bastante, e aposto que vai descobrir que uma garota foi o motivo dessa porra de guerra inteira. Algum passarinho alemão que não queria abrir as pernas para o pequeno Adolfo, certo? Deixou-o muito puto. Continue". Quando Walenty termina, o coronel oferece-lhe um cigarro e depois acende um para si mesmo.

"Um caso de *hamartia*, então", disse finalmente o coronel. "Você conhece? É uma palavra da dramaturgia grega. Um ato inocente que resulta em consequências criminosas, é isso o que significa. Como Édipo dormir com a mãe dele e tudo aquilo. É realmente uma história muito triste, a sua. Você tomou o trem errado e agora um moço está morto por causa disso. E agora eu tenho de lidar com a confusão por esse homem estar morto. Sangue quente, por aqui. As pessoas, quero dizer. Elas são estouradas. As malditas prisões são só metade da história. Enquanto isso, claro, você tem de ir para casa."
"Não tenho casa", disse Walenty. "Os alemães a puseram abaixo e depois dividiram a carne em Yalta. Agora a Rússia está roendo os ossos."
"Que poético! Bom, então você não tem de ir para casa", disse o coronel. "Você tem apenas de ir para algum outro lugar. Para a puta que o pariu, pelo que me diz respeito. Mas temo ter de insistir. Considerando-se o transtorno e tudo."
"Aqui é algum outro lugar."
"Já não é mais", disse o coronel.

Aqui é algum outro lugar. Já não é mais. Meu Deus. Depois de bater de cabeça naquelas frases do romance, fechei o livro, enfiei-o de volta na minha mochila e saí para fumar um cigarro. Provavelmente pela última vez, no entanto, porque a fila para passar pela segurança e voltar à área do terminal vai daqui a Sheboygan. Parece tão alarmante, de fato, ter reocupado meu assento anterior aqui embaixo de seus grandiosos "As" azuis, fora do terminal, seguro, ao lado dos balcões de passagens — meu poleiro do turno da noite. Eu só precisava de um minuto antes de me inserir de volta naquele tormento serpenteante. Não estou ainda bem preparado, mais uma vez, para pôr meus sapatos moles naquela esteira rolante gaga; meus sapatos já sofreram tantos raios X nas últimas 24 horas que tenho certeza de que já desenvolveram malignidades. Quando eu chegar em Los Angeles, eles estarão brilhando intensamente e com três olhos. E a indignidade dos pés só de meias! Não me provoquem.

Devem ser umas nove horas, mais ou menos. Acho que poderia perguntar, para ter certeza. "Nove e sete", a jovem senhora atraente ao meu lado acaba de responder depois de conferir em seu celular. Embora a transparência de seus trajes pudesse questionar seu status de, abre aspas, senhora, fecha aspas. Ela está usando uma camiseta sem mangas preta, solta, do tipo usado por jogadores profissionais de basquetebol, e não fugiu à minha atenção o fato de ela estar sem sutiã. Mais cedo, quando ela se curvou para apanhar um *Us Weekly* da mala de mão, tive um relance de seu seio esquerdo inteiro, em perfil, um cone macio, invertido, da cor de coalhada fresca, com uma deliciosa bala cor-de-rosa como bico. O rabisco no lado esquerdo desta página é o resultado de eu fingir que escrevo enquanto espio com o rabo dos olhos. É impressionante como uma visão como essa pode desviar completamente seja lá que pensamentos estejam passando pela sua cuca. Até pensamentos supostamente centrados sobre a vida, a morte etc. Ser ou não ser. Devo ficar ou devo ir. Essa pergunta mais velha que o mundo perpassa a história. Mas aí você dá uma espiadela num peito cremoso, e tudo desmorona. Você lembra que, fora a familiaridade com línguas eslavas e teorias de conclusão poética, no seu âmago, você não passa de outro mamífero, faminto e excitado, que seria um pateta em querer abandonar isso tudo. Parte de você grita *Mais*, enquanto outra parte geme *Basta*.

O companheiro da jovem senhora é um delinquente magro, de cara azeda, vestido com shorts largos de brim gasto e camiseta preta escrita com RAIVA CONTRA uma ou outra coisa. (Só consigo ver a metade de cima). Detesto pôr meus óculos de velho, mas por que essa geração mais jovem fala sem cessar em raiva mas nunca sucumbe a ela? Há anos não ouço um berro autêntico. É tudo bolinha de papel do fundo da sala. Há não muito tempo vi um anúncio de página inteira do Food Emporium, na seção de comida do *Times*, de uma oferta de "Raspberry Rage Muffins" (quatro pacotes por US$ 3,99). Então, foi a isso que se chegou, pensei. Estão misturando raiva na massa de muffins. Esse jovem raivoso em particular, perto de mim, está preocupado com a tela do celular dele (claro), apesar de sua licença para admirar ou até apalpar furtivamente os peitos soltos que me põem tão nervoso. Quero tirar com um tapa o boné de beisebol da cabeça dele e gritar: "Porra, garoto! Olhe para ela! Ela não vai ser sua para sempre nem existe para sempre, de qualquer modo, então preste atenção! Leve-a para o banheiro e foda com ela até vocês dois gritarem e rirem, e ficarem tão embebidos um no outro que tudo mais cessa de existir! Agora! Agora, porra, agora!". Como um profeta com cabeça de canibal do Velho Testamento, em trapos: foda agora ou cale-se para sempre. A raiva se alastra contra a morte do bobalhão à sua esquerda. Na possibilidade remota de ele ser irmão dela, no entanto, eu me refreio.

Preciso ligar para Speck, mas é cedo demais lá. Sete e pouco da manhã, pelos meus cálculos. Você tem de supor que ela tenha tido uma grande noite: ergueu taças de champanhe, brindes espumantes etc. Pode imaginar se eu tivesse sido persuadido a fazer um brinde? Dificilmente haveria alguma coisa que éu dissesse que qualquer outra pessoa não pudesse dizer também. "Muito bom estar com vocês", seria a ideia central. Depois um copo erguido e: "*Stella Gniech!*". Não, provavelmente era melhor eu não estar lá. Ninguém sentia minha falta, convenhamos que nunca sentiram. Ah, porra, talvez essa viagem inteira seja um erro. Só agora estou antevendo as dificuldades que arrumei para mim mesmo. E se ela perguntar quando e se podemos nos encontrar outra vez? Talvez ela e Syl gostem de Nova York. Todo mundo adora Nova York (exceto eu). Como vou lidar com isso? Na minha cabeça, eu sempre a vi como a mãe dela: uma sólida parede de ressentimentos e apatia adquirida. *Obrigada, mas não, obrigada.* Naturalmente ensaiei dizer sinto muito e adeus, mas sempre para objetos inanimados. A lâmpada da minha escrivaninha deve estar cansada de me escutar pedir desculpas. Foi graças às réplicas congeladas de Stella Sr. que presumi que Speck responderia de um modo semelhante àquela lâmpada? Não obstante a troca "combinada", ela só me ofereceu calor. Quando olho para a foto de Speck na época do ginásio, enfiada, incongruentemente, no meu álbum de fotografias, entre instantâneos meus, alvejados pelas lâmpadas de *flash*, bêbado e de olhos letárgicos, posando entre diversos *littérateurs* poloneses, consigo ver Stella Sr. tão vividamente — até o ângulo sardônico do sorriso de Speck no dela. Mas com certeza não distingui a Stella na voz ensolarada de Speck. Um dilema, merda! Parece que me preparei para a rejeição, mas não para o perdão.

Mas chega de falar de mim. Temo que meu traço de permissividade esteja ainda mais exposto que o peito da minha vizinha. O destino que eu tinha a intenção de abordar depois de fumar era o de Walenty, não o meu. Que diabos ele faz agora? Franca está certamente perdida para ele. Ele achou que podia começar de novo, podia deslizar de uma vida para outra do mesmo modo como se passa de trem para trem na estação — o pobre tolo achava que podia escapar. Imagine-o agora, vagando por aquele acampamento neo-zelandês ao lado do rio. Perambulando entorpecido em meio àquele muito conhecido labirinto monótono de tendas, toldos de lona e cordas tensionadas, latrinas, ambulâncias, quadros de avisos, aquecedores a gasolina, pilhas de caixas de munição vazias. Uma bicicleta preta apoiada contra um barril de óleo. Um solitário cabo lanceiro kiwi espreguiçando em uma cadeira, jogando aviõezinhos de papel na terra. A essa altura já deve estar ficando escuro, e uma grande lua, como uma pérola, começa a dominar o céu. Walenty anda a esmo pela margem do rio — o sentinela deixa-o passar; porra, a guerra acabou — e senta-se durante algum tempo, escutando passarinhos cantarem nos bosques esparsos na margem oposta; ele escuta apenas alguns gorjeios distantes que soam como uma criança perdida, gemendo nos pinheiros. Sozinho, ele observa o rio escurecer, algumas marolas coloridas pela lua perturbando-lhe a superfície. Tenta comparar sua situação com o rio — "Talvez o rio", escreve Alojzy, "soubesse coisas que ele não sabia" — mas acaba sem nada. Quantas metáforas nós poetas já retiramos de rios? Nós as roubamos aos potes, fazendo sensacionalismo sem parar com suas vazantes e montantes, analogias com seus trajetos fluidos e imperturbáveis. Wordsworth com o Tamisa etc. Mas no final é tudo droga, ou, se não droga, então algum tipo de aspiração absolutamente banal: para que nossas vidas tenham um curso tão suave, desviado, mas nunca parado, drenando dentro de algum mar glorioso e célebre. Lembro-me aqui de alguns versos de um jovem poeta de Grodków chamado Jacek Gutorow, a respeito do *vento manobrando no topo das árvores / como uma metáfora relativamente pobre, ou talvez a metáfora / fosse acurada, mas a vida não lhe estivesse à altura?* Agora há uma porra de uma questão. Walenty joga um graveto na água e acompanha seu trajeto rio abaixo até ele desaparecer no escuro gorgolejante. *Aqui é algum outro lugar*, dissera ele ao coronel. Por favor, ele pensa agora. Por favor, tinha de ser.

***

Às dez e meia, oito e meia na hora do Pacífico, liguei para o celular de Speck de um telefone público nas imediações do Portão H4. Atendeu a caixa postal e eu desliguei. Transmitir notícias em uma mensagem de caixa postal parecia grossura, mas, outra vez, eu só tinha quinze minutos até embarcar. Embora fosse mais uma meia hora, sejamos exatos, o embarque nunca começa na hora. Fiquei pensando naqueles telefones nos assentos dentro dos aviões. Nunca vi ninguém realmente usar um deles, de modo que talvez sejam meramente decorativos, como as laranjeiras com frutas intragáveis que você vê plantadas por todas as subdivisões do Cinturão do Sol. Aquelas laranjas parecem maravilhosas, mas tente comer uma, blehhh. Temendo ser vítima de alguma piada tecnológica (o avião inteiro rindo de mim por eu tentar fazer uma ligação, do mesmo modo que uma acompanhante profissional em Tempe, Arizona, riu de mim por eu descascar uma laranja ornamental), recuperei meu cartão telefônico de dentro da carteira e estava prestes a ligar outra vez para Speck, para deixar minha mensagem combalida, quando o telefone público tocou. Dei um pulo para trás, como se fugisse de uma corrente elétrica. Depois de um momento conclui que poderia ser Speck — ligando de volta para o número que aparecera no celular dela —, mas não podia ter certeza, de modo que atendi, educadamente, "American Airlines".

"Bennie?" Era Speck.

"Sou eu", respondi.

"Por que você disse 'American Airlines'?"

"Bem, o telefone é deles", eu disse.

"Você está vindo?"

"Estou, mas vou chegar atrasado", falei. "Tarde demais para a cerimônia... sinto muito." Até aquele momento, quando eu falei, acredito que abrigara ilusões de ainda conseguir chegar a tempo — que o avião teria alguma função turbo secreta, que o horário de aterrissagem programado fosse apenas a pior das hipóteses. Que de algum modo isso tudo ainda aconteceria como fora programado. Que eu levaria minha filha ao altar como imaginara um dia, iria me redimir, e daria o fora. Ao dizer isso em voz alta, no entanto, senti meu plano inteiro quebrar-se em mil migalhas — *migalhas de bolo*, pensei, essa frase como cortesia do romance de Alojzy que passou pela minha cabeça, rápida como uma estrela cadente.

"Que *merda*, Bennie", disse Speck. "A que horas você chega?"

"Eles disseram 13h35", respondi chateado.

"Então você vai chegar a tempo para a recepção, não tem problema", disse ela, tão alegremente quanto eu estava desconsolado. "É a parte divertida, de qualquer maneira. Você tem o endereço, não tem? A banda que conseguimos é fantástica. The End of the End of Love. Eles são clientes de Syl. Estavam no *Letterman*, na quarta-feira! Você viu?"

"Não, perdi essa", respondi.

"Você vai adorar", disse ela. "Mal posso esperar para vê-lo, Bennie. Meu Deus, *conhecê-lo*! Não é estranho? Há uma tonelada de coisas que preciso saber. Tudo, não é? Você vai estar aqui no domingo? A recepção vai ser uma loucura total, de modo que talvez você e eu possamos tomar um *brunch* no domingo."

"Claro", eu disse. "Sim."

"Está bem, ótimo", falou ela. "Vejo você logo mais. Ah, espere, não desligue, mamãe quer falar com você."

Eu não previra isso de jeito nenhum.

***

"Bennie", disse ela.

"Stella", respondi.

Ela perguntou onde eu estava, e eu expliquei. Claro que não expliquei tudo: apenas a aterrissagem em Peoria, a sacudida viagem de ônibus, os voos cancelados, com os avisos exibidos nas telas de horários vazias, piscando, os frustrados cidadãos norte-americanos dormindo em caixas de papelão com suas roupas emboladas como travesseiros... e, de passagem — e, em parte (suspeito eu), porque minha situação parecia subitamente insignificante, como se fosse vista sob uma desmoralizante luz nova, os efeitos perniciosos das cadeiras nas minhas costas. O Fator O'Hare, chamei. "É sério", eu disse. "Estou aqui com dores." Ela perguntou se eu tinha dormido e respondi que não, embora me preocupasse, porque isso podia fazer com que eu parecesse maluco — o que tecnicamente sou, mas por que diabos espalhar? Com uma nota de solidariedade, ela disse que esperava que eu pelo menos tivesse um bom livro. Eu disse que tinha. "Ótimo, para dizer a verdade." Perguntei como estavam as coisas, e ela falou "doideira" — mas de um jeito pensativo, como se as coisas realmente estivessem uma loucura. E então eu falei: "Espero que eu não esteja aumentando a loucura".

Isso a fez rir, ou melhor, fingir que ria: *ta-HÁ*. Acho que já falei do riso avinagrado. "Não se preocupe, você está", disse ela. Depois me pediu para esperar um instante enquanto ia para outro aposento. "Eis o que eu queria dizer para você", disse ela. Fez uma pausa que durou mais ou menos o tempo gasto para se carregar uma pistola. "Está bom. Olhe. O que quero dizer é. Veja se não fode com isso tudo."

"Espere aí...".

"Eu disse que era um discurso. Só escute. Ela está entusiasmada com sua vinda. De algum jeito estranho ela sempre o idolatrou, ou, pelo menos, alguma ideia de você que eu nunca tive a coragem de decepcionar. Ou, para ser mais sincera, não tive a capacidade de decepcionar. Você sempre foi algum tipo de astronauta, ocupado demais voando em torno da maldita lua para descer e vir vê-la. Ela é teimosa — você vai ver. Tenho pena de você perder a cerimônia, ou seja lá o que estão chamando a coisa, mas tenho de confessar que estou *extremamente* aliviada com o fato de você não percorrer a nave com a Stel. John não estava gostando da ideia, nem eu. Você se importa se eu perguntar de onde veio esse impulso?"

Ela não se lembrava. A fagulha detonou a explosão, e ela não se lembrava. Será que eu inventei? Por um breve momento entrei em pânico, com medo de alguma cena, digamos, de um romance polonês do século XIX, no qual algum babaca que promete acompanhar a filha bebê ao altar um dia tivesse se alojado, como um estilhaço, no meu cérebro mole e embriagado. Mas não, eu lembrava. Era a minha vida, eu estava lá. Foi onde o caminho bifurcou. Quem sabe eu tivesse exagerado o significado do diálogo? A lacuna na memória da Stella dizia sim, mas deve-se levar em consideração a perspectiva. Um pedaço de madeira boiando sobre o oceano azul dificilmente é digno de nota, a não ser que por acaso você esteja agarrado a ele.

"Foi apenas uma coisa que me passou pela cabeça", eu disse, quase cochichando.

Quase demais. "O quê?", perguntou ela. "Bennie, você está resmungando."

"Você sabe como é quando fico com alguma coisa na cabeça", falei.

"É, você sempre exagerou na teimosia", disse ela, seguindo a frase com o que parecia um riso verdadeiro — um trinado suave. Não ficou claro se ela estava rindo de mim ou de sua própria tirada. "Foi um tanto *estranho*, no entanto, você não acha? Faz muito tempo, Bennie. E não que eu seja muito literal a respeito das coisas, mas ela certamente não é sua, para que você a entregue."

"Entregá-la... não foi o motivo", falei.

"Bom, um ponto controverso, não é? Parece que o tempo em Chicago nos salvou de uma situação embaraçosa."

"O tempo aqui está *bom*", eu disse. "Não é o tempo! O que aconteceu foi que o raio da companhia aérea programou voos demais, ficou sobrecarregada e..."

"Não importa. Tem certeza de que você está a fim, Bennie? Porque ela não vai deixar você pintar e depois desaparecer. Não é justo com ela. Você só pode fugir uma vez."

"Foi *você* quem fugiu."

"Oh, por favor", disse ela. "Nem comece. Por favor, *por favor*. E você veio atrás? Um punhado de telefonemas de bêbado não o qualificam para o martírio. Mas não adianta discutir tudo isso outra vez. O que aconteceu, aconteceu. E foi melhor para todo mundo."

"Essa é uma interpretação", falei.

"Qual é a outra? Vamos, Bennie, fizemos nossas escolhas. Todo mundo as faz. Você escolheu o seu banquinho de bar — o grande poeta de taberna, não é? Enquanto isso eu criei nossa filha. Lalalá. A vida continua."

"Eu abandonei aquele banquinho de bar, você sabe. Tentei dizer isso a você..."

"Meu Deus, você tentou, e eu devo um pedido de desculpas desde então. Aquele telefonema não poderia ter vindo numa hora pior para mim." Ela fez uma pausa, como se decidisse se explicar melhor. "Realmente eu *sinto muito*", continuou ela. "Comecei uma carta para você depois daquilo, mas, não sei por que motivo, nunca terminei. Quando você ligou estávamos mergulhados até o pescoço com uma situação terrível com Phil" — Phil era o enteado dela, o filho mais novo de John —, "com álcool, drogas e mais do que eu suporto lembrar, e o seu telefonema me pegou bem no meio da coisa toda. Acabávamos de mandá-lo para seu *segundo* período em uma clínica em Orange County, John estava a meio-caminho de vender sua coleção de vinhos para retirar todo e qualquer álcool de dentro de casa, e, sem ofensa, Bennie, você era a *última* coisa de que eu precisava no momento. Tudo o que eu conseguia pensar era: legal, talvez eu receba um telefonema de Phil daqui a trinta anos dizendo: "sinto, mãe, tive uma experiência ruim durante algum tempo, foi mal. Eu juro, o que há com vocês?"

"Como está ele?"

"Phil? Ele está bem, na verdade, está ótimo. Voltou para os estudos com notas respeitáveis. Tem uma namorada, um amor, que conheceu no programa."

"Que bom", eu disse. "Isso é bom."

"E você?"

"Ah, mais ou menos na mesma."

"Como Phil? Ou... você não quer dizer... como antes?"

"Como Phil. Com exceção das partes das notas respeitáveis e da namorada. Mas está tudo bem, você sabe. A senhorita Willa serve de boa companheira de baile de formatura desde que a música não esteja muito alta e eles toquem uma ou duas rumbas."

"Engraçado", diz ela. "Meu Deus, sua mãe... é realmente engraçado. Sinto muito, Bennie. Por muitas coisas. Eu comecei *mesmo* a escrever aquela carta para você, assim que as coisas se acalmaram com Phil, mas... Não sei, eu a deixei de lado, sabe? Na época era tudo doido, e é tão difícil eu me reconhecer nessas lembranças que eu simplesmente... Arquivei-as e tranquei-as e joguei o raio das chaves fora. Você sabe, é engraçado, um terapeuta me disse que essa era a abordagem correta, ao mesmo tempo que outro disse que era inteiramente errado. Quem sabe?"

"Os dois descontaram os cheques, não foi?"

"Exatamente, sim. Minha nossa. Não passávamos de crianças idiotas. Fizemos uma bagunça gigantesca com as coisas, mas sobrevivemos, não foi? E, apesar das cagadas operísticas, Bennie, fizemos uma menina linda. Se ela não o deixar sem fôlego, então..."

"Eu daria a minha vida para ter tudo de volta, sabe", disse eu, subitamente, e ao escutar os leves e fugidios ecos de minhas palavras atravessando o fio, perguntei-me — não, *exigi* de mim mesmo — se isso era verdade. Porque, se não fosse verdade, então não haveria sentido em nada disso, nenhum sentido para mim. Mas era... Era tudo verdade. Um longo silêncio inundou a linha até que Stella suspirou e:

"É, beleza, mas você não *pode*", disse ela. "Bom, Bennie, isso é tão você. Oferecendo o impossível. O ideal idiota. Isso costumava me rasgar ao meio. Eu nunca entendi por que a vida nunca era o *suficiente* para você."

"Eu não..."

Um aviso de mudança de Portão de Embarque abafou o som. Omaha, Portão H7. Vindo do fim do terminal, escutei ondas de aplausos, alguém dando vivas.

"O quê? Não consigo ouvi-lo", disse Stella.

"Nada", respondi.

"Você sabe, há poucos anos... Isso foi logo depois do Onze de Setembro, e acho que eu estava pensando em você, lá em Nova

York e tudo... De qualquer modo, vi esse artigo científico no *Time*, *Newsweek*, ou uma dessas. Esse artigo sobre borboletas."

"Espere..."

"Não, escute só. Esse biólogo fez uma experiência e descobriu que, se você puser uma borboleta macho em uma gaiola com uma borboleta fêmea viva ao lado da *foto* de uma borboleta fêmea, o macho quase sempre se aproxima primeiro da fotografia. E lembro de ler isso e ter pensado, meu Deus, é *Bennie*. Sempre atraído para... aquela imagem congelada, em vez da coisa real. Sempre atrás da ilusão idiota."

Talvez isso tivesse sido decisivo — ao transcrever agora, percebo o ponto de vista dela —, mas o que eu pesquei naquele momento foi que ela me considerava o tipo de homem que treparia com uma borboleta de papel. "Para mim parece", eu disse, "uma explicação biológica para a indústria pornográfica."

"Meu Deus, por que eu pensei que você me levaria a sério? Você nunca muda. Olhe, tenho de ir. Stel está me chamando. Só venha ver sua filha, está bem? Não espere demais, mas não faça de menos. Ela já teve o bastante."

Respirei fundo, enchendo meus pulmões com aquele oxigênio viciado de aeroporto. "Eu sei que ela já teve o bastante", falei. "Quer dizer, acho que sei." Eles estavam embarcando o meu voo. Os passageiros da primeira classe e os membros do Clube dos Almirantes já tinham desaparecido na prancha de embarque, e nenhum deles parecia especialmente classudo, e certamente não pareciam almirantes. Guardas-marinha, no máximo. O funcionário do portão anunciou que o embarque seria feito de acordo com o "número do grupo" marcado nos cartões. Onde estava o meu cartão de embarque? Porra, será que tinha perdido? Dei batidinhas no bolso da minha camisa. Lá estava, eu o tinha, tudo bem. Pelas janelas do terminal, vi um avião passar do lado de fora como um enorme animal desajeitado, algum carnívoro pré-histórico. "Bennie?", falou Stella. Observei os passageiros entregarem os cartões de embarque para o funcionário do portão. A permanência do sorriso do funcionário parecia pouco natural, meticuloso. Enchi outra vez os pulmões. Azar, mas eu precisava de um cigarro. Um drinque. Outra chance. Uma alma lavada. Um mundo melhorado, não piorado pelas minhas pegadas nele.

"Não tenho certeza se a palavra *lamento* é justa com qualquer coisa", eu disse. "É um raio de palavra tão abrangente, não?"

"Bennie, o que você está dizendo?"

"Quero dizer, como pode uma palavra insignificante como essa abranger toda a merda que você fez... Não quero dizer *você*, quero dizer nós, claro, todo mundo, eu... Mas também todas, todas as coisas que você *não* fez? É a falta de ação que mantém você acordado durante a noite. As ações, essas foram feitas. Foram feitas. As inações nunca vão embora. Elas simplesmente ficam por aí. Apodrecem. Como será que *lamento* pode cobrir tudo isso?"

"É a vida, Bennie, não a linguística", disse ela.

"É? Na Polônia dizem *przykro mi*."

"O que quer dizer...?"

"Não tem um equivalente exato, pelo menos não culturalmente... Alguma coisa entre 'sinto muito' e 'estou sentindo dor'."

"Diga outra vez?"

"O quê?"

"Essa coisa em polonês. Diga outra vez."

"*Przykro mi*." Ao pronunciar a última sílaba, senti minha voz falhar e tive de comprimir o rosto para conter uma torrente súbita dentro da minha cabeça. Senti-me diminuído e despencado contra o divisor de acrílico Plexiglas. "*Przykro mi*", eu disse outra vez. "*Przykro mi*. Meu Deus, você não sabe."

Escutei Stella suspirar. "Você partiu a porra do meu coração, você sabe", disse ela.

"Parti o meu também", falei.

"Bom, isso foi burrice", disse Stella, e, quando rimos juntos, meus olhos encheram-se de lágrimas que não eram felizes nem tristes, mas simplesmente molhadas.

***

Eu deveria advertir que as poucas páginas precedentes foram escritas a uma altitude de cruzeiro de 10 mil metros. No Assento 31 D, para ser preciso. Prezada American Airlines, estou a caminho. O assento que tinha sido designado para mim era o 31F, na janela, mas eu o ofereci à bonita chinezinha que ocupava o assento do corredor quando embarquei. Ela não fala inglês, de modo que tive de fazer mímica para oferecer o assento da janela, e durante um momento a pobre garota ficou toda atrapalhada, achando que ela tinha cometido algum erro. *Sah-lee, sah-lee*, desculpou-se. Como apontar para a janela com um sorriso generoso não me rendeu nenhum sucesso em comunicação, passei a mão acima dos olhos enquanto virava a cabeça de um lado para outro, fazendo a imitação, achava eu, de um escoteiro apache examinando o horizonte à procura de caras-pálidas invasores. Esse foi meu modo de sugerir que ela poderia gostar da vista. Quando ela finalmente entendeu o que eu queria dizer, agradeceu-me profusamente e, depois de se instalar no seu assento à janela, abriu um caderno que meus olhos errantes perceberam estar cheio de expressões em inglês escritas ao lado de suas contrapartidas chinesas. "Onde fica o Portão 5?", "Desculpe, pode me ajudar com a minha bagagem?", "Onde ficam os táxis?" etc.

Lembrou-me do fracassado sistema que bolei para minha mãe logo que ela se mudou, antes dos Post-its. Em um caderno de espiral, escrevi todas as sentenças que eu podia imaginar que ela precisasse dizer: A ideia era que, quando ela quisesse expressar alguma coisa, poderia folhear o caderno até encontrar a frase que queria, depois apontar. Tentei ser o mais abrangente possível — além dos triviais pedidos de comida, água, remédios e sei lá mais o que, que arrumei por categorias, listei também opiniões críticas genéricas sobre programas de televisão, uma ampla gama de comentários sobre o tempo e suas próprias expressões típicas (por exemplo, "Meu cabelo está parecendo alguma coisa que o gato arrastou"). Sob a rubrica "miscelânea", cheguei a incluir coisas desagradáveis dirigidas a mim, como "Olha como fala" e "Como vai seu trabalho?". Esse caderno me custou horas — o plural não é um exagero —, de modo que fiquei pasmo, e bastante furioso, quando, depois de uma folheada medíocre, ela o atirou, sem aversão evidente, no lixo. Levando uma caneta esferográfica a um dos meus blocos de Post-it, ela escreveu em três páginas consecutivas: TENHO AINDA MUITO MAIS A DIZER DO QUE ISSO. Não pensei que pudesse ser perturbador para ela ver o que lhe restava de vida — e o que é a vida senão as palavras que falamos? — reduzido a umas quinze páginas soltas de caderno, não obstante a grande conveniência? Daí começou a nossa época de anotações Post-it. A era do AMOR É AMOR e outras concisões confusas.

    Eu não devia ter fingido notar a ligação entre reduzir a vida de alguém a um caderno de frases escrito à mão e reduzi-la a uma carta de reclamação dirigida a uma corporação que está cagando e voando, atrasada ou cancelada. Ou enfiar a autobiografia em uma garrafa, como creio ter dito antes. Nós todos esperamos ser mais do que somos, o que muitas vezes é o problema. O que eu deixei de incluir no caderno de frases de minha mãe foi alguma coisa do tipo esperança — não as frases de que ela precisava, mas as frases que ela *queria* precisar. *Minha recuperação tem sido notável, não tem?*

Conheci um belo cavalheiro hoje. Essas flores são para mim? Eu gostaria de duas passagens para Paris, por favor. Tem sido tão maravilhoso voltar a pintar. Dançamos a noite inteira. Não preciso mais desse caderno bobo. Retire as ilusões da senhorita Willa, e ela fica sem nada. Expulse o Longínquo, e ela fica perdida. Como única representante viva da vida da qual ela passou décadas tentando fugir, eu poderia, justificadamente, me ofender com tudo isso, mas para quê? Em diversos graus, nós todos somos vítimas de nossa imaginação prenhe, de sonhos incuráveis de transcendência. Espinhos com esperanças de serem rosas. Aqueles de nós que são religiosos, contando com 72 virgens encharcadas de desejo e/ou suculentas uvas brancas na outra vida, ou, mais localmente, reuniões com animais de estimação da infância e esposos já falecidos, ou o bufê de pernas de caranguejo "tudo o que conseguir comer" na cantina do céu, são apenas os exemplos mais moderados. Pense em Henryk Gniech, acreditando que conseguiria deixar para trás o pesadelo de Dachau, fugindo para Nova Orleans, ou acreditando que estava dando alívio misericordioso àquelas legiões de animais daninhos que ele abandonava no cais. Imagine o terror daquela preguiça, aquela que resultou no meu nascimento, enquanto navegava em meio ao quente labirinto de caixotes, monta-cargas e estivadores sem camisa nos cais, morrendo de fome e de sede, correndo a Poland Avenue acima em busca desesperada de comida e água, ou os confortos de uma árvore, ou uma companheira preguiça, nervosa com as buzinas, as freadas dos carros e os estudantes malvados atirando pedras nessa criatura raramente vista. Veja-a acuada atrás das latas de lixo de algum botequim pé-sujo ao cair da noite, sem mãe ou sem filhos, tremendo, sozinha. Quem tem o melhor destino? Talvez a resposta seja que não há melhores destinos. Você não pode escapar, seja uma preguiça ou um poeta. Talvez você tenha o que tem. Ou, como diz o velho ditado: você compra a passagem, você se arrisca. O que, aliás, você pode levar em consideração à guisa de lema.

Às vezes — depois que as Stellas me deixaram e sem a presença física de Speck, eu consegui pensar nela como uma abstração — eu costumava imaginar como as coisas poderiam ter se passado se Stella tivesse ido adiante. Com o aborto, quero dizer. Admito que isso pode parecer mau, mas o advogado do diabo é por natureza diabólico, e de qualquer modo eu não estou expressando pesar — apenas sondando o limite entre o que era e o que não era, o que é e o que não é. Teríamos voltado para casa em silêncio, daquela clínica em Gentilly, com uma parada técnica sombria em uma drogaria K&B para comprar alguns absorventes femininos que estancassem qualquer sangramento. Teríamos assistido a alguma coisa na televisão naquela noite, alguma coisa boba e irrelevante, como um especial de Bob Hope, e eu fingiria me encolher quando Charo pulasse no palco. Eu talvez tivesse preparado um drinque para mim mesmo. ("Tudo bem?", teria perguntado, e Stella teria acenado sua permissão derrotada com todo o brio de um inválido espantando um mosquito.) E então Stella teria chorado até dormir — conheço-a; tudo desenrolado no escuro —, e eu a teria abraçado, rigidamente, tristemente, machucando-a em locais impossíveis de serem localizados. E, mais cedo ou mais tarde, a culpa não dita teria inserido uma cunha entre nós, uma golfada de ar azedo. Teríamos nos tornado, um para o outro, memórias constantes de uma perda, o sal na ferida um do outro. E então, talvez devagar, mas provavelmente rápido, teríamos nos separado. Uma batida de pestana no Exchange, e a mulher à qual a pestana pertencesse teria deslocado minha postura como placas tectônicas deslizando embaixo dos meus pés; ou um homem melhor, chamado John, com histórias de glórias alpinas, a teria tirado de mim. O que quero dizer é que talvez jamais pudesse haver um final feliz para nós. Ou melhor, nós tivemos o final feliz — Speck —, mas isso não nos bastava. Ou melhor, para mim. O que quero dizer é que talvez jamais tivesse podido ser diferente.

O que é mais poderoso: essa percepção ou uma arma? Está tudo tão claro, aqui em cima. A 10 mil metros de altitude você pode ver a curva do infinito. É tudo tão possível.

Enquanto escrevo isso, a garota ao meu lado examina seu caderno. De vez em quando ela se encosta no assento e, erguendo os olhos para o teto, silenciosamente articula uma das expressões em inglês, para semeá-las na memória. *Desculpe-me. Desculpe-me. Onde fica o Portão 5?* Cada vez que ela faz isso eu vejo de relance o céu do lado de fora, e, seja lá por que motivo, vejo-me perdendo o fôlego, como se fosse uma criança em voo pela primeira vez. Cristo, meu amigo, você sabe como é *lindo* aqui em cima? As nuvens parecem geleiras, brancura fria estendendo-se até onde a vista alcança e depois mais longe, mais longe e mais longe, até os sonhos. Imagine o primeiro piloto a romper a barreira das nuvens — que ataque cego, deve ter sido, arrombar a porta do céu.

Prezada American Airlines, não estou indo embora. Peço desculpas pelo seu tempo, mas mudei de ideia. Pode ficar com seu dinheiro, apesar de tudo.

***

Mas então eu quase esqueci: Walenty. Sem ofensa a Alojzy, mas tomei a liberdade de reescrever o final dele. Eu não vou revelar a conclusão verdadeira de Alojzy, a não ser para observar que é violenta e injusta — você pode adivinhar a reação do irmão sobrevivente de Franca quando Walenty reaparece na *pensione*; a reação de Franca é menos previsível, mas não menos brutal —, que é como Alojzy sempre encarou o mundo. Por favor, não se sinta roubado. *Nada ficou perdido*, para plagiar James Merrill. Ou então: *Tudo é tradução / E cada pedacinho de nós perdido nela*. Com desculpas a Alojzy, então:

Na estação de trem ele pediu uma xícara de café. A moça que a entregou tinha uma fisionomia dura, foi lacônica, e pediu que ele pagasse imediatamente. Ela bateu na coxa enquanto pescava o troco de dentro do bolso. Logo depois ele a viu discutindo atrás do balcão com um rapaz de avental que rolava os olhos para ela com tal frequência e afã que parecia estar sofrendo de vertigens. Um menininho de 3 ou 4 anos perambulava alegremente pelo café, mirando o polegar e o indicador nos clientes como se para matá-los a tiros. Pou!, ele exclamava, mas com nenhuma ou pouca reação. Quando a arma do menino foi mirada sobre Walenty, este pôs a mão no coração e jogou a cabeça para trás, o que fez com que o menino sorrisse, pulasse e desse vivas. Isso chamou a atenção da mãe do menino, que se levantou de sua mesa de café da manhã e levou o menino embora puxado pelo colarinho. Arrastou-o para o lado da cadeira dela, onde lhe deu uma palmada no traseiro com força suficiente para fazer Walenty encolher-se. A mãe cuspia palavras furiosas ao menino, que Walenty não conseguia entender, a não ser uma: *pai*. Ferido, o menino ficou deitado no chão chorando enquanto a mãe, que comia pedaços pequenos de pão francês, não lhe dava atenção.

Como o café estivesse com gosto de queimado e oleoso, e como os guinchos tristes do menino ficassem logo intoleráveis, Walenty saiu para a plataforma. O trem estava meia hora atrasado, e, quando chegou, o chefe da estação precipitou-se para fora de seu escritório na direção da máquina, brandindo um maço de papéis. Entre os passageiros que desembarcavam havia um homem vestido num terno pesado de lã e um chapéu de feltro. Ele trazia flores e varreu a plataforma com o olhar.

Embarcando na frente de Walenty estava uma moça esguia com um vestido de renda, que viajava sozinha. A bainha do vestido prendeu em um pedaço de metal quando ela estava subindo no vagão, fazendo com que escorregasse para trás, por cima do Walenty. Ele a pegou pela cintura e, segurando-a, como dançarinos em *pas-de-deux*, estendeu o braço para soltar o vestido. Tinha rasgado só um pouquinho. Atrás de si, Walenty escutou duas mulheres dizerem *auu*, observando que o vestido era de renda verdadeira. Quando a mulher do vestido virou-se para agradecer a Walenty, deu para ele ver que ela estivera chorando; suas pestanas cinzentas, longas, estavam orladas com um tom rosado que parecia a carne crua. Ela desapareceu no final do vagão, mas, se ele escutasse com atenção, dava para ouvir seus soluços abafados, aleatórios, mas persistentes, pelo menos até o trem começar a se mover e seus ouvidos serem tomados pelo barulho.

A última coisa que Walenty viu, enquanto o trem saía da estação, foi o menino. O homem com as flores estava com os braços em torno da mãe do menino, as flores, em sua mão esquerda, apertadas contra as costas dela. Bem abaixo deles o menino arranhava as pernas do pai, tentando subir para o abraço, e, enquanto o trem balançava para a frente, Walenty viu o pai erguer o braço como se... mas isso foi tudo. O escritório do chefe da estação bloqueou a vista, e num instante não havia nada para ver. Walenty sentou em seu lugar e fechou os olhos. Não havia Estado Livre de Trieste nem jamais poderia haver.

Atenciosamente,
Benjamin R. Ford.

Este livro foi impresso em papel Pólen Soft 80g
na gráfica Cromosete. São Paulo, Brasil, outono de 2009.